# 분노의 계절

"역사는 산맥을 기록하고
나의 문학은 골짜기를 기록한다."

# 지리산 6
이병주

한길사

**이병주전집 편집위원**

**권영민** 문학평론가 · 서울대 교수
**김상훈** 시인 · 민족시가연구소 이사장
**김윤식** 문학평론가 · 서울대 명예교수
**김인환** 문학평론가 · 고려대 교수
**김종회** 문학평론가 · 경희대 교수
**이광훈** 경향신문 논설위원
**이문열** 소설가
**임헌영** 문학평론가 · 중앙대 교수

1권　잃어버린 계절
　　　병풍 속의 길
　　　하영근
　　　1939년
　　　허망한 진실

2권　기로에서
　　　젊은 지사의 출발
　　　회색의 군상
　　　기로에서
　　　하나의 길
　　　바람과 구름과

3권　작은 공화국
　　　패관산
　　　화원의 사상
　　　선풍의 계절
　　　기로

4권　서림西林의 벽
　　　빙점하의 쌍곡선
　　　먼짓빛 무지개
　　　원색의 봄
　　　폭풍 전야

5권　회명晦明의 군상
　　　운명의 첫걸음
　　　피는 피로
　　　비극 속의 만화
　　　어느 전야

지리산 6권　분노의 계절
　　　허망한 정열 | 7

7권　추풍, 산하에 불다
　　　가을바람, 산하에 불다
　　　에필로그

작가후기
지리산의 사상과 「지리산」의 사상 · 김윤식
작가연보

# 허망한 정열

1948년 8월 20일.

박태영이 이날을 잊지 못하는 이유는, 남한에 단정單政이 수립되어 대한민국이 선포된 지 닷새째가 되는 날이기 때문은 물론 아니었다. 38선 북쪽, 해주에서 이른바 조선인민대표자대회가 열렸는데, 거기에 그의 맹우盟友 하준규가 참석했기 때문도 아니었다.

회고하면 이 무렵, 미국과 소련의 냉전이 극도로 에스컬레이트되어 언제 열전으로 바뀔지 모르는 징후가 사방에서 발생하고 있었는데, 그런 정세 때문에 특히 이날을 박태영이 기억하게 되었다고 할 수도 없었다.

왠지 어수선한 공기, 언제 폭풍우가 몰아닥칠지 모르는 예조豫兆 같은, 언제 폭발할지 모르는 화산 위에 앉아 있는 것 같은 불안으로 해서 잊을 수 없는 나날이긴 했지만, 박태영이 유독 이날을 기억하게 된 것은 김경주란 사람과의 만남 때문이었다.

그날 아침 박태영에게 걸려온 전화가 있었다.

"나 이동식인데."

하는 말이 울려 나왔다.

"웬일이십니까, 전화를 다 하시구?"

박태영은 살큼 놀랐다. 이동식은 박태영이 재학하고 있는 대학의 철학과 교수였다. 나이는 박태영보다 네 살 위였다.

"박군, 어때? 오늘 우이동으로 소풍 안 가려나?"

뜻밖이어서 대답을 못 하고 있는데 이동식의 말이 계속되었다.

"이 더위 속에 처박혀 있는 것보다 개울에 발이나 담그고 매미 소리를 듣는 게 어떨까 해서……."

"좋습니다."

"특히 박군을 청하는 까닭은, 박군의 친구 중에 이규라는 사람이 있다며?"

"예, 있습니다."

"그 이규 씨를 잘 알고 있는 사람이 와서 박군을 한번 만나보고 싶다고 해서……."

"누구십니까, 그분이?"

"이름을 말해도 모를 거야. 이규 씨완 고향이 같은 면이라고 하던데."

"그럼 혹시 김경주 씨란 분 아닙니까?"

"바로 그 사람이다. 그런데 박군이 어떻게 그 사람을 알지?"

"이군으로부터 들어서 압니다."

"그 사람도 이규 씨를 통해 박군 얘기를 많이 들었다더군."

그렇게 해서 수유리에 있는 손병희 선생의 묘소 근처에서 만나기로 약속했다.

이규의 말에 의하면, 김경주는 지나치게 독선적인 아버지를 만나 가고 싶은 학교에 다니지 못해 학력이 구겨지긴 했으나 수발한 두뇌의 소유자라고 했다. 그런데 박태영은, 지리산 빨치산 부대에 물자를 보급하러 갔다가 돌아오는 차 안에서 기차 통학하는 학생으로부터 꺼림한 이야기를 들었다. 김경주는 실력 있는 교사이긴 하나 반동 교사라는 것이었다.

박태영의 안목과 견식으로는, 약간의 교양이 있고 양심이 있는 사람으로서 반동자가 된다는 사실을 이해할 수가 없었다. 용기가 없어 좌익의 제1선에 서서 활약하진 못할망정, 동반자적인 위치엔 있어야 했다. 이러한 의식 때문에 박태영은 공산당으로부터 제명 처분을 받았을 뿐 아니라, 자기 자신이 조선공산당(남로당)을 구제 불능한 조직이라고 판단하고 있는 현재에도 그 의식이 지속되고 있었다.

그런데 기차 통학하는 학생은 김경주를, 거의 좌익 일색으로 되어 있는 C농고를 반동적 방향으로 뒤흔들어놓은 극악적인 반동 교사라고 하지 않았던가.

그런 말만 듣지 않아도 박태영은 기쁘고 가벼운 마음으로 달려갔을 텐데, 수유리 손병희 선생의 묘소를 찾아가는 발걸음이 무거웠다.

이동식 교수의 한계를 이제야 알 것 같다는 느낌조차 가졌다.

박태영의 눈으로 보면 이동식은 물에 물 탄 듯, 술에 술 탄 듯한 교수였다. 좌도 아니고 우도 아니고, 그렇다고 해서 절충파도 아닌, 전형적인 강당 철학파였다.

하도 답답해서 박태영은

"선생님, 칸트니 릴케니 케케묵은 철학은 윤곽만 해치우고 앞으로 나갑시다."

하고 제안한 적이 있었다.

그때 이동식 교수는

"마르크스는 헤겔에서 나왔고, 헤겔은 칸트에서 나왔다."

허망한 정열 9

하며, 무미건조한 선험적 변증론에 관해 머리칼을 후벼 파는 식의 강의를 포기하지 않았다. 박태영이 이동식을 인정하는 것은 바로 그런 점에서이기도 했다. 남의 취향과 어긋나건 말건 자기의 전문에 철저하게 충실한 사람은 누구도 탓할 수 없다.

기회 있을 때마다 박태영은 이동식 교수로부터 정치론을 들으려고 했으나 허사였다. 할 수 없이

"선생님은 정치에 무관심하다는 그 자체가 반동이란 사실을 모르십니까?"

하고 따질 때도 있었다.

"정치하는 사람도 있어야겠지만, 농사짓는 사람, 교실을 지키는 사람도 있어야 안 되겠나."

이런 대답이라서 박태영은

"선생님 같은 두뇌를 가지신 분은 마음만 다지면 혁명 전선의 리더가 될 수 있을 텐데 왜 그러십니까?"

하고 투덜댔다.

"혁명도 물론 중요하지만, 솔방울 하나를 잘 그리는 것도 그에 못지않게 중요하다고 나는 생각해. 나는 그런 신념으로 살 뿐이다."

이동식 교수의 중요한 대답이었다. 그 후부터 이동식은 '솔방울 교수'로 통하게 되었다.

그렇다고 해서 박태영이 이동식을 마르크스 철학자로 만들어보겠다는 의욕을 포기한 것은 아니다. 저런 독실한 학자가 마르크스주의를 신봉하게 되면 이 나라가 진짜 마르크스 철학자를 갖게 된다는 신념에서였다. 박태영의 이러한 의욕은 주변의 천박한 마르크스주의자, 옳게 이해하지 못하면서 마르크스 철학을 휘두르는 자가 판을 치는 현상에 대

한 반작용이기도 했다.『철학의 빈곤』은 마르크스가 쓴 책의 이름이지만, 박태영은 참으로 공산당 내에 '철학의 빈곤'을 느끼고 있었던 것이다.

'마르크스주의 정당에 있어서의 마르크스 철학의 빈곤!'

이러한 테마로 박태영은 짧은 논문을 쓰기까지 했다. 그것을 읽고 하영근 선배는

"틀림없이 이 나라에 유능한 철학 교수가 출현하게 되었다."

라고 기뻐했고, 권창혁 선배는

"몇 개의 품사만 고치면 완벽한 반공산당 논문이 되겠다."

라고 역시 칭찬을 아끼지 않았다.

그러나 박태영은 그것을 이동식 교수에게 보일 생각은 하지 않았다. 자기 교실에 마르크스 철학 전문가가 있다는 것을 알면 이동식 교수가 거북하게 생각할 것이란, 약간 오만이 섞인 자부심 때문이었다.

우이동의 들머리 수유리에 들어서면서부터 박태영은 소낙비 소리처럼 쏟아지는 매미 소리를 들었다. 그 매미 소리는 단번에 박태영을 괘관산 골짜기로 데리고 갔다. 숲 사이로 푸르게 보이는 하늘은 바로 괘관산 위로 통해 있는 하늘이었다. 매미 소리는 괘관산의 매미 소리와 겹쳤다.

'아아, 그 시절!'

눈물이 와락 쏟아졌다.

수난의 나날을 낭만적인 꿈처럼 회상하게 된다는 것은 어이 된 까닭인가. 그땐 아슴푸레하나마 희망이 있었다. 저항이 정서의 빛깔로 물들어 있었다. 일제 말기 일 년 반 동안에 다듬어 올린 작은 공화국이 거기에 있었다.

'그런데 지금 그 공화국은 온데간데없다!'
박태영은 길가 소나무에 이마를 대고 실컷 울었다.
'내게 아직 눈물이 남아 있었던가.'
하준규의 얼굴이 뇌리를 스쳤다. 괘관산 시절의 화려했던 얼굴이 침울한 얼굴로 바뀌었다.
'지금 하준규 두령은 어떻게 하고 있을까? 노동식 동지는……'
일제 말기 일 년 반 동안 괘관산에 있다가 해방과 더불어 바깥으로 나온 지 일 년이 되었을까 말까 한 시기에 다시 산으로 들어가야 했던 옛날 동지들의 운명이 눈앞에 선명하게 펼쳐져서 박태영은 가슴을 쳤다.
'앞으로 어떻게 해야 된단 말인가!'
손병희 선생의 묘소에 가까워졌을 때 박태영은 다시 한번 정신을 가다듬었다. 되도록 말을 적게 하고, 묻는 말에도 지극히 절약된 대답을 하리라 마음먹었다.

"이제 오는군."
이동식 교수가 나무 그늘에서 일어나 섰다. 옆에 있는 사람은 김경주일 것이다. 그런데 김경주의 얼굴이나 스타일이 인상적이었다.
박태영은 이규로부터 김경주가 독선적인 아버지 때문에 고민이 대단한 사람이라고 들어, 침울하고 구겨진 얼굴을 상상하고 있었는데, 그 상상과 너무 어긋나 강한 인상을 받았는지도 모른다.
김경주는 희고 맑은 얼굴에 넓은 이마, 준수한 콧날, 시원스러운 눈을 가진 미남형에 속하는 중키의 청년이었다. 태영이 한 번도 가져보지 않았던 자기의 추남에 관한 의식을 갖게까지 된 것은, 김경주의 얼굴에서 보통 미남이라고만 보아 넘길 수 없는 특유한 매력을 일순 발견했기 때문이었다.

"박태영입니다. 이규로부터 많은 얘길 들었습니다."

박태영은 김경주에게 손을 잡힌 채 머리를 숙였다.

"나도 박태영 씨 얘기 많이 들었소. 이규 군으로부터도 들었지만, 이 교수로부터도 많은 칭찬이 있었습니다."

김경주의 음성은 부드러웠다. 아무리 낮게 말해도 이 사람의 말은 또록또록 들릴 것이란 느낌이 들었다.

"우리 슬슬 우이동 쪽으로 걸어볼까."

이동식이 앞장섰다.

박태영과 김경주는 나란히 걸었다.

"이규 군으로부터 소식이 있었습니까?"

김경주가 물었다.

"얼마 전에 편지가 왔습니다. 지난 6월 파리에 도착했다고 했습니다."

"그때까진 일본에 있었던가요?"

"동경대학을 졸업하고 프랑스로 갈 작정이었으니까요."

"크게 기대해볼 만해, 이규 군은."

김경주의 말엔 감개가 있었다.

박태영은 잠자코 걸었다.

말이 끊어지자 매미 소리가 한결 높아졌다.

"베토벤이나 슈베르트가 숲속을 이렇게 걷고 있다면 매미 소리가 기막힌 음악으로 엮일 텐데."

앞서 가는 이동식이 중얼거리자

"칸트가 이 길을 걸었더라면 철학 속에 매미 소리가 끼였을 것 아닌가."

하고 김경주가 응수했다.

"박군 있는 데서 칸트 얘긴 꺼내지도 말게."

이동식이 슬금 뒤돌아보며 말했다.

"그건 또 왜?"

"박군은 칸트가 싫은 모양이야."

"칸트에 관한 자네의 강의가 싫으면 싫지, 칸트를 싫어할 까닭이 있나."

하고 김경주가 박태영의 표정을 슬쩍 보았다.

"역시 자네가 옳아."

이동식이 웃었다.

태영은 입을 다문 채 그들의 응수를 음미해보았다. 김경주의 말은 정곡을 찔렀다. 칸트에 관한 강의를 싫어했으면 싫어했을까, 칸트를 싫어할 까닭은 없었다.

어느덧 이동식과 김경주가 나란히 걷고, 박태영은 두어 발짝쯤 뒤에서 걷게 되었다.

"역시 서울이 좋군."

"그래?"

"이런 숲이 있으니까 말야."

"경기도의 산수는 확실히 경상도완 다르드만."

"눈뜬 장님이 이곳을 도읍지로 정하진 않았을 테니까."

"등산 코스가 좋겠는걸."

"좋다마다. 도시 가까운 곳에 이처럼 좋은 등산 코스를 가진 덴 서울을 빼고 별로 없을걸. 그것도 하나가 아니라 수십 개여서 물론 전문가들이 개척해야 되겠지만."

"이 교수가 개척에 앞장서지그래."

"난 앞장서는 일은 싫어. 그건 그렇고, 김군도 서울로 오지그래."

"산을 보고 오라, 그 말인가?"

"그밖에도 많은 이점이 있을 것 아닌가."

"이점? 이런 산이 있으니까 서울로 오고 싶다는 이유 외엔 서울로 와야 할 이유가 하나도 없을 것 같은데."

"장차 무슨 일을 한대도 말야?"

"무슨 일을 하겠어. 민족이 살아남을지 어떨지 하는 판인데."

"다 죽어도 자넨 살 거야. 어렵게 생각하지 말고 서울로 오게나."

"우선 위태로워서도 못 오겠다."

"뭣이 위태롭단 말인가?"

"남북 전쟁이 불가피할 것 같애."

"전쟁이 나면 시골은 안전할 줄 아나?"

"그건 그래. 그러나 시간차란 것은 있을 게 아닌가. 일 분 일 초가 결정적인 의미를 가지는 것 아닌가. 그런 점에서도 위험한 곳은 미리 피해야 하는 거다. 나는 이 교수를 시골로 데리고 가고 싶다."

"……."

나란히 걷고 있는 이동식과 김경주의 대화를 듣고 뒷모습을 보면서 박태영은, 두 사람이 보통 친한 사이가 아니란 느낌을 새삼스럽게 가졌다. 일종의 친화력이라고나 표현할 수 있을까, 눈에 뵈듯 훈훈한 안개 같은 것이 두 사람의 둘레를 에워싸고 있었다.

오솔길에서 나와 개울을 건넜다.

개울가에 시골풍의 중년 사나이가 있었는데,

"되련님, 저쪽에 자리를 잡아놓았습니다."

하고 오른손을 들어 방향을 가리켰다.

그 사나이의 뒤를, 개울을 따라 걸어 올라갔다. 물이 괸 웅덩이 옆 상수리나무 그늘에 멍석이 깔려 있고, 그 건너편에서 중년 여자가 솥과 냄비를 걸어놓고 불을 지피고 있었다.

이동식 교수 집에서 일하는 부부가 거기까지 기물과 음식을 날라 와서 잔치 준비를 하고 있는 것이다.

이윽고 둥근 상에 갖가지 음식이 놓였다. 찬물에 담가놓은 약주병을 끌어올렸다. 잔치가 시작되었다.

"산속에서 이런 호화판을 벌일 수 있다니."

하고 김경주가 탄성을 올렸다. 그것은 곧 박태영의 감상이기도 했다.

"김군과 같이 소풍을 간다고 하니까 집사람이 신경을 쓴 거라."

이동식의 말은 변명하는 투였다.

"전형적인 양반 취미 아닌가."

김경주가 웃었다. 그리고

"참, 요즘엔 부르주아 취미라고 해야지."

하고 말을 고쳤다.

상당한 거리를 걷고 점심때가 지나 시장기도 있어서, 술맛과 음식맛이 좋았다.

"부르주아 취미도 나쁘지 않군. 그렇죠, 박태영 씨?"

하며 김경주가 술잔을 박태영에게 건넸다.

"물론 나쁘지 않죠."

박태영이 술잔을 받아 들었다.

"일본놈 병정 노릇 하던 때가 생각나는군."

이동식의 이 말이 계기가 되어 김경주와의 사이에 학병 시절 얘기가 한참 동안 계속되었다.

"그 능구렁이 같은 아오키노라는 녀석, 생각만 해도 진절머리가 나."

이와 같은 노골적인 감정 표시를 이동식이 할 수 있다는 것은 박태영에겐 하나의 놀람이었는데, 김경주는

"나는 가끔 그들을 그리워할 때가 있다네."

하고,

"초년병 시절에 아침저녁으로 무라타라는 상등병에게 뺨을 맞고 지냈는데, 뒤에 알고 보니 그놈도 괜찮은 인간이었어. 자기들 나름으론 그것을 교육이라고 생각했던 거라. 꼭 그렇게 해야 한다는 초년병 교육을 끝내고 일등병이 되었을 때 그자가 나보고 하는 소리가, 감정을 가지지 말라는 거야. 일본 군대는 그렇게 되어 있다고, 앞으론 때리는 일이 없을 거라고 하고."

"약삭빠른 놈들이야. 뒤에 보복이 있을까봐 두려워 선수를 친 거지."

"그렇게만 생각할 수 있겠나. 총체적으로 내가 일본 군대에서 만난 사람으로서 나쁜 놈이라고 꼬집어 말해야 할 사람은 없을 것 같애."

"니, 무슨 소릴 그렇게 하노."

하고 이동식은 몇 사람의 이름을 들먹이고, 돼먹지 않은 놈들이라고 평했다.

그런데 김경주는 한 사람 한 사람에 대해 일일이 변명을 했다.

"특히 데라타 병장은 말이다, 나와 같이 토치카를 만들러 가지 않았겠나. 그런데 자재가 형편없는 기라. 시멘트도 모자라지, 철근도 모자라지. 그래도 토치카를 백여 개나 만들라는 상부의 명령이니 철근 대신 청죽靑竹을 섞어 써야 할 판이었어. 데라타는 이렇게 만들어보았자 적의 탱크를 막기는커녕, 비만 조금 세차게 내려도 감당하지 못할 거라면

서도 최선을 다해 만들어보지고 했어. 아니나 다를까, 큰비가 오자 토치카가 몽땅 무너져버렸는데, 그래도 기를 쓰고 다시 시작하는 거라. 나는 그 집념과 성실에 놀랐어. 성격이 약간 괴팍하기는 해도 봐줄 만한 사람이라고 생각했지."

"일본놈이 즈그 상부의 명령을 충실히 이행한 건데 그게 뭐 보아줄 게 되나?"

"나는 놈들의 입장에 서서 이해하려고 했지."

"놈들의 입장에 서? 웃기지 말게."

"아냐, 난 이왕 일본 군대에 들어온 바에야 철저하게 그들의 상태를 파악해보려고 했지."

"그래, 그 결과가 어떻던가?"

"군국주의로 일본을 끌고 간 상층부는 욕할 수 있어도 병사들은 욕할 수 없다는 심정이 되더만. 그리고 일본 군대의 조직이란 기막히게 돼 있더라. 병사를 병장, 상등병, 일등병, 이등병으로 구분해놓고 각각 이해利害가 다르게 해놓았어. 그러니 병사들이 한 덩어리가 되어 반항할 수 없어. 하사관도 마찬가지고. 그런데 일본 군대가 병들어 있다는 것은 전통이 오래된 만큼 갖가지 규제가 너무나 복잡하다는 데 있더라. 규제가 복잡하니까 약간의 범법을 하지 않고는 배겨내지 못하는 거라. 그래서 자연 요령주의란 게 생겨나게 되는 거라. 요령도 물론 필요하지만, 요령만 갖곤 정병精兵이 되지 못해. 나는 그 단계에 있어서 일본 군대는 정신적으로 분해 과정, 아니, 부식 과정에 있다고 생각했지."

"아무튼 나는 학병 때 일만 생각하면 이가 갈릴 지경이다."

하고 이동식이 얼굴을 찌푸렸다.

그런데 김경주는

"나는 일본 국비로 수학 여행을 하고 온 셈 쳤는데."
하고 웃었다.
　그리고 두 사람 사이에 학병 이야기가 오갔는데, 박태영은 기묘한 대조를 발견했다. 이동식은 평소의 언동으로는 전연 추측할 수도 없었던 성격을 드러냈다. 이동식은 일본 군대의 나쁜 놈들을 모조리 드러내어 맹렬히 비난한 데 반해, 김경주는 일본 군대엔 하나의 악인도 없다고 한 것이다. 태영이 느낀 기묘한 대조라는 것은, 이동식은 악의 측면만 들먹이고, 김경주는 선의 측면만 들먹인 바로 그 점이었다.
　그런데 이상하게 말이 번지고 있었다.
　"김 군은, 지나간 과거는 모조리 용서하자, 이 말인가?"
　"나 하나를 제외하곤 전부 용서하고 싶어. 그래서 나는 일본 군대에 갔다 온 이래 절대로 남에게 성내지 않기로 했지. 일본놈에게 뺨을 맡겨놓다시피 하고 살아온 놈이, 조금 형편이 자유스럽게 되었다고 해서 누구에게 성을 내고 화를 내겠나."
　이렇게 말하는 김경주의 얼굴에 침울한 빛깔이 서렸다.
　"대단한 결심을 했구나."
하고, 이동식은 박태영에게 시선을 옮기고 말했다.
　"우리만 지껄여 실례했군."
　"아닙니다. 흥미 있게 듣고 있습니다."
　그러자 김경주의 말이 있었다.
　"존경합니다, 박태영 씨. 그 상황에서 학병으로 가지 않고 항일 운동을 했다는 건 참으로 대단한 일입니다."
　이동식은 깜짝 놀랐다.
　"박태영 군도 학병으로 갈 처지에 있었나?"

"일본 어느 사립 대학 전문부에 적을 두고 있었습니다."

"이군은 그런 것도 몰랐나?"

하고 김경주가 대신 설명했다.

박태영이 놀란 것은, 김경주가 자기의 사정을 상당히 자세하게 알고 있어서였다. 그러나 다행히도 공산당에 입당했다가 제명 처분을 받은 부분은 모르는 모양이었다.

도중에 하준규 얘기가 나왔다.

"하군과 나는 동경에서 퍽 가까이 지냈지."

하고 김경주는 동경에서의 하준규의 무용담 몇 가지를 소개했다.

박태영은 하준규를 무술인으로만 취급하는 것이 불만이어서,

"하 선배는 민족이 요구하는 지도자가 될 분입니다."

하고 하준규의 인격과 식견을 찬양하는 말을 아끼지 않았다.

김경주는 박태영의 말에 전적으로 동의하면서도 다시 우울한 얼굴이 되더니 중얼거렸다.

"대성할 날이 있어야 할 텐데, 아무래도 길을 잘못 든 것 같애요."

그건 묵과할 수 없는 말이었다.

"저는 하 선배가 민족의 정도를 걷고 있다고 생각하는데요."

자기도 모르게 박태영은 항의하는 말투가 되었다.

"나는 정도처럼 위험한 길은 없다고 생각합니다."

김경주의 말은 조용했다.

"정도란 뭘 말하는 거야?"

하고 이동식이 말을 끼웠다.

"저는, 신념을 갖고 걷는 길을 정도라고 생각합니다."

태영이 또박 말했다. 그리고 김경주에게 물었다.

"정도가 위험하다고 말씀하셨는데 어떤 뜻입니까?"

"나는 이데올로기의 위험을 말한 겁니다. 이데올로기에 사로잡히면 좋지 않습니다. 자기가 주인이 되어 이데올로기를 적당하게 요리하고 구사하면 몰라두요."

"결국 기회주의자가 돼라, 이 말 아닙니까?"

"사람은 본질적으로 기회주의자가 아닐까요? 기회주의적이라야만 살아남을 수 있지 않을까요? 최선의 기회를 찾으려는 것이 인간의 노력이 아닐까요?"

바로 그것이 반동의 정체라고 생각하며 박태영은

"목표가 뚜렷하게 서 있느냐 서 있지 않느냐가 문제 아니겠습니까. 목표를 달성하기 위해 최선의 기회를 찾는 것을 나는 기회주의라고 보지 않습니다. 그건 전술 문제니까요. 내가 생각하는 기회주의는, 목표도 신념도 없이 조그마한 이익을 탐내 절도 없이 우왕좌왕하는 태도입니다."

"생명이 조그마한 이익일까요?"

김경주가 말했다. 그리고 말을 계속했다.

"지금 우리 민족의 문제는 무슨 목표나 주장에 있지 않고, 생명을 부지하느냐 못하느냐에 있다고 생각합니다. 생명을 부지하기 위해서는 철저하게 기회주의자가 되어야 한다고 나는 생각합니다."

"어떤 비겁한 짓을 해서라두요?"

"우린 기왕에 너무나 비굴했소. 비굴을 겁낼 만큼 우리 민족은 결백하지 않소. 비굴해도 좋으니 살아남아야죠."

"그 의견엔 난 반대다. 기왕은 어떠했건 앞으론 비굴하게 사느니보다 깨끗하게 죽는 걸 배워야 한다고 나는 생각한다."

라고 동식이 힘주어 말했다.

"또 칸트 선생이 나왔군."

하고 웃고 김경주가 말했다.

"실제 문제로서 말이다, 내가 직접 담임하고 있는 학생이 50명이고, 내가 가르치고 있는 학생이 3백 명인데, 이들에게 지리산으로 들어가 야산대野山隊가 되라고, 즉 빨치산이 되라고 유혹하며 충동하는 세력이 있단 말이다. 나는 지난 2년 동안 죽을힘을 다해 그걸 막았다. 어떻게 막았는지 아니? 애들과 이론 투쟁을 해서 그들을 설득할 수 있을 것 같애? 현재 마르크스 이론 이상으로 정비되어 있는 사상이 있기나 해? 선불리 설득하려고 했다간 되레 역효과가 난단 말야. 그래서 나는 철저하게 비굴한 교사가 되기로 작정했지. '넉넉잡고 5년만 기다려라. 5년 동안만 잠자코 있어다오. 너희들이 지리산으로 들어가지 않는다고 이 나라 땅덩어리가 없어지진 않는다. 5년 후에도 역시 애국자는 필요하다. 너희의 애국을 나는 절대로 방해할 생각은 없다. 5년 후에 애국을 시작해도 늦지 않다. 5년 동안에 그만큼 교양과 신체가 성장할 테니까 보다 나은 실력으로 애국할 수 있지 않겠나. 너희에게 지금 가장 소중한 것은 생명의 유지이다. 생명을 유지하기 위해선 얼마든지 비굴해도 나쁠 것 없다. 너희의 친구가 너희를 비굴한 놈이라고 욕하거든, 나는 5년 동안만 비굴할란다고 말해라. 솔직히 말하면 빨치산으로 안 간다고 해서 비굴한 것은 아니지만, 일단 그렇게 알아두란 얘기다. 가끔 경찰에 붙들려간 학생들을 석방시키려고 경찰서에 찾아가기도 하는데, 매를 맞고 살려달라고 비명을 올리는 광경은 차마 볼 수가 없더구나. 그것이야말로 비굴한 꼴이더라. 이 세상엔 마르크스 말고도 배울 것이 많다. 보다도 어째서 빨리 주인을 만들려고 하느냐. 5년 동안, 그렇다, 5년 동안 자유로운 처지에 있기만 해라.' 나는 이렇게 빌었다. 그렇게밖에 할 수가 없었다."

"그래서 효과가 있었나?"

이동식이 물었다.

"효과가 있었지. 내가 관계하고 있는 학생 가운데선 하나도 지리산으로 들어가지 않았으니까."

"왜 좌익은 학생들을 빨치산으로 만들려고 하지?"

동식의 질문에 김경주는

"몰라서 묻나?"

하고 피식 웃었다.

"자꾸만 소탕전을 하는 바람에 빨치산의 수가 줄어들고 있거든. 그러니까 병력 보충이 시급한 거다."

"그들은 그런 전법으로 성공할 수 있다고 생각하는가?"

"글쎄 말이다. 중공이 빨치산 활동으로 성공한 예가 있으니까 그렇게 하는가보지만 어림도 없지. 미소 간의 냉전이 팽팽하니 미군이 빨치산을 그냥 둘 까닭도 없고, 이제 남한만의 정부가 섰으니까 소탕전이 더욱 철저하게 될 거야."

"마르크스주의자들은 영리하니 무모한 짓이야 하겠나. 무슨 전략이 있겠지. 믿는 것이 있기도 할 거구."

"나름대로야 무슨 승산이 있겠지. 그렇게 버티면서 북쪽이 쳐내려오는 것을 기다리는지도 모르지. 그러나 내가 보는 한 절망이야. 빨치산은 주변 농민들의 저주의 대상이 되어 있거든. 양식과 가축을 약탈하고 사람을 징발하고 해서 작폐가 이만저만이 아니니까 당연하지. 그들은 원성이 경찰에게 갈 것으로 알지만, 경찰의 작폐까지 합쳐 원성을 듣는 것은 그들이다."

"그것은 자네가 우익의 입장에 있으니까 하는 말 아닌가?"

"천만에. 지난 5월의 선거를 보라구. 국민의 절대 다수가 좌익에 등을 돌리지 않았는가."

"관권에 눌린 결과가 아닐까?"

"그렇게만 생각하면 안 돼. 서울에선 관권의 강제가 있었나?"

"별로 그런 것 느끼지 않았다."

"시골도 마찬가지야. 그리고 미 군정의 경찰은 그다지 서둘지도 않았어. 좌익들이 폭동을 일으킬까봐 경계는 했어도. 사실 그런 일 갖고 민중의 악감을 살 경찰이 아니지 않은가."

박태영은 바늘방석에 앉은 기분이어서 다음과 같이 말해보았다.

"심리적인 압박이란 게 있지 않았겠습니까?"

"심리적 압박이라면 좌익에게서 더 많이 느꼈을 거요. 바로 이웃 사람들이 선거 방해를 하니 투표장에 나가기가 거북하지 않았겠소?"

"그러나저러나 김군은 너무 깊숙이 정치에 말려든 것 같애. 그 수렁에서 빠져나오기 위해서도 서울로 오는 게 좋을 텐데."

"이왕 내친걸음인걸. 그리고 난 내가 맡고 있는 학생들을 버릴 수가 없어."

"좌익 교사들 가운데 퍽 날카로운 이론가가 있다며?"

"응, 모두 훌륭한 사람이야."

"자네의 입장으로 봐선 그들을 훌륭하다곤 못할 게 아닌가."

"사상의 방향이 다르다고 훌륭한 사람들을 훌륭하게 보면 안 된다는 그런 게 어딨어."

김경주의 그 말은 태영이 듣기에 좋았다. 태영이 C농고에 민영준이란 사람이 있다고 들은 기억이 나서 그의 소식을 물었다.

그러자 김경주가 되물었다.

"민영준 씨를 아십니까?"

"아닙니다. 듣기만 했습니다. C농고 시절에 독서회사건의 리더였다고 들었지요."

"민영준 씬 훌륭합니다. 열렬한 좌익 투사지요. 아마 공산당, 아니, 남로당 진주 시당의 요직을 맡아왔을 겁니다. 학생들에겐 거의 절대적인 영향력이 있지요. 그런 사람과 대항하고 싸우려니까 이만저만 힘들지 않습니다."

"싸우실 필요가 없지 않아요?"

"학생들을 당원으로 묶으려는데 가만있을 수 있습니까?"

"학생은 당원이 되면 안 됩니까?"

박태영이 농담처럼 꾸며 말했다.

"아까 말하지 않았습니까. 학생은 5년쯤 기다렸다가 정치 운동을 해도 된다구요."

"선생님은 마르크스주의를 어떻게 생각하십니까?"

"굉장히 좋은 사상이라고 생각합니다."

"그런데 왜 반대하십니까?"

"좋다고 해서 모두 따라야 하나요?"

"그게 지식인의 양심 아니겠습니까?"

"나는 그렇게 생각하지 않습니다. 마르크스주의는 좋은 사상이긴 하지만 추종할 순 없는 사상입니다. 예수교는 좋은 종교지만 추종할 순 없다는 생각과 똑같지요."

"추종할 수 없는 점이 뭡니까?"

"마르크스는 증오를 가르치고 있습니다."

"부정, 또는 불합리는 당연히 증오해야 되지 않겠습니까."

"마르크스는 부정과 불합리를 증오하는 것이 아니라 부르주아를 증오한다고 보는데요."

"부르주아가 부정과 불합리의 원흉이기 때문이 아니겠습니까?"

"나는, 현대 사회에 있는 부정과 불합리는 역사의 누적에서 온 것이지 부르주아만이 책임질 문제는 아니라고 생각하는데요."

"바로 그 역사가 문제입니다. 역사의 현시점에 있어서의 담당자가 바로 부르주아 아닙니까. 그러니 현대 사회의 부정과 불합리는 부르주아가 책임져야 하고, 따라서 계급으로서의 부르주아는 타도되어야 한다는 것이 마르크스주의 아닙니까?"

"나는 그런 도식적이고 교조적인 사상엔 찬동하지 못합니다. 마르크스는 현 자본주의 사회를 봉건 귀족과 부르주아 계급이 투쟁한 결과라고 설명했습니다만, 나는 투쟁이 아니고, 상호 협조·타협이라고 봅니다. 귀족 계급이 부르주아 계급에 흡수되기도 하고, 상호 병존하기도 하다가, 생활의 편리에 따라 서서히 자본주의 사회의 토대가 잡혔을 뿐, 승자와 패자가 선명하게 남는 그런 투쟁은 없었다고 봅니다. 물론 간혹 분열과 분쟁은 있었지만, 그것은 역사적으로 해석하느니보다 개별적인 이벤트로 보아야 할 겁니다."

"그러나 러시아 혁명이 충분한 선례를 만들어놓지 않았습니까?"

"나는 러시아 혁명을 마르크스주의자들에 의한 혁명이라고 할 수는 있어도, 마르크스주의에 의한 혁명은 아니라고 생각합니다. 러시아에선 귀족 정권이 타도되었지, 부르주아 정권이 타도되지는 않았으니까요. 그리고 그 귀족 정권을 타도한 세력도 부르주아를 비롯한 일반 대중이었지, 프롤레타리아가 아니었으니까요. 말하자면 프롤레타리아에 의한 부르주아 타도라는 도식엔 맞지 않는단 말입니다. 프롤레타리아라는 이름이 붙은 계층이 정치의 표면에 나타난 것은 혁명 후였습니다. 일부 음모자들이 프롤레타리아를 속임수로 조직해서 결국 그들의 의사를 횡령해버린 거죠. 러시아 혁명은 러시아 제정에 불만을 품은 대중의 세력에 편승해서 일부 야심가들이 정권을 농단한 폭력 혁명 이상의 의미는 없습니다. 그리고 그것은 노동자와 농민의 정권으로 성공하지 않았습니다. 가보지 않았으니 단언은 못하지만, 나는 러시아의 현상이 노동자, 농민의 승리 또는 성공이라고 보지 않습니다. 앙드레 지드의 『소비에트 기행』을 읽었을 뿐입니다만, 러시아에선 프롤레타리아는 원래의 비참한 상태 그대로 남고, 전의 귀족 계급에 대체되는 새로운 지배 계급이 출현했을 뿐이라고 생각하는데요. 부하린 재판, 투하쳅스키 재판, 킬리로프 암살 등 사건으로 보아서 나는 소련이 나치스와 비슷한 전체주의 국가로서 인민 대중을 혹사하고 있다고 생각합니다."

"김 선생님의 말씀을 들으니 전형적인 반동 분자의 연설을 듣는 것 같은 느낌이 듭니다."

"그렇습니까? 핫하. 그래 모두들 나보고 악질적인 반동이라고 합니다." 하고 김경주는 크게 웃었다.

박태영은 김경주의 응수에 따라 좀더 강한 공세를 취할 작정이었는데, 조금도 구김살 없는 웃음소리를 대하자 얼떨떨해졌다. 가까스로 마음을 진정하고

"어차피 착취를 용인하는 자본주의는 지양되어야 하지 않겠습니까. 그러자면 부득이 마르크스의 교리를 따라야 하지 않겠습니까. 퇴보할 순 없지 않습니까. 마르크스주의 외엔 달리 대안이 없지 않습니까?"

하고 김경주를 쏘아보았다.

"대안이 있지요. 일단 영국이나 미국의 민주주의를 배우는 겁니다. 그렇게 해서 한동안 각 분야에 걸쳐 각기 경쟁을 전개하는 겁니다. 민족의 역량이 각 분야에서 최대한의 신장을 보이도록 말입니다. 그렇게 되면 경쟁에서 패배한 자가 속출하겠지요. 부익부 빈익빈의 현상도 생기겠지요. 그때 가서 조절하는 겁니다. 즉 자유 경쟁을 조절해서 국민 생활 전체를 평준화 방향으로 끌고 가는 겁니다. 서서히 침착하게 서둘지 말고 이모저모 고쳐가는 거지요. 나는 그 방법 외에는 없다고 생각합니다. 나는 마르크스의 이론으로 착취 없는 사회가 이루어지리라고 믿지 않습니다. 자본가의 착취가 없어지면 그에 대체된 계급의 착취가 있겠지요. 또 인민이 인민의 주인이 되는 사회가 마르크스의 이론에 의해 건설되리라고 믿지도 않습니다. 프롤레타리아 독재라고 하지 않습니까. 프롤레타리아 독재는 극히 소수자의 독재로 변형될 것이 분명합니다. 소련의 스탈린 독재가 바로 그것 아닙니까. 그 숱한 숙청이 스탈린의 독재를 위한 숙청이 아니었던가요? 폭력 혁명은 폭력 정치의 단서일 뿐입니다. 조선공산당만 해도 그렇지 않습니까. 민족의 화합이 가장 시급한 이때에 어쩌자고 계급 투쟁을 가르치며 선동하는 겁니까. 어쩌자고 직장과 가정을 분열시키려고만 하는 겁니까?"

"분열과 투쟁의 책임은 우익이 져야 하지 않겠습니까?"

"책임을 말하면 똑같이 져야죠. 그런데 나는 공산당이 결정적인 실패를 했다고 봅니다. 대중의 마음을 잡지 못했으니까요. 지금 수립된 이승만 정권은 순전히 공산당이 세운 정권이나 다를 바 없습니다. 남북 협상을 하려 하면서 자기들이 편리하도록만 하려고 했으니 될 게 뭡니까. 공산당이 신념과 자신을 가지고 있다면 남북을 통한 협의에 무조건 호응했어야 합니다. 그렇게 일단 통일의 터전을 만들어놓고 인심을 수렴하도록 밑바닥으로부터 노력했어야 합니다. 해방 직후 공산당이 제재를 받았습니까? 좌익 탄압을 공산당이 자초하지 않았습니까? 남한만의 단독 선거가 불가피하다고 생각하면 공산당은 왜 참가하지 않는 겁니까. 공산당이 보이콧함으로써 왜 송두리째 정부를 우익에만 넘겨주었느냐, 이 말입니다. 두고 보시오. 5일 전에 수립된 이 정부는 철두철미한 반공 정권으로 행세할 것입니다. 앞으로 공산당은 발붙일 곳이 없게 될 겁니다. 아까 내가 하준규 형이 길을 잘못 들었다고 한 것은, 앞으로 하준규 형이 이와 같은 정권과 대항하게 되었다는 뜻으로 말한 겁니다."

"좌익이 호락호락 탄압만 받을까요?"

"그 문제는 앞으로 사실이 증명할 테니 토론할 필요가 없을 줄 압니다."

박태영은 불쾌함을 금할 수 없었지만, 공산당이 결정적인 실수를 했다는 사실은 인정하지 않을 수 없었다.

"인제 그만, 정치 토론은 그만하지."

하고 이동식이 손을 저었다.

"그러나 토론은 중요한 거야. 우리 국민은 토론할 줄 몰라."

김경주의 그 말엔 박태영도 동의했다. 의견의 대립이 있으면 끝까지 토론으로 해결해야 하는데, 감정적인 쟁론으로 옮겨버려 서로 불쾌하게 헤어지는 것이 통례였던 것이다.

"참."

하고 박태영이 물었다.

"민영준 씨는 건재하십니까?"

"선거가 있을 무렵부터 학교에 나오지 않았습니다. 나에게 부탁한 것은, 끌 수 있을 때까지 파면 날짜를 끌어 가족들이 월급을 받도록 해 달라는 것이었는데, 그때 민 선생의 밑은 자기가 아무래도 직업 혁명가로 전신해야겠다는 것이었습니다."

"그런 얘길 김 선생에게 하셨단 말입니까?"

"왜, 안 되는 일인가요? 내가 반동이라서요?"

김경주는 크게 웃고,

"민 선생과 나는 서로 토론할 줄 아는 사이였습니다. 밤새워 토론한 적도 있습니다. 그러니까 인간적인 문제로 서로 의논하는 경우도 많았지요. 좌익 동료들에겐 언제 무슨 일이 있을지 모르니, 그런 부탁은 비교적 안전권에 있는 나에게 해야 효과가 있지 않겠습니까?"

라고 하고,

"민 선생은 참으로 아까운 사람입니다."

하고 한숨을 쉬었다.

말없이 술잔이 오갔다.

매미 소리는 여전히 소란스러웠다.

박태영은 매미 소리도 각양각색이란 사실을 새삼스럽게 깨달았다. 그리고 패관산에서도 그런 생각을 해본 적이 있다는 사실을 회상했다. 이어

'지리산에 있는 파르티잔이 계속되는 소탕전에 견디어낼 수 있을까?'

하는 생각과 아울러, 공산당의 그들에 대한 지원이 너무나 소홀한 사실을 상기하고 암연한 마음이 되었다.

'나도 이러고 있을 것이 아니라 지리산으로 들어가야 하지 않을까.'

이런 생각에 잠기며 술을 입에 품고 있을 때, 김경주가 이제야 생각났다는 듯이 말했다.

"김태준 씨가 시인 유진오, 음악가 유호진, 영화인 홍순학 씨 등 작가, 예술인들 십여 명과 '지리산문화공작대'란 것을 만들어 지리산으로 들어갔다던데 안타까운 얘기다."

"그 얘기, 어디서 들었습니까?"

"며칠 전 회의장에서 그런 말이 돌고 있었습니다."

"회의장이라뇨?"

"난 지금 한미교육자교류회란 모임에 참석 중입니다."

"김태준 씬 학문만 해도 자기 구실을 다할 텐데."

하고 이동식이 입맛을 다셨다.

김태준은 국문학자로서 희귀한 존재였다. 일정 말기 중국 연안에 갔다오기도 했다.

"유진오도 아까운 시인인데, 이래저래 아까운 사람들이 죽어가야 하니……."

하고 김경주가 멍청한 눈으로 숲속 한곳을 보며 중얼거렸다.

"허망한 정열!"

박태영은 '당신들 같은 존재가 있으니까 그 유능하고 아까운 사람들이 죽어가는 것이다.' 하고 쏘아주고 싶었다. 그러나 그 말을 꿀꺽 삼키고 말했다.

"세상이 소용돌이 속에 말려들어 야단인데 우이동 숲속 이곳은 이렇게 조용합니다."

"나폴레옹의 포성을 들으면서도 괴테는 시를 썼다고 하지 않은가."

이동식이 넌시지 말했다.

화제가 이리저리로 옮아갔다.

적당한 기회를 포착해서 박태영이 물었다.

"학병으로 끌려갔을 때의 기분이 어떠했습니까?"

박태영은 학병으로 끌려간 사람들의 기분을 아직도 이해하지 못하고 있었다.

"그때 얘기를 하라면 얼굴을 들 수가 없어. 그만큼 무기력했다는 거지. 돌아와서 라스키의 책을 읽었는데 얼굴이 간지럽더구만. 전체주의 국가를 상대로 민주주의를 수호하기 위해 싸우다 죽은 수백만 젊은이들에 대한 조사弔辭였는데, 나는 그걸 읽고 우리는 인생을 시작하자마자 인생을 포기한 거나 다름없다고 느꼈지."

이것은 김경주의 말이었고,

"카이로 선언이 발표된 것이 우리에게 학병 소동이 있었던 무렵이더만. 뒤에 안 일이지만 께름하대. 우리에게 독립을 주겠다는 나라를 상대로 총을 들었으니 말이 되는가."

이건 이동식의 말이었다.

"이동식 교수나 나나 반항적인 인물은 못 돼. 허허."

김경주의 웃음엔 자조가 있었다.

긴 여름 해가 기울어졌을 때 세 사람은 산그늘을 밟고 우이동에서 내려왔다. 세 병에 가까운 약주를 마셨는데도 취하지 않은 것은, 맑은 공기 속에서 토론에 열중했기 때문인지 몰랐다.

박태영은, 김경주의 어쩌면 당돌하게 들린 반마르크스 이론과 가끔 보인 자조가 한편 불쾌하지 않은 바는 아니었으나, 누구의 이름을 들먹여도 좋게만 말하려는 김경주의 태도에서 한량없는 선의 같은 것을 느끼지 않을 수 없었다. 새삼스럽게 '이런 사람이 어떻게 반동일 수 있을까?' 하는 아쉬움도 없지 않았다.

그래서 태영은 좀더 김경주와 얘기를 나누고 싶어 나란히 걸으며 질문해보았다.

"이 땅에 마르크스주의 혁명이 불가능한 바도 아닌데, 김 선생님은 왜 반동의 길을 굳이 걸으려는 겁니까?"

"마르크스주의가 옳으냐 그르냐 하는 문제는 제쳐둡시다. 나는 아까도 말했듯이 우리의 생존을 문제로 하고 있습니다. 외람한 말이지만 나는 이 나라에선, 그러니까 남한을 말하는 겁니다만, 공산주의를 하는 사람은 다 죽을 것이란 생각이 듭니다. 열렬할수록 죽을 확률이 높죠. 나는 오늘의 세계 정세로 보아 이데올로기에 의한 혁명은 불가능하다고 봅니다. 2차대전 이후 소련 블록으로 들어간 나라는 머잖아 공산 국가가 될 것이고, 미국 블록으로 들어간 나라는 자본주의 국가가 될 겁니다. 지금은 냉전 시대가 아닙니까. 미국이나 소련이 각각 세력을 팽창시키기 위해 안간힘을 쓰고 있지 않습니까. 바로 그 의도에 의해 남한엔 우익 정권이 서지 않았습니까. 북한엔 좌익 정권이 설 것이고요. 남한에선 벌써 시작되었습니다. 좌익 사상가나 운동가는 철저하게 척결될 것입니다. 북한에선 우익 인사가 척결될 것이고요. 그렇게 하지 않으면 정권이 안심할 수 없으니까요. 좌익은 물론 반항하겠지요. 좌익 척결이 쉽지 않겠지요. 그러나 박형, 일제 시대를 생각해보십시오. 관헌의 힘은 우리가 짐작한 이상으로 강한 작용을 합니다. 남한에 단독 정부가 섰다는 그 사실이 좌익의 힘이 약했다는 증거가 되는 겁니다. 힘이 부쳐 우익 정권을 성립하게 해놓고, 어떻게 그 정권을 무너뜨릴 수 있겠습니까. 정권은 틀림없이 날로 강화되어가고, 이와 반비례해서 좌익은 약화되어갈 것입니다. 정치는 바로 현실입니다. 오늘의 현실은, 공산당은 곧 죽음을 의미하게 되었습니다. 게다가 공산당의 전략은 형편없이 유치하고 비능률적이며 지리멸렬합니다. 이런 사정인데 공산당이 어떻게 남한을 지배하는 세력이 될 수 있단 말입니까. 나는 지리산에 있는 빨치산들, 전국 각지에 산재한 야산대들이 안타까워 정말 견딜 수가 없습니다. 그들은 지금 몰살될 운명에 놓여 있는데, 그들의 죽음이 무엇을 의미할까요. 그들의 죽음에 영광이 있을까요. 물론 있다고 할 사람이 있을 줄 압니다. 그러나 나는 허망한 죽음일 뿐이라고 생각합니다. 내가 지금 하준규 형을 만날 수만 있다면 그야말로 간청을 하겠어요. 살고 보자고."

김경주의 말이 간절했기에 박태영의 응수도 진지했다.

"저는 결코 절망할 것이 아니라고 생각합니다. 머잖아 중국이 공산화되지 않겠습니까. 그렇게 되면 대륙 전체가 공산화되는 겁니다. 북한도 공산화됩니다. 아시아 대륙 극동의 일부인 이 반도의 남쪽이 대륙의 운명을 면할 수 있겠습니까?"

"북한의 남침을 예상한다는 말씀입니까?"

"천만에요. 북한의 남침 없이도, 북한의 존재만으로도 하나의 세위勢威가 되어 남한의 좌익 세력과 호응한다, 이 말입니다."

"나는 북한의 남침을 예상합니다. 그것이 결정적인 비극이 되겠지요. 그러나 남한이 공산화되진 않을 겁니다."

"나는 북한의 남침은 절대로 없을 것으로 압니다."

"어떻게 그런 장담을 하십니까?"

"전쟁은 자본주의가 일으키게 돼 있습니다. 전쟁을 함으로써 이득을 보는 계층이 자본가들이니까요. 사회주의 국가는 전쟁을 일으키지 않습니다. 전쟁해서 이득을 보는 계층이 없을 뿐 아니라, 나라 전체가 손해만 볼 뿐이니까요. 방어 전쟁은 불가피하겠지만요."

김경주가 빙그레 웃으며 받았다.

"레닌의 이론이군요. 그러나 그것도 역시 하나의 도식에 불과합니다. 자기들 정권의 안전을 위해서, 또는 새 지배자들의 야욕 때문에 소련이나 북한은 전쟁을 불사할 것으로 나는 판단합니다."

"또 토론이야?"

하고 이동식이 말을 끼웠다.

"역사는 인간이 만드는데도 인간의 힘으로는 어떻게 할 수 없는 것이 아닐까? 그러니 관조는 하되 비판하지 말고, 분석은 하되 조급한 예언은 피해야 한다. 전쟁이 나면 죽을 수밖에 없다고 단념하면 그만이지, 미래를 이렇게 저렇게 헤아려서 무슨 보람이 있겠는가?"

"그게 아카데미 정신인가?"

김경주의 말이었다.

"아카데미도 아니고 아무것도 아냐. 무력의 인식이다."

이동식이 허허하게 웃었다.

"아무튼 불행한 나라야. 민족의 수재라고 할 수 있을지 모르는 사람들이 허망한 정열에 불타서 죽고, 죽어가고 있고, 계속 죽어야 하니까 말이다. 아아, 허망한 정열! 스페인의 내란 때 죽은 가르시아 로르카의 시에 이런 것이 있더라."

하고 김경주는 다음과 같이 뇌었다.

어디에서 죽고 싶으냐고 물으면, 카탈루냐에서 죽고 싶다고 대답할 수밖에 없다.

어느 때 죽고 싶으냐고 물으면, 별들만 노래하고 지상에선 모든 음향이 일제히 정지했을 때라고 대답할 수밖에 없다.

유언이 없느냐고 물으면

나의 무덤에 꽃을 심지 말라고 부탁할 수밖에 없다…….

'허망한 정열!'
김경주가 던지고 간 이 말이 박태영의 가슴팍에 어느덧 새겨져 일종의 고정 관념이 되었다. 그렇다고 박태영이 김경주의 영향을 입어 비관론에 빠진 것은 아니다.

박태영은, 김경주가 '대한민국 정부는 날로 강화되고, 좌익 세력은 날로 약화될 것'이라고 했지만, 군 내부에 침투되어 있는 좌익 세력에 기대를 걸고 있었다. 그뿐만 아니라, 지난 4월 3일 제주도에서 발생해 아직도 계속되고 있는 무장 폭동이 전국 각지에 만연될 수도 있어서, 남한의 단독 정부를 타도하는 것이 결코 무망하지 않다는 일루의 희망을 가지고 있기도 했다.

박태영은 모르고 있었지만, 김경주와 어울려 우이동 골짜기에서 술을 마실 무렵, 제주도에서 폭동을 주도한 김달삼金達三이 해주의 이른바 인민대표자대회에 나타나서 우레 같은 박수갈채를 받고 있었다.

이윽고 그해 10월 20일 여순반란사건이 발생했다. 이 반란 사건은 여수 주둔 국군 14연대에 의해 발생했는데, 그 개요를 김남식 씨의 『남로당』에 의해 적어본다.

제14연대는 육군 본부의 명령에 의해 1개 대대를 제주도로 출동시킬 준비를 갖추고 있었다. 1948년 10월 19일 오전 8시에 여수항을 출발하라는 명령이었다. 18일 오후 8시, 남로당 당원이며 14연대 세포책인 지창수가 40명의 세포에게 병기고와 탄약고를 점령하라고 지시했다. 그리고 비상나팔을 불어 출동 부대인 제1대대를 연병장에 집결시키고, 이어 잔류 부대 2개 대대도 합류시켰다. 병사들의 집합이 끝나자 지창

수는

"우리는 지금부터 경찰을 타도하고 제주도에 출동하는 것을 거부하는 동시, 남북 통일을 위해 인민군으로 행동하자."

라고 외쳐 대부분 사병들의 환호를 받았다. 그리고 이에 반대하는 사병 3명을 즉석에서 사살했다. 이 무렵 부대 부근에서 대기 중이던 여수지구의 남로당원 23명이 영내로 들어와 무장해 군대에 합세했다.

반란 부대는 19일 새벽, 지창수의 지휘하에 여수 시내로 돌입, 먼저 경찰서를 습격해 경찰관을 닥치는 대로 살해했다. 그러는 동안, 약 6백 명의 좌익 동조자들이 반란 부대에 합세했다. 반란 부대는 동조자들의 안내로 각 관공서 및 중요 기관을 습격했다. 이렇게 해서 20일 오전 9시엔 여수시를 완전히 장악했다. 그리고 인민위원회를 조직하고 인공기를 게양했다. 소위 '반동 분자'를 색출해서 집단 총살하고, 전투적인 남녀 중고등학생을 동원해 선전 활동을 개시했다.

20일 오전 9시 30분, 2개 대대 병력 규모를 가진 반란 부대가 열차를 타고 순천으로 향했다. 순천엔 14연대의 2개 중대가 주둔하고 있었다. 중대장 홍순석洪淳錫 중위는 남로당 당원이었다. 그는 2개 중대를 통합 지휘해 북상하는 반란 부대를 기다리고 있었다.

오후 3시경 순천이 반란군에 의해 점령되었다. 순천을 장악한 반란 부대는 3개 부대로 개편해 일부는 서북쪽의 학구로, 일부는 동쪽의 광양으로, 일부는 벌교 방면으로 출동했다. 그들은 경찰서를 습격해 경찰관을 살해하고, 지방의 좌익계와 합류해 인민위원회를 조직하고, 모든 우익 인사를 즉석에서 살해하거나 인민 재판에 회부해 처단했다.

좌익들이 날짜별로 발표한 바에 의하면 다음과 같다.

10월 20일 0시, 여수항에 정박 중인 세 척의 해군 함정을 향해 쏘는 총소리가 나자, 수많은 병사들은 무기고를 점령한 다음, 일부 장교를 살해하거나 감금하고, 2시 반에는 여수경찰서를 습격했다. 3시 반에는 여수 시내의 모든 파출소를 폭동군이 점령하고, 폭동군 일부는 3시 반에 여수역을 출발하는 순천행 열차를 탔다. 여수 시내에서는 경찰서가 전소되고, 거리거리에 '인민대회'의 포스터가 나붙었으며, 인공기가 전 여수 시내에서 휘날렸다. 시민들이 인공기를 들고 중앙동 광장에 모이기 시작했다.
　시가지엔 '제주도 출동거부 병사위원회'의 이름으로
　1. 제주도 출동 절대 반대.
　2. 미군도 소련군을 본받아 즉시 철퇴하라.
　3. 인민공화국 수립 만세.
등의 성명서가 나붙었다.
　남로당 여수 읍당 위원회에서는 재빨리 인민위원회를 조직하고, 읍사무소 자리에 보안서를 설치하고, 10시경부터 우익 인사들을 체포하기 시작했다.
　소위 인민대회가 중앙동 광장에서 열렸는데, 4만여 군중이 모였다. 오후 3시 반에「추도가」,「해방의 노래」등으로 시작된 대회는, 이용기, 박채영, 김귀영, 문성휘, 유복동 등 5명이 의장이 되어 진행했다.
　좌익노동조합 대표, 청년 대표들의 '인민공화국 수호'를 외치는 연설이 있었고, 6개 항목의 결정서를 채택했다.
　1. 인민위원회의 여수 행정기구 접수를 인정한다.
　2. 조선민주주의인민공화국에 대한 수호와 충성을 맹세한다.
　3. 대한민국 분쇄를 맹세한다.

4. 남한 정부의 모든 법령은 무효임을 선언한다.

5. 친일파, 민족 반역자, 경찰관 등을 철저히 소탕한다.

6. 무상 몰수·무상 분배의 토지 개혁을 실시한다.

이러한 내용의 결정서를 채택하고 「최후의 결전가」로 대회를 끝냈다. 그리고 군중 시위에 들어갔다.

한편 지하로 잠적했던 '민애청', '학동', '민주여성동맹', '합동노조', '교원노조', '철도노조' 등이 나타나 제각기 간판을 걸었다.

10월 21일 좌익 분자들은 소위 '반역자'들을 적발하기 시작했다. 한독당을 제외한 한민당, 독촉국민회, 대동청년당, 민족청년당, 서북청년회 등의 간부와 단원들이었다. 한독당을 제외한 것은 김구金九 등이 남북 협상에 참가하고 5·10선거를 반대했기 때문이었다. 시내를 달리는 차에 인공기를 달게 하고, 반란군이 시내를 지나갈 때는 어린이들에게 만세를 부르게 했다.

이날 인민재판이 있었다. 여수경찰서장 고인수高寅洙를 비롯한 사찰계 형사 10여 명이 처형되었다.

오후에 국군 비행기에서 반란군에게 '앞으로 두 시간의 여유를 줄 터이니 귀순하라.'는 삐라가 뿌려졌다. 그러나 당시 여수의 분위기가 살벌하고 반란군들의 사기가 높은 편이어서 귀순 권유 삐라에 반응이 없었다.

10월 22일, 이날도 소위 '반역자' 적발과 숙청이 계속되었다. 그리고 여수군청을 비롯한 각 행정기관을 접수한 인민위원회는 과장급 이상을 모두 파면하고 하부 직원들은 그대로 집무케 했다. 과장급 이상의 자리는 좌익 간부들이 차지했다.

10월 23일, 여수인민위원회에서는 시민들에게 1인당 백미 3홉씩을 배급하고, '천일고무'의 창고에 있는 신발을 나눠주었다. 각 금융 기관과 산업 직장은 종업원들에게 운영권을 위탁하고, 일반 시민에게 대출까지 했다. 반란군에 대한 원호 활동을 전개하고, 전매국에 있는 담배를 공급했다.

이날 남로당에서는 소위 '반역자' 처리를 위한 '심사위원회'라는 것을 조직하고, 숙청 대상자들을 인민재판에 회부해 처형케 했다. 이날까지 인민재판에 의해 숙청된 사람들은 김영준(한민당 여수지부장), 박귀환(대동청년당 여수지구 위원장), 연창희(경찰후원회장), 차활인(한민당 간부), 이광선(CIC 대원), 최인태(우익계 인사), 김수곤(우익계 인사), 박찬길(경찰 요원), 박귀역(경찰 요원) 등 수십 명인 것으로 알려졌다.

10월 24일, 반란을 진압하기 위한 국군의 공격이 순천 방면으로부터 개시됐다. 이에 좌익 분자들과 반란군은 합세해 대항했다. 이 전투에서 반란군에 탄약을 운반하던 여성 동맹원 정기덕(18)이 살해되었다. 이날 처음으로 『여수인민보』란 신문이 발간되었다. 발행인은 여수인민위원회의 남로당 간부인 박채영이었다. 1면엔 '여수 인민에게 호소함.'이란 제목하에 '제주도 출동거부자 병사위원회'가 반란을 일으킨 자기들의 명분을 밝혔으며, 20일에 있었던 '여수인민대회'의 이름으로 된 '인민군 장병들에게 드리는 감사문'과 그 대회에서 연설한 각계 대표들의 연설요지를 게재했다. 2면엔 인민대회의 상황을 상세히 보도했다.

10월 25일, 국군의 토벌 공격이 계속되었으나 여수는 아직 반란군 치하에 있었다. 24일 반란군에 탄약을 나르다 죽은 정기덕에 대한 인민장의人民葬儀가 보안서 광장에서 있었는데, 수천 명의 시민이 강제 동원되었다.

10월 26일, 이날부터 국군의 토벌 작전이 본격화되었다. 전차, 장갑차, 비행기 등을 앞세운 기동 부대들이 여수를 공격했다. 반란군과의 전투가 치열하게 전개되었다. 여수 교외, 미평美坪 오림리五林里 부근의 전투가 가장 치열했다. 반란군은 국군의 공격에 견디지 못해 구례 방면으로 퇴각·이동했다. 여수 시내엔 좌익계 청년과 학생들만 남게 되었다.

10월 27일, 여수시는 시가전이 치열해 불바다가 되고 말았다. 오후 1시경, 시내가 완전히 국군의 장악하에 들었다(이상은 좌익에서 발표한 것으로, 반란군 치하에 있었던 약 1주일간의 여수 시내 상황이다).

한편 반란군 일부는 10월 20일 열차를 타고 순천 방면으로 진격했다. 순천 지구 경찰과 격전 끝에 오후 5시경 순천경찰서를 강점했다. 이들은 순천 시내의 좌익 분자와 합세해 우익계 인사와 경찰관 가족을 닥치는 대로 학살하고, 순천경찰서를 비롯한 군청, 읍사무소, 전기회사, 은행 등을 접수하고, 인민위원회 간판과 인공기를 걸었다. 그리고 계엄령을 선포했다. 순천병원을 인민재판소로 하고, 순천 검찰 지청 검사 박창길朴昌吉을 재판관으로 하여, 수많은 우익계 인사를 이른바 인민 재판을 통해 학살했다.

반란군은 계속해서 광양, 구례, 곡성, 남원, 벌교, 보성, 화순, 광주, 전주 등지로 진출할 목적으로 21일 오전 2시경 순천서 관내의 별양지서, 벌교서 관내의 조성지서를 점령했으며, 창성지서에선 경찰관 약 30명을 나체로 만들어 사살했다. 같은 날 오전 8시엔 광양경찰서를, 오후 4시 30분엔 벌교경찰서를 점령했다. 이어 북상한 반란군과 폭도들은 구례경찰서를 점령하고, 10월 22일 오전 6시 곡성경찰서를 점령했다.

국군은 반란군을 토벌하기 위해 10월 21일 광주에 전투 사령부를 설치하고 인근 부대로부터 약 7개 대대의 병력을 투입했다. 22일엔 여수·

순천 지구에 계엄령을 선포했다. 이때의 토벌 작전은 폭도를 여수반도에 압축 포위해 산악 지대인 동북쪽으로의 도피를 차단하는 동시, 해안을 압박함으로써 섬멸하겠다는 것이었다. 그런데 통신의 불비, 지휘 능력 부족, 전투 기술 미숙, 인접 부대와의 협동 부족으로 소기의 목적을 달성하지 못했다.

특히 반란군과 폭도가 동북쪽 산악 지대로 가지 못하게 할 목적으로 마산에서 출동시킨 15연대의 연대장 최남근이 좌익 동조였던 탓으로 작전 활동이 소극적이었는데, 반란군의 기습을 받자 반격도 하지 않고 연대장 자신이 투항해버렸다. 또한 광주로부터 출동한 제4연대에서는 1개 중대가 반란군에 합류하는 사건이 발생했다. 그래서 국군은 10월 25일 전투 사령관 송호성의 지휘하에 순천을 탈환했으나, 김지회金智會, 홍순석을 두목으로 한 반란군 약 1천 명은 백운산, 지리산으로 도피하고 말았다.

그래서 기진맥진한 상태에 있던 지리산 빨치산은 반란군의 내입을 계기로 다시 한번 활기를 되찾았다.

그러나 여수반란사건의 경과를 지켜보던 박태영은 남한에 있어서의 좌익의 장래에 대해 결정적인 절망을 느꼈다.

그 원인은 박태영의 심중에 강력하게 자리 잡고 있는 인도주의적 양심 때문이었다. '왜 무익한 살생을 하는가? 이러한 살생이 거듭되면 설혹 훗날 혁명이 성공한다 하더라도 진정한 보람을 가질 수 없을 것이다.'라는 일종의 통찰이기도 했다.

이쪽저쪽으로 원혼들이 공기를 어둡게 하는 상황에선 활달한 정치가 이루어질 수 없다. 증오가 가득 차 있는 땅에서 어떻게 화합을 이룩할 수 있겠는가. 아버지, 어머니, 아들딸, 형제들을 학살한 인간들과 어떻게 화합할 수 있겠는가 말이다.

그런데도 그러한 폭동과 반란이 혁명의 대세를 일보 전진시켰다면 또 모른다. 여순반란사건은 그렇지도 않았다. 아무리 생각해도 자멸의 길을 재촉한 것이나 다를 바 없었다.

바로 이 점이 박태영을 분노케 했다. 그만한 반란을 일으킬 수 있도록 군 내부에 좌익이 침투해 있었다면 왜 전국 각처의 일시 봉기로 가져가지 못했는가.

박태영은 여순반란사건이 좌익의 잔학을 만천하에 증거로 제시해 민심을 잃게 하는 계기가 되는 동시, 군대 내에서 좌익의 뿌리를 뽑게 하는 철저한 숙군肅軍의 동기가 될 것으로 보았다. 군 내부의 좌익 세력을 잘 보전하고, 주도 면밀한 계획으로 세력을 확장하며 결정적인 시기를 기다렸다면, 무익한 살생을 피하고, 아니 무혈로 역사의 국면을 일신해버리는 위대한 업적을 이룰 수도 있지 않았겠는가.

'남로당! 이놈들!'

하고 박태영은 이를 갈았다. 아니나 다를까, 박태영은 '처참하다는 표현으로도 모자랄 만큼 가혹한 숙군 작업'이 진행되고 있다는 사실을 들었다. 이런 일 저런 일 때문에 박태영은 자기도 모르는 사이에 일종의 내부적 변신이 이루어지고 있었다.

그것은 '조선놈은 공산당을 할 자격조차 없다.'는 결론을 바탕으로 '나 혼자만이 걸을 수 있는 길을 찾아야겠다.'라는 결의가 다져졌다는 뜻이다.

박태영은 정치 동향엔 일절 신경을 쓰지 않기로 했다. 그래서 그해, 1948년 크리스마스를 기해 자기가 주재하던 독서회도 해산해버렸다.

독서회를 해산하는 자리에서 박태영은 다음과 같이 말했다.

"나는 한 줄기 희망을 가지고 있었다. 그 한 줄기 희망 때문에 우리들의 작은 모임을 갖기도 했다. 역사의 대하에 보태는 조그마한 지류나마 될까 해서였다. 그러나 내 판단에 의하면 모든 것이 글렀다. 돼먹지 못한 놈들에게 섞여 개죽음을 당해선 안 되겠다고 생각했다. 여순반란사건을 생각해봐. 그게 남로당의 지령에 의한 것이라면 얼마나 무모한 짓인가. 그 따위 당이 세상에 어딨어. 모처럼 군대 내에 가꾸어놓은 세력을 그처럼 참혹하게 죽여 없애? 만일 일부 병사의 우연한 폭발이라면 그토록 소중한 문제를 컨트롤 못하는 당이 무슨 당이냐 말이다. 곤충의 집단만도 못하지 않은가. 곤충은 본능엔 충실하다. 본능에 따른 책략과 질서란 것이 있다. 그런데 이 작자들에게 있는 것은 영웅주의뿐이다. 영웅주의가 곤충으로서의 본능마저 마비시켜버렸다. 우리는 당과 아무런 관련도 없지만 자칫 관련이 있다고 오해를 받을 위험이 있다. 나는 그런 오해를 받을 위험마저 감당할 필요가 없다고 생각한다. 그래서 이 모임을 해산하잔 말이다. 아무리 외로운 길이라도 둘이 걸을 생각 말고 혼자 걷자꾸나. 프랑스의 모럴리스트의 말은 아니지만, 인생은 외로운 것인가 보다."

아무도 반대하는 사람이 없었다. 모두 주변의 정세를 파악하고 있었기 때문이었다.

1949년에 들어섰다.

2월 어느 날 저녁나절, 뜻밖에도 순이가 박태영을 찾아왔다.

순이는 장성해 스무 살이 되어 있었고, 검은 얼굴빛인데도 윤곽이 뚜렷한 개성미 있는 모습을 하고 있었다.

태영은 순이를 보자 가슴이 덜컹했다. 그 얼굴에서 슬픈 사연을 읽은 것이다.

태영이 방으로 데리고 들어오자 순이는 펄쩍 주저앉으며

"노 동무가 죽었어요."

하고 엉엉 울었다.

노 동무라면 노동식을 말한다. 박태영과 같이 덕유산, 괘관산에서 지냈던 노동식. 하준규, 노동식, 박태영이 한때 삼위일체 아닌 삼인일체를 이루었었다.

'하준규 선배와 더불어 나와 가장 가까웠던 사람!'

박태영은 주위가 핑 도는 것 같았다.

현기증을 느꼈다. 이상하게도 눈물이 나오지 않았다. 절망을 닮은 벽 같은 것이 우뚝 눈앞에 치솟은 기분이었다. 멍청해져 있을 수밖에 없었다.

"차 도령도 이 도령도 정 도령도……."

하고 순이는 신들린 사람처럼 이름을 들먹였다. 모두 일제 말기에 괘관산에서 어울려 살던 동지들의 이름이었다. 그들이 다 죽었다는 것이다.

어떻게 죽었느냐고 물어볼 마음의 겨를이 없었다.

'경찰과 싸우다가 죽었겠지…….'

'앙상한 솔밭에서 피투성이가 되어…….'

막연한 상념이 막연한 영상을 동반하고 눈앞에서 명멸했다.

'아아, 허망한 정열!'

노동식, 얼마나 온유한 인품이었던가!

차 도령, 민첩하고 상냥했던 그 모습!

이 도령, 뜸적뜸적 웃기길 잘하던 청년. 일본이 지기만 하면 집으로 돌아가 장가부터 들어야겠다고 하던 때의 그 묘한 표정. 장가는 들었을까!

정 도령, 산삼을 캔다고 법석을 떨더니만…….

박태영은 순간, 순이가 하준규의 이름은 들먹이지 않았다는 것을 생각했다.

"두령님은 어때? 잘 계시니?"

계속 어깨를 들먹거리며 울던 순이가 눈물이 글썽한 눈으로 놀란 듯 태영을 쳐다봤다.

"두령님 잘 계시니?"

거듭 물었다.

"아직 모르고 있어유?"

순이는 뜻밖이란 표정이 되었다.

"모르고 있다니, 어떻게 됐어?"

"두령님은 이북으로 갔어예."

"이북?"

"야."

"언제?"

"작년에예."

"작년이라?"

"해주인민대회에 가시며 한 달 후에 돌아오실 끼라쿠더니 아직 돌아오시지 않았어예."

"흠, 그렇군."

"전 도령은 그것도 몰랐어예?"

전 도령이란 박태영이 괘관산에 있을 때 쓴 이름이었다.

"몰랐어."

"그럼 전 도령은 민주 사업 안 하시는 기요?"

'민주 사업'이란 좌익들이 자기들의 활동에 붙인 용어였다.

'그래, 난 민주 사업 그만뒀어.'

"와예?"

"그런 사정이 있었지."

"그거 잘하는 일인지 몰라. 민주 사업을 하면 전 도령도 죽을지 몰라."

"죽는 게 겁나서 민주 사업을 그만둔 게 아니다."

"그래도 우익이 된 건 아니재?"

"물론. 순이나 하 두령, 노 동지, 차 도령, 이 도령, 정 도령과 반대되는 짓을 할 까닭이 있나."

"알겠어예."

"모두 죽었으면 부대는 어떻게 됐지?"

"산산이 흐트러졌어예. 여수에서 반란군이 들어왔거덜랑예. 그래서 부대의 편성이 많이 달라졌어예."

이어 순이는 노동식이 죽은 상황을 얘기했다.

순이의 얘기를 들으며 박태영은, 부산 고관의 언덕 위에 서 있던 노동식의 비둘기통 같은 집을 눈앞에 떠올렸다. 노동식의 부인 진말자의 얼굴이 겹쳤다.

'담장 밑에 봉선화, 닭벼슬꽃을 심어놓고, 조그마한 평화, 다소곳한 행복을 가꾸고 살 수도 있었을 텐데……. 인생이란 결국 그 정도의 행복, 그 정도의 공간, 그 정도의 시간이면 충분하지 않을까!'

이때 솟아오르는 물을 막아놓은 뚜껑이 터진 듯, 박태영이 울음을 터뜨렸다. 한없이 흐르는 눈물, 숨이 막힐 것 같은 가슴! 박태영은 상처입은 동물처럼 되려는 스스로를 갸날픈 의지와 체면으로 가까스로 눌렀다.

순이가 다시 따라 울었다.

한참 만에야 태영은 정신이 돌아왔다.

태영이 물었다.

"그 소식을 전하려고 날 찾아왔나?"

"동무들이 다 죽고 나니 하두 허전해서 전 도령이나 만나볼라꼬예."

"그럼 이제 지리산으로 돌아갈 필요가 없겠구나."

"와 필요가 없어예?"

"두령님도 없고 친구들도 없는데 지리산에 가서 뭘 하겠나."

"경찰놈들에게 원수를 갚아야지예."

"원수는 네가 안 갚아도 갚아줄 사람이 있을 거다. 내가 이 집 주인과 숙자 언니에게 말해주마. 이 집에 있도록 해라."

"참, 숙자 언니는 잘 있어예?"

"잘 있지."

"지금 어디 있어예?"

"학교에 있다."

"무슨 학교?"

"의과 대학. 의사가 될 작정인 것 같다."

"숙자 언니는 좋은 의사가 될 끼라. 산에 의사가 없어서 큰일이라예."

순이는 일순 어두운 얼굴이 되더니

"숙자 언니하고 전 도령하고 아직 결혼식 하지 않았어예?"

하고 물었다.

"숙자 언니가 학교를 졸업하면 결혼할 기다."

"언제 졸업하는디예?"

"2년쯤 있어야 된다. 그러나 세상이 이처럼 죽고 죽이고 야단이니, 장가는 가서 뭣하겠노."

"죽는 사람은 죽어도 산 사람은 살아야지예."

"순이가 말을 잘하는군."

순이는 수줍게 웃었다.

"우리가 만났을 때 순이는 몇 살이었지?"

"열다섯 살."

"그러니까 지금은 스물한 살이군. 시집을 가야 할 것 아니냐?"

"시집 안 가, 난."

"시집가겠다는 처녀 못 봤고, 시집 안 간 처녀 못 봤다."

"그래도 나는 안 가."

"왜?"

"난 시집 안 가고 원수를 갚을 기라예."

어딘가로 놀러갈 거라고 하는 것처럼 수월하게, 아무렇지도 않게 말했지만, 순이의 눈동자엔 지워버릴 수 없는 의지가 맺혀 있었다.

태영은 할 말을 잊었다. 다만 다음과 같이 되풀이했다.

"순이야, 우리 서울에서 살자. 숙자 언니도 있고 하니까 말이다."

"난 서울에서 못 살아."

순이는 어느덧 괘관산에서 하던 말버릇으로 돌아가 있었다.

"왜 서울에서 못 살까?"

"송충인 솔잎을 묵어야 사는 기라."

"지리산을 떠나선 못 산다, 이 말인가?"

"거게 할 일도 있고."

태영은 순이를 보고 순이의 말을 들으며, 진심으로 순이가 행복한 날을 맞이할 수 있기를 비는 마음이 되었다.

순이는 사흘 동안 김숙자와 같은 방에서 지냈다. 숙자가 순이에게 서울에서 살자고 어지간히 만류했지만, 사흘째 된 날 아침 순이는

"나, 산으로 돌아가요."

라는 짤막한 쪽지를 남겨놓고 떠나버렸다.

들리는 풍문에 의하면 남로당은 남부와 북부, 양쪽에 거점을 두고 대한민국의 내부를 교란하려고 백방으로 분주한 모양이었다. 그런데 이와 정비례해서 한국 정부 경찰의 수사력도 강화되어갔다.

좌익 운동을 한다고 지적되는 사람은 물론, 의심이 되는 사람도 주변에서 볼 수 없게 되었다. 모두 지하로 잠적해버린 것이다.

1949년이 저물어가는 날, 이동식이 박태영을 자기의 연구실로 불렀다. 작년 여름 김경주를 끼워 우이동에서 논 이래로 사석에서 만나긴 처음이었다. 태영이 김경주 소식을 묻자, 이동식은

"진주에 대학이 신설되어 그리로 옮겼다는데 잘하고 있는 모양이야."

하더니 물었다.

"박군, 혹시 전태일이란 학생 모르나?"

박태영은 깜짝 놀랐다. '전태일'은 박태영이 공산당 프락치로 대학에서 공작할 때의 변성명이었던 것이다.

"왜 그러십니까?"

박태영이 반문했다.

"제대로라면 철학과 졸업반 학생인데, 등록금은 또박또박 내면서 학교에 나오진 않는 모양이야."

말투로 보아 이동식은 전태일에 관해 알고 있지 않은 모양이었다. 박

태영은 조금 대담하게 물었다.

"전태일에게 무슨 문제가 생겼습니까?"

"경찰이 찾아왔어."

"?"

"지리산 빨치산과 연락이 있는 사람인가봐. 상당히 중대한 인물인지, 형사들의 질문이 꽤 집요하더먼."

"……."

"아마 붙들리면 꽤 혹독하게 당할 것 같아. 그 학생 혹시 모르나?"

"이름은 들은 것 같습니다."

박태영은 혹시 탄로났을 경우를 생각하고, 이쯤 해둬야겠다는 마음으로 대답했다.

"만일 있는 데를 알기라도 한다면 귀띔이라도 해줘요."

박태영은 '이동식이 그런 은근한 방법으로 나더러 충고하는 것이 아닌가?' 했지만, 그런 것도 아닌 것 같았다.

"교무처에서 되게 투덜대더먼. 막무가내로 학적부를 꺼내놓고 베끼는 것까진 좋았는데, 사진을 찢어가기까지 했다는 거라."

"경찰이 못할 짓이 있겠습니까?"

박태영이 한마디 끼웠다.

"황해도 출신이라지, 아마. 학병으로 갔던 사람이구. 일본 어느 대학 재학 중에 걸린 모양이지? 증빙 서류가 그렇게 되어 있다는데, 어디 학병으로 갔느냐만 알면 대강 수소문해볼 수도 있을 텐데, 딱해."

"뭣이 딱하단 말씀입니까?"

"무난히 피란하도록 도와주고 싶어서 하는 소리 아닌가."

태영은 이동식 교수의 얼굴을 정면으로 보았다. 동식이 태영의 시선을 피하며 말했다.

"김태준 교수와 시인 유진오가 사형을 당했다더군."

"옛? 언제 그렇게……?"

"지난 9월 30일에 사형 선고를 받고 10월 초에 집행되었다는 얘기야."

노동식, 차 도령, 이 도령, 정 도령이 죽었다는 소식까지 들은 처지여서 특히 놀랍지는 않았지만 충격이 아닐 수 없었다. 김태준만 한 학자, 유진오만 한 시인을 만들어낸다는 것은 결코 쉽지 않다. 그런데 그렇게 쉽게 죽여 없앨 수 있다니, 이 나라가 도대체 나라일 수 있을까.

"선생님, 헤겔의 국가관은 어떻게 되어 있습니까?"

박태영이 분노를 참을 수 없어 한 말이었다.

"뜻밖에 헤겔은 왜 등장하는가?"

이동식의 얼굴에 불쾌한 빛이 있었다.

"칸트와 헤겔을 숭앙하시는 선생님이 이런 나라의 꼴을 어떻게 생각하시느냐고 묻는 겁니다."

"박군."

이동식의 말이 여느 때 같지 않게 거칠었다.

"예."

"내가 철학자로서 말하겠다."

태영은 이동식의 말을 기다렸다.

"정치엔 죽음이 있다. 고래로 정치는 권력 문제였다. 상대방을 죽여야만 권력을 빼앗을 수 있는 단계로부터, 권력 쟁탈이 스포츠처럼 되어 있는 단계에 이르기까지 갖가지가 있어. 그러나 농도의 차이는 있을망정 권력에 죽음의 그림자가 있는 것만은 틀림없다. 역사책에 그렇게 기록되어 있다. 나는 결코 어느 누구의 말처럼 반마르크스주의자가 아니다. 너희들의 비웃음을 사고 있는 칸트주의자, 헤겔주의자일진 몰라도, 난 결코 반마르크스주의자는 아니다. 그뿐만 아니라, 어떤 사상도 나는 반대 안 한다. 다만 추종을 안 할 뿐이다. 그러니까 내 말을 오해하지 말고 들어. 마르크스주의는 죽음을 전제로 한 사상이다. 부르주아를 죽이지 않으면 프롤레타리아가 승리할 수 없다. 트로츠키를 죽이지 않으면 스탈린이 있을 수 없다. 반혁명자를 죽이지 않으면 소비에트 체제가 없다. 공산당이 이 나라에서 한 짓만 해도 그렇지 않은가. 경찰을 죽여야만, 우익을 죽여야만, 반동을 죽여야만 자기들 마음대로 되겠다는 것이 아니던가. 그런데 박군은 김태준과 유진오가 죽었다고 헤겔까지 끄집어내서 규탄해야 속이 시원한가? 대한민국이 김태준과 유진오를 죽인 것을 나더러 변명하란 말인가? 나도 김태준의 죽음을 안타깝게 생각하고 있어. 그러나 그들을 죽인 사람들을 탓하고 싶진 않아. 전투를 하다가 하나는 죽이고 하나는 죽음을 당한 거야. 좌익이 우익을 죽이는 것은 당연하고, 우익이 좌익을 죽이는 것은 나쁘고, ……그런 논리는 있을 수 없어. 법 이론에 의하면 피장파장이다. 사람이 나면서부터 생존권을 가졌다면, 그 생존권을 지킬 책임자는 첫째 본인이야. 김태준과 유진호는 붙들리면 죽을 각오를 한 것이 아닌가. 빨치산은 죽이겠다고 이미 선포하지 않았나. 그들이 우익을 붙들었다면 죽였을 것 아닌가. 한데 나더러 헤겔의 국가관이 어떻게 되었느냐고? 그것을 강의한 내가 아니꼽다, 그거지? 나는 좌익에 있어서나 우익에 있어서나 정치 속의 죽음에 관한 형이상학을 연구하는 학자다. 철학은 좌우를 초월한다. 레닌은 철학을 본질적으로 당파성의 철학이라고 했지만, 그것은 전술적인 발언일 뿐이다. 당파를 초월하는 철학은 가능해. 형이상학은 당파성을 초월한 데서 성립된다. 충고하겠는데, 마르크스주의가 전능하다는 생각은 버려. 유물사관이 타당한 부분을 가지고 있다고 하지만, 역사 현상의 만분의 일이라도 해석할 수 있을 줄 알아? 박군을 아끼니까 하는 소리다. 이왕 철학을 배우려면 겸손해야 한다. 끝내 겸손하지 못하겠거든 철학을 집어치워. 자네 정도의 교양과 견식이 있으면 이 나라의 혁명가로선 지나칠 정도다."

박태영은 처음으로 이동식 교수가 흥분한 것을 보았다. 교실에서 아무리 야유 섞인 질문, 또는 반발을 해도 언제나 미소를 지워버리지 않던 이동식이 처음으로 분격의 빛을 보인 것이다.

옛날 같으면 박태영은 이동식의 이런 말을 귀담아듣지 않았겠지만
'내 혼자 갈 길을 찾아야겠다.'
라고 마음을 다져서인지 경청할 만한 진실이 있다고 수긍했다. 그래서
"선생님, 미안합니다. 김태준 선생님이 죽었다고 들으니 흥분해서 실례되는 말을 했습니다."
라는 사과가 수월하게 나왔다.

"박군의 심정은 알겠네."
하고 이동식은 소파에서 일어섰다. 그것은 박태영더러 돌아가라는 뜻이었다.

박태영은, 전태일이 자기의 유령이라고 고백하고 싶은 충동을 느꼈다. 그러나 그 말이 쉽게 나올 것 같지 않고, 그 자리에서 그냥 떠나버리고 싶지도 않았다.

"박군."
이동식이 테이블 앞에 선 채 불렀다.
"예."
박태영이 고개를 들었다.

"자넨 내년에 졸업이지?"

"예."

"어때, 외국에 유학 갈 생각 없나?"

"……."

"특별한 사정이 없다면 외국에 유학 가도록 해요. 독일도 좋고 영국도 좋고 프랑스도 좋아. 요즘은 미국이 더욱 좋다더먼. 2차대전 때, 또는 그 후로 유럽의 석학들이 미국에 몰렸다는 얘기더라. 나는 명년쯤 미국으로 갈까 하는데."

태영은 뭐라고 대답할 수가 없었다.

"박군이 원한다면 대학에서 파견하는 유학생으로 추천할 용의가 있다."

"감사합니다. 생각해보겠습니다."

"생각해보게나."

"예."

박태영이 일어서려고 하자 이동식이 또 말을 이었다.

"굳이 찾아서 할 일은 아니지만, 전태일이란 학생 만나거든 꼭 일러줘. 몸조심하라구. 그 사람은 붙들리면 총살이야. 재판도 없이 즉결 처분을 받을지 모르지. 요즘 좌익들을 붙들면 즉결해버리는 모양이더라. 빨치산을 붙들었다는 명목이면 그만인 거라. 각처에 야산대가 있고 하니 쉽게 명목을 만들 수 있겠지."

"도대체 그 전태일이란 사람이 뭘 했는데요?"

"지리산 빨치산의 무기, 기타 보급을 책임지고 있는 사람이래. 어마어마한 물자를 보급했다더먼. 서울을 거점으로 돈과 물자를 모아 교묘한 수단으로 보내고 있다는 얘기니 대단하지 않은가."

박태영은 복잡한 심정으로 듣고 있었다. 박태영이 전태일 명의로 보급 물자를 실어 진주로 운반한 것은 2년 전의 일이다. 그런데 그 노력은 빨치산의 손에 물자가 들어가기 전에 실패하고 말았던 것이다.

'그 일이 어떻게 지금 문제가 되어 있을까. 혹시 당이 전태일이란 이름을 계속 이용하고 있다는 걸까. 내가 가지고 간 것은 의료품이나 약품이지 무기는 아니었는데…….'

그래서 태영은 다음과 같이 물어보지 않을 수 없었다.

"선생님은 알지도 못하는 그 사람에게 왜 그처럼 관심을 가지는 겁니까?"

"아까워서 그래."

"아깝다뇨?"

"형사들이 교수들을 찾아다니고 학적부의 사진을 뜯어가고 하는 바람에 그 사람이 화제에 올랐는데, 아무도 아는 사람이 없는 거라. 그런데 최 교수가 생각나는 게 있다면서 캐비닛을 뒤지더니, 모아둔 리포트 가운데서 전태일의 것을 꺼냈어. 최 교수가 그걸 읽고 감탄했었다면서 말야. 나도 읽어보았지. 짤막한 리포트인데, 제목은 최 교수가 준 거더먼. 「지금 철학도에 있어서의 칸트의 의미」라는 제목이었어. 한마디로 기막힌 재능이었다."

하고 이동식은 그 리포트의 내용을 간추려 말했다.

"오늘날 쾨니히스베르크의 이마누엘 칸트가 우리에게 의미가 있으려면, 그가 설정해놓은 다음 세 가지 문제를 우리의 문제로 하고, 진지한 답안을 시대의 요청에 따라 작성하고 실천할 수밖에 없다. 즉, 우리는 무엇을 인식할 수 있는가. 우리에겐 무엇을 희망할 수 있도록 허용되어 있는가. 그리고 나는 지금 무엇을 해야 하는가. 이에 대한 칸트 자신의 답안은 대단할 것 없다. 그의 철학에 있어서도, 그가 제시한 갖가지 답안보다 그가 설정해 제기한 문제가 중요하다.—이런 내용이었는데, 끝에 '이 세 가지 설문에 대한 대답은 이미 M씨에 의해 윤곽이 잡혀져 있는 것으로 안다.'고 쓰여 있는 거라. M씨란 물론 마르크스를 뜻할 거고."

이동식이 얼마나 탄복했느냐 하는 것은, 그가 그 리포트의 거의 전문을 외고 있다는 사실을 봐서도 알 수 있었다. 박태영은 얼굴이 벌겋게 달아오르는 바람에 안절부절못했다. 자기가 쓴 리포트이기 때문이었다.

"간단한 그 내용만 보아도 알 수 있지 않은가. 그런 사람을 호락호락 죽여버려서야 되겠는가 말이다. 지금 이 정부에 달갑지 않다고, 소크라테스의 제자, 아니, 칸트의 제자를 죽여서야 되겠는가."

하고 이동식은 웃었다. 이동식의 웃음소리를 등 뒤로 들으며 박태영은 연구실에서 나왔다.

총살!
그 숱한 총살!
이 나라 방방곡곡에 총살이 범람해 있지 않은가.
북한에도 이에 못지않은 총살이 있을 것이다.
박태영이 '북한에도'란 발상을 하게 된 것은 공산당과 공산주의를 어떤 거리를 두고 보게 된 데서 비롯되었지만, 총살당할 가능성이 자기에게도 있다고 생각하게 되는 것은 또 다른 문제였다.

태영은 자기가 총살당하는 광경을 상상해보았다.

노동식이 죽고, 차 도령이 죽고, 이 도령, 정 도령이 죽었는데 난들 왜

죽지 못할까 하는 생각이 얼른 들었지만, 그런 생각을 하고 싶지 않다는 거부 반응 같은 것이 가슴 한구석에서 일었다.

'아아, 일 년쯤 전만 해도 나는 용감하게 죽을 수 있었을 텐데……'

이런 상념에 잇따라

'지금의 나에겐 죽을 이유조차 없다.'

라는 상념이 돋아났다.

'10월 사건에서, 제주도에서, 여수와 순천에서, 지리산에서, 태백산에서, 이름도 없는 방방곡곡의 두메에서 한없이 많은 피가 흐르지 않았느냐. 그 피의 강에 내 피를 한 방울 보태는 셈으로도 죽을 수 있지 않을까.'

그렇지만 석연할 수가 없었다.

'만일 내가 붙들렸다면 나는 비굴하게 구명을 빌까?'

김경주의 말이 되살아났다. 김경주는 '생명을 부지하기 위해선 비굴할 수 있다. 비굴을 무릅쓰고 생명을 부지해야 한다.'고 했다.

'아무튼 총살당하면 억울할 것이다.'

'그렇다면 피신해야 하지 않는가?'

'어디로?'

'산으로?'

'이제 난 산으로도 못 간다.'

박태영이 전태일이란 사실은 아무도 모르지 않겠는가 하는 생각이 들었다.

'그러나저러나, 어떻게 지금 와서 그 문제가 되살아났을까.'

이것은 박태영이 사태의 진행을 몰라서 한 생각이었다.

대한민국 수립 후 경찰은 미 군정 때의 사상 관계 미제 사건을 재검

토하기 시작했다. 1947년 1월 진주역에 화차 일량의 물자를 싣고 와서 지리산으로 보내려 한 사건은 큰 사건이었다. 운송점 지배인, 시장의 중개 상인, 남로당 진주 시당 보급책은 모조리 검거했는데, 그 물자를 싣고 온 장본인은 정체조차 파악할 수 없었으니, 미제 사건을 재검토한다고 하면 당연히 이 사건이 문제가 될 수밖에 없었다.

박태영은 이동식으로부터 그 얘기를 듣고 며칠 동안 전전긍긍한 불안 상태에 있었지만, 아무 일 없이 세월이 흘러가자 그 사건을 잊었다.
사고방식이 유연하게 된 박태영에게 최고의 교사는 역시 하영근이었다. 말하진 않았지만 하영근은 박태영의 변신을 알았다. 갖가지 필요한 책을 자기의 풍부한 서재에서 공급했다.
전엔 가까이하지 않으려 한 책도 박태영은 자진해서 읽었다. 사회주의의 길이 마르크스의 방식만이 아니라는 것을 깨닫게 되자, 마르크스 이론에 내재된 결함도 알게 되었다.
동시에 국제 정세에 관해 눈이 트이게 되었다. 박태영은 전에 당원으로 있을 때 당의 공식 기구에서 만들어진 국제 정세 설명이 얼마나 엉터리였는가를 깨닫고 얼굴을 붉혔다. 예를 들면 이런 것이었다.
'미국과 소련이 싸우면 소련이 이긴다. 그 이유는, 미국의 노동자는 노동자 농민의 나라인 소련을 절대적으로 존경하기 때문에, 폭탄을 만들라고 하면 불발탄을 만들고, 군수 물자를 수송하라고 하면 부두 노동자들이 파업을 해서 이를 방해하는 따위의 사태가 속출하여, 소련을 상대로 하면 전쟁을 수행할 수 없게 된다는 데 있다.'
박태영 같은 총명한 사람이 어떻게 이런 정세 보고를 믿었을까 싶지만, 박태영은 이런 정세 보고를 믿었을 뿐 아니라, 그 자신 세포 회의에서 이런 보고를 하기도 했던 것이다.

　전엔 이북에서 월남해 온 사람들의 이야기를 믿지 않았을 뿐 아니라 들으려고 하지도 않았는데, 지금은 그들의 말을 진지하게 듣고 이북에서 형성되고 있는 정권의 성격을 짐작하게 되기도 했다.

　그러나 박태영은 자기의 변신을 아무에게도 얘기하지 않았다. 공산당에 비판적으로 되었다고 해도 대한민국을 지지할 생각으로 돌아선 것은 아니고, 아무에게도 알리지 않고 자기만의 길을 걷기로 결심했기 때문이었다.

　1950년 1월부터 박태영은 김숙자에게도 말하지 않고 학원에 다니며 영어 회화를 배우기 시작했다.

　종로2가의 파고다 공원 근처에 정무영이란 사람이 차려놓은 학원이었는데, 미첼 앵커비치라는 40세 가까운 미국인이 출강하고 있었다. 회화가 서툴다 뿐이지 독해력에 있어선 뛰어난 실력이 있는 박태영은 아주 빠른 진보로 미첼을 놀라게 했다.

　박태영과 미첼은 어느덧 친한 사이가 되어 가끔 국제 정세를 논하게 되었다. 뒤에 알고 보니 미군의 정보 기관원인 미첼은 각 방면에 걸쳐 아는 것이 많았다.

　어떤 기회엔가 공산당이 화제에 올랐다. 미첼이 물었다.

　"당신은 공산당을 어떻게 생각하는가?"

　"나는 공산당의 이상은 좋아한다. 그러나 그 이상이 실현될 수 있을지 알 수가 없어 망설이고 있다."

　태영은 솔직하게 대답했다.

　"나는, 공산당의 이상은 결코 달성될 수 없다고 본다."

　미첼은 이 이상 말하지 않고, 이튿날 한 권의 책을 태영에게 주었다.

아서 케스틀러가 쓴 『백주의 암흑』이었다. 미첼은

"이 소설은 픽션이지만 소련에 있어서의 숙청 재판의 진실을 사실 이상으로 묘사한 것이라고 생각하니까 그 점에 유의해 읽어보라."

라고 했다.

한마디로 무서운 소설이었다. 죄 없는 사람을 죄로 몰아 결국은 피고가 짓지도 않은 죄에 승복해 죽게 만드는 과정을 그린 것이었다.

읽은 후 태영이 말했다.

"이건 반소 선전을 위해서 꾸며진 것이 아닌지 모르겠다."

"꼭 그렇진 않지만, 부하린이나 투하쳅스키 원수는 그런 식에 의해 죽었다."

라고 말하고 미첼은

"이런 식의 재판이 수천 건에 이르는데, 재판을 받지 않고 처치되는 경우도 적잖으며, 강제 수용소가 만원을 이루고 있다."

라고 덧붙였다.

미첼은 또, 2차대전 때 소련이 포로로 붙들린 수십만 독일 병사를 귀국하는 즉시 감옥이나 다를 바 없는 강제 수용소에 가두었다는 얘기도 했다.

박태영은 미첼이 미국인이니까 그런 소릴 한다는 정도로 받아들였는데, 며칠 후 미첼은 미국 정부 출판국에서 만든 「소련의 정치범」이란 제목의 팸플릿을 가지고 왔다. 그리고

"미국 정부는 남의 나라에 관한 허위 문서를 만들지 않는다."

라고 말했다. 이미 공산당에 환멸을 느낀 박태영에게 미첼이 제공한 자료는 결정적인 효과가 있었다.

어느 날 미첼은 엄청난 소릴 했다.

"앞으로 공산당이 승리할 날이 올지 모르지만, 한국에서 공산당이 성공할 까닭이 없다."
하고 다음과 같은 사실을 밝혔다.
"조선공산당인 남로당의 서울 시당 부위원장이 한국 경찰의 가장 강력한 간부라면 놀랄 만하지?"
아무리 미국인의 말이라 해도 곧이들리지 않았다. 남로당 서울 시당 부위원장이 경찰의 고위 간부라니 말이나 되는가.
태영이 물었다.
"그 경찰 간부가 남로당의 스파이란 말인가, 남로당 서울 시당 부위원장이 경찰의 스파이란 말인가?"
"후자."
미첼이 잘라 말했다.
박태영은 그날 밤 집으로 가서 권창혁 씨에게 이 정보를 전했다. 권창혁 씨는 K통신사의 주필직을 맡고 있었다.
"한번 알아보지."
이렇게 약속한 일주일 후, 권창혁 씨는 남로당 서울 시당 부위원장은 Y란 사람이며, 경찰의 사찰 분실장은 H인데, 세밀하게 살펴본 결과 Y와 H가 동일인이었다고 했다.
옆에서 듣고 있던 하영근 씨가
"사찰 분실이면 좌익 분자를 체포하는 기관 아닌가."
하고 물었다.
"그렇다."
"그렇다면 남로당이 대한민국 경찰의 지령을 받고 움직이고 있단 말 아닌가."

이로써 박태영은 남로당을 완전히 멸시하기로 했다.

'머저리 같은 녀석들!'

그런데 그 따위 당을 믿고 지리산에서 태백산에서 파르티잔은 결사적인 투쟁을 하고 있는 것이다.

'허망한 정열.'

순이가 다시 박태영 앞에 나타난 것은 2월 초순 어느 날이었다.

질박하지만 깨끗한 옷차림을 하고 있었다. 검은 사지 저고리, 검은 사지 치마를 입고, 반구두를 신고, 외투까지 받쳐 입고 있었다. 얼굴이 달덩이처럼 맑았다.

"순이, 좋은 일이 있는 게로구나?"

그래도 웃기만 하더니 방으로 들어서기가 바쁘게

"전 도령, 내 두령님 만나고 왔어."

하고 생긋 웃었다.

순이가 두령님이라고 하는 사람은 하준규 외엔 없었다.

"하 두령을 만났단 말야?"

"그람."

"어디서?"

"평해라쿠는 데의 산속에서 만났지."

"평해?"

"동해안에 영덕이라쿠는 데가 있지예."

"영덕 근처란 말인가?"

"그람."

박태영은 도대체 무엇부터 물어야 할지 두서를 잡을 수가 없었다.

"어떻게 두령님이 있는 걸 알고 갔니?"

"지리산으로 연락이 왔더라."

"순이에게?"

"아니, 이현상 사령관에게 온 기라. 그걸 내가 엿들었거덜랑."

"무슨 연락인데?"

"그건 내 몰라. 두령이 평해에 있다는 것만 알았지. 그래 그날 밤으로 나선 기라."

"걸어서?"

"트럭을 타다가, 걷다가, 기차도 타다가, 또 걷다가 했지."

"그래, 두령님은 어쩌고 계시데?"

"두령님은 인민군 소장이다이."

"인민군 소장?"

"큰 별이 여게 턱 붙어 있어, 양쪽에."

하고 순이는 자기의 양쪽 어깨를 손으로 번갈아 짚었다.

"그래, 자꾸 얘기해봐."

태영은 어안이 벙벙해서 이렇게 말했다.

"이름도 남도부南道富라고 지었더마. 작년부터 거게 내려와 있대예. 1군단 1대대장이라고 하는디, 지난 1월 22일께 영덕경찰서 영해 지서를 습격해 경찰관을 28명이나 죽여버렸대예. 면사무소, 금융조합, 양곡 창고를 몽땅 태워버리고 쌀을 수백 가마니나 얻었대예. 돈도 엄청나게 뺏구예. 총도 많이 빼앗구예. 내가 가기 며칠 전만 해도 영덕 형제봉에서 국군 17연대와 교전해 130명이나 죽였대예!"

"어떻게 몇 사단이니 몇 대대니 하고 그렇게 잘 알지?"

"두령님이 가르쳐주었응깨 알지."

"그러니까 넌 바로 전투 지역에 들어갔었구나."

"하모예."

"붙들리거나 총에 맞거나 하면 어쩔라고?"

"난 총 안 맞아. 탄환 사이로 비켜 댕기걸랑."

"이왕 거게까지 갔으면 두령님 옆에 있지, 왜 나왔어?"

"곧 큰 전투를 시작한다고 부대를 이동할 때 날더러 가라 안 쿱니꺼. 두령님 명령은 들어야 하거던예."

"두령님 보고 싶으면 또 달려가겠구나."

"두말 하면 잔소리."

"두령님과 헤어질 때 울었나?"

"쪼맨."

"왜 쪼맨만 울었노. 덕유산 산골에서처럼 산이 찌렁찌렁 울리도록 안 울고."

"인자 자신이 붙었거던예. 가고 싶으면 언제라도 갈 수 있다고."

"두령님이 내 얘긴 안 하더냐?"

"아차, 잊었구나. 전 도령 만나러 갈 끼라쿤깨 안부 전하라고 몇 번이나 말하대예. 그래 내가 말했지. 전 도령은 민주 사업 안 한다쿠더라고."

"그랬더니?"

"'그거 잘됐다.' 이리 안 쿱니꺼. 난 나무랠 줄 앗았더니예. 그래, 왜 안 나무래느냐 했더니, 전 도령은 장차 큰일 하기 위해 지금은 아무것도 안 하는 게 좋다고 나를 달래지 않겠습니꺼."

"그래, 또 지리산으로 돌아갈 거냐."

"하모, 가야지예."

"서울에 있는 게 편리하지 않을까? 두령님 보고 싶으면 쉽게 달려갈 수 있잖아?"

"아니라예. 서울 있으면 연락할 방법이 없거든예."

"지리산에서 이현상 선생과 같이 있나?"

"그람예. 괘관산에서 안 사이라며 날 되게 좋아해예. 그리고 사령부에 있으면 연락이 빠르고예. 내가 심부름 잘하거든예. 그래놓응깨 모두 날 좋아해예."

"순이를 좋아하지 않는 사람이 있을라구."

"그렇지도 안 해예."

"노동식 죽은 얘긴 했나?"

"했어예. 그랬더니 벌써 알고 있다면서도 울대예."

하고 순이가 일어서더니

"내 목욕탕에 갔다가 올게예."

라고 했다.

"돈은 있나?"

"두령님헌테서 많이 받았어예."

목욕탕은 전에도 간 적이 있어서 알고 있을 것이다. 태영은 숙자의 방으로 가서 수건과 비누, 작은 대야를 순이에게 안겨주고 돌아와 생각에 잠겼다.

다람쥐처럼 민첩하고 셰퍼드처럼 눈치 빠르고 홍길동처럼 은현 자재隱顯自在인 순이! 빨치산의 공주님, 한국판 라 파쇼나리아!

이번에도 순이는 3일밖엔 서울에 머무르지 않았다. 떠나는 날 아침에 순이가 박태영에게 속삭였다.

"두령님의 말씀이예, 어쩌면 지리산으로 갈지도 모른다고 했어예. 두령님이 지리산에 오시면 전 도령도 지리산으로 와예. 민주 사업 너무 오래 안 하면 인민의 적이 되는 거라예."

순이가 떠나고 이틀 후엔가 태영은 신문의 한구석에 남도부라는 이름이 나 있는 것을 발견했다. 3월 1일, 강원도 백암산에서 국군 3사단 소속 부대와 격렬한 교전이 있었다는 짤막한 보도였다.

'전투, 전투, 전투, 살육, 살육, 살육! 하 두령의 앞날에 무엇이 있을 것인가. 허망한 정열!'

박태영이 기거하고 있는 하영근 씨의 집은 창경원 쪽에서 올라가는 골목과 혜화동 쪽에서 올라가는 골목이 교차하는 곳에 있었다. 말하자면 양쪽에서 갈 수 있다는 얘기다. 대학에 다니는 길은 혜화동 쪽의 골목이었다.

그런데 4월의 그날 태영은 창경원 쪽 골목으로 해서 돌아오고 있었다. 오후 다섯 시쯤이나 되었을까. 모퉁이 하나만 돌면 하영근 씨 집 대문이 보이게 되는 지점에서였다. 카키색 점퍼를 걸친 사나이들이 등을 이쪽으로 보이고 바로 그 모퉁이에 서서 저쪽을 살피는 것이 보였다.

"……?"

태영은 본능적으로 어떤 위험을 감지했다. 그 사나이들과의 거리는 5미터. 태영은 주춤하고 섰다가 몸을 돌렸다. 걸어오던 방향으로 걸으려는데 어쩐지 발이 말을 듣지 않았다. '뱀의 놀림을 받은 개구리……'라는 상념이 뇌리를 스쳤다.

'뛰어라!'
하는 의식의 소리가 있었다.

'아냐, 천천히 걸어야지. 눈치채이지 않도록.'
하는 의식의 소리도 있었다.

가까스로 두어 발짝 떼놓은 순간,

"거게 섰거라!"

하는 소리가 등 뒤에서 쫓아왔다.

튕긴 것처럼 태영은 달리기 시작했다.

"전태일, 서라. 서지 않으면 쏜다."

고함 소리와 달려오는 발 소리. 태영은 우뚝 서버렸다. 총에 맞을까 봐 겁이 나서가 아니었다. 쫓겨 도망가는 스스로의 몰골에 혐오를 느낀 것이다. 한 놈이 태영의 멱살을 잡았다.

"너, 전태일이지?"

"아니다. 난 박태영이다."

다른 한 놈이 성큼 다가와서 태영의 손목에 수갑을 찰칵 채웠다.

문남석이었다.

노동식과 부산 제2상업학교 동기동창이라는 사람. 노동식을 꾀어내어 드디어는 노동식을 죽이고, 노동식 지휘하에 있는 부대를 전멸시킨 문남석.

"너, 날 잘 알지?"

문남석이, 흡족하다는 표정에 입을 비죽하는 버릇을 곁들여 말했다.

태영은 '알다마다. 난 네놈을 잘 안다.'는 말이 가슴속에 있었다. 그러나 잠자코 있었다.

"가자."

하고 문남석이 태영의 등을 밀었다.

"집이 바로 여기니, 대강 준비를 하고 가야 할 것 아닌가."

태영은 침착을 되찾아 이렇게 말해보았다.

"준비할 것 없어. 우리에게 필요한 것은 네놈 몸뚱어리뿐이다."

문남석 일행은 세 사람이었다. 다른 두 사람은 문남석을 '반장님'이라고 떠받들었다.

골목에선 아무도 만나지 않았는데, 큰길로 나가자 수없이 오가는 통행인들의 시선이 귀찮았다. 한데 그 시선엔 호기심보다 무관심이 더 많은 것 같았다.

'또 저기 가련한 희생자가 붙들렸군. 그러나 나는 알 바 아니다.'

이런 시선들이었다.

창경원 앞을 지나 창경원과 종묘 사이의 길을 걸었다. 이규와 간혹 산책하던 길, 김상태와 같이 걷던 길이었다. 김상태를 상기하자 통증 같은 것이 가슴에서 욱신거렸다. 상태는, 한 시간만 기다렸다가 술이나 한잔 하러 가자고 했었다. 그것을 물리치고 돌아오다가 곤욕을 치르고 있었다.

김상태의 말대로 했더라면 지금쯤 상태의 연구실에서 독일에서 온 의학 잡지를 뒤적거리고 있을 것이다. 자기의 신변에 닥치고 있는 위험도 모르고.

'어차피 시간문제가 아닌가.'

돈화문 앞을 지나면서

'좌익과 절연한 마당에 좌익으로 붙들렸다는 데 인생의 의미가 있다.'

라는 느낌이 묘한 웃음이 된 것 같았다.

"이 녀석, 영웅이 되러 가는 길인 줄 아나부지? 제법 웃을 줄 아는구나."

하고 한 놈이 빈정댔다.

"그놈 거물이다. 잘 모셔라."

문남석의 말이었다.

방향으로 보아 종로경찰서로 가나보다 했는데, 그 짐작이 맞았다. 경찰서 입구에서 신분증을 내놓고 문남석이 뭐라고 말하자 보초는

"수고하십니다."

라는 인사말과 더불어 그들을 통과시켰다. 두 형사와 태영을 복도에 남겨두고 문남석이 어디론가 사라졌다.

그동안 형사 하나가 담배를 꺼내 태영에게 권했다. 태영은 거절했다. 수갑을 찬 꼬락서니여서 담배를 피울 계제도 아니거니와, 담배를 좋아하는 편도 아니었던 것이다.

이윽고 태영은 지하실로 끌려갔다.

조잡한 시멘트 벽을 비추고 있는 나전구裸電球, 음습한 기분. 사람이 사람에게 이리가 될 수 있는 공간과 시간.

"이 녀석, 여게 앉아."

찌그덕거리는 의자 위에 태영은 앉아 잠깐 생각했다.

'절대로, 절대로 비굴하지 않으리라.'

문남석이 점퍼를 벗어 저쪽 구석의 상자 위에 팽개치더니, 그 구석에 세워져 있는 몽둥이를 집어 들었다. 그것은 홍두깨처럼 반들반들한, 어른 팔뚝 굵기의, 길이 1미터가량의 몽둥이였다.

사정없이 그 몽둥이로 태영의 어깨를 내리쳤다.

"악!"

태영은 비명과 함께 의자에서 굴러떨어졌다.

"그 녀석을 일으켜 앉혀."

문남석의 명령이 있자, 형사 하나가 태영을 일으켜 의자에 앉혔다.

"이 녀석, 너 전태일이지?"

"……"

다시 한번 몽둥이의 타격이 어깨에 가해졌다. 태영은 비명을 참았다.

경찰에 붙들려 가서 살려달라고 애원하는 꼴은 더욱 비굴해 보이더라는 김경주의 말이 무슨 경종처럼 태영의 뇌리에 울려 퍼졌다. 그런 까닭에 아까 자기도 모르게 지른 비명으로 해서 자기를 용서하지 못할 심정이 되어 있었다.

"뼈가 부서지기 전에 바로 대. 난 알고 있어. 그러나 네 입으로 말해 봐. '나는 전태일이란 이름으로 행동했다.'고."

"나는 전태일이 아니다."

하고 태영은 덧붙였다.

"죽으면 죽었지."

그러자 몽둥이가 사정없이 난무했다. 어깨, 가슴팍, 등, 다리, 팔 할 것 없이, 몽둥이가 일종의 타작기로 변했다.

'저 몽둥이에 머리를 맞으면 죽는다.'고 생각하며 태영은 실신했다.

시간이 얼마쯤 지났는지 모른다. 회복되어가는 태영의 의식이 다음과 같은 말들을 주워 모았다.

"남의 경찰서가 돼놓으니 불편하구나."

"글쎄 말이다."

"반장님보구 이 사람 그만 때리라고 해야겠어. 산청까지 데리고 가려면 성한 대로 두어야 할 것 아닌가. 들것으로 들고 갈 수도 없는 일 아닌가배."

"아무 소리도 마. 반장 성격 알면서 그러네."

산청으로 데리고 간다는 말은 죽여 없앤다는 뜻이다. 태영은 진주 근처에서 「함양·산청 가는 길은 골로 가는 길」이란 노래가 퍼져 있다고 들었다. '골로 간다.'는 건 '죽으러 간다.'는 말이다. 지리산 전투 지구에선 좌익을 잡기만 하면 즉결 총살을 했다. 그 많은 사람을 일일이 재판소로 끌고 가 재판을 하려면 번잡하고 인력의 소모가 많다. 전투력에 지장이 있기 때문이다. 그런 핑계에 편승해서 재판 없이 죽여 없애려면 좌익 분자를 지리산으로 끌고 들어가기도 했다. 지리산 주변의 경찰서에선 유치장이 꽉 차면 그들을 몰아내어 지리산으로 가는 도중 어디에선가 몰살함으로써 유치장 청소를 하기도 했다는 것이다.

'지리산으로 가는 날, 내가 죽는 날이다.'

박태영은 몽롱한 의식 속에서도 이러한 생각을 했다.

'하영근 씨나 권창혁 씨에게 연락할 도리가 없을까. 숙자가 이 일을 알면 얼마나 가슴 아파할까.'

그런 상념 사이마다 이규의 모습이 끼였다. 가보지도 않은 샹젤리제 거리가 눈앞에 전개되었다. 그 거리를 이규가 하윤희와 더불어 걷고 있었다.

'운이 좋은 사나이. 나는 허망한 정열!'

그리고 잠길에 빠져든 것 같았다.

새벽녘에 구둣발이 허리를 찼다. 눈을 떴다.

"이 자식, 일어낫."

문남석이 내려다보고 있었다.

태영은 몸을 움직였다. 궁둥이 근처에서 뭉클하게 이겨지는 게 있었다.

'똥을 쌌구나.'

그러나 그 이상 움직일 수가 없었다.

"이 녀석을 끌어 일으켜. 돌아가야겠다."

문남석의 명령에 두 형사가 태영을 양팔을 잡아 일으켰다.

"아, 냄새."

"생똥을 쌌구나. 쳇."

두 놈이 한마디씩 했다.

"사람 썩는 냄새를 견뎌온 사람들이 똥 냄새를 못 견뎌?"

문남석이 버럭 소릴 질렀다.

"빨리 끌어내. 빨리 지하실을 비워달라는 얘기다."

그러나 태영의 몸이 낙지처럼 처져버리는 바람에 일으켜 세울 수가 없었다.

"들것을 가지고 와야겠는데요."

한 놈이 말하자,

"먼저 똥을 씻어야겠습니다. 똥칠갑한 놈을 데리고 산청까지 갈 수야 없지 않겠습니까?"

한 놈은 이렇게 말했다.

물통을 빌려온다, 수건을 구해온다 해서 태영의 똥 뒤치다꺼리를 했다. 그렇지만 걸릴 수는 없었다. 게다가 태영은 신열이 대단했다.

도저히 이대로는 산청까지 옮길 수 없다는 결론을 얻었는지 문남석이

"며칠 이 경찰서 유치장에 맡겨두기로 하고, 지리산전투사령부에 전화를 걸자."

라고 했다.

운명은 어느 순간이 결정한다.

당시 지리산전투사령부는 둘로 나뉘어 그 가운데 하나는 진주에 있었는데, 문남석의 전화를 받은 사람은 공교롭게도 진주경찰서 사찰계에 근무하는 배명근 경위였다.

배명근은 중학 시절 박태영의 한 반 아래 학생이었다. 학생 시절엔 우

상처럼 박태영을 존경했었다. 좌익에 대한 적개심은 남 못지않았지만.

"박태영을 체포했습니다. 전태일이란 가명으로 빨치산에 물자를 보급한 자입니다. 지금 서울 종로서에 위탁 유치하고 있습니다. 운신하지 못하는 관계로 3, 4일 이곳에 두었다가 산청으로 데리고 갈 참입니다. 사령관에게 보고해주십시오."

라는 문남석의 전화를 받고 가만있을 수가 없었다.

배명근은 사령관에게

"전태일사건은 진주에서 생겼으니, 지리산 전투 경찰이 관할할 일이 아니라 진주경찰서가 관할할 일입니다."

라고 보고하고 동시에 전후 사정이 꼭 들어맞게 자세한 설명을 곁들여, 진주서가 관할하도록 승인을 받아냈다.

배명근은 이튿날 상경해 문남석과 그 일행을 찾았다. 그런데 모두 거리 구경을 나갔는지 없었다. 배명근이 유치장에 있는 박태영을 비밀실로 데리고 나올 수 있었던 것은, 종로서에 자기의 친지가 있기 때문이었다.

"나는 박 선배님 후배입니다. 그러나 앞으로 절대로 날 아는 척하면 안 됩니다."

배명근은 말을 바쁘게 하고,

"박 선배는 전태일이 아니죠?"

라고 했다.

박태영은 묵묵하게 있었다.

"맞아 죽는 일이 있어도 박 선배는 전태일이 아닙니다. 전태일은 죽습니다. 산청으로 가면 죽습니다. 서울에 연락할 곳을 빨리 말씀하십시오."

박태영이 하영근 씨의 이름과 집 주소를 말했다. 그것을 수첩에 적어 넣고 배명근은

"빨리 유치장으로 돌아갑시다. 전투 경찰대의 형사들이 오기 전에."

하고 박태영을 재촉했다. 그리고 다시 한번, 자기를 아는 척하면 안 된다는 것과 박태영은 절대로 전태일이 아니란 것을 강조했다.

배명근은 종로서에서 나오는 길로 하영근 씨를 찾아 사건의 전말을 알리고 다시 종로서로 돌아와 문남석을 기다렸다. 서로 알지 못하는 사이여서, 수사계 한구석에 앉아 박태영을 불러내는 사람을 기다렸다.

오후 다섯 시, 문남석이 박태영을 불러달라고 수사계 직원에게 부탁하는 것을 보고 배명근은 문남석 가까이 갔다.

"문남석 씨 아니십니까?"

"그렇습니다만."

"나는 진주서의 배명근 경위입니다. 서울에서 문 경위님이 큰 공을 세웠다고 듣고, 우리 관할의 일이니 가서 후원하라는 명령을 받고 왔습니다."

"반갑습니다."

이런 말이 오가는 사이에 박태영이 끌려 나왔다. 문남석은 박태영이 둥근 의자에 앉기를 기다려

"배 경위님, 이자가 바로 그 유명한 전태일입니다. 골수 빨갱입니다. 나는 이자를 3년 전부터 주목하고 있었습니다."

하고 어떻게 해서 전태일이 박태영의 가명임을 알아냈는가를 청산유수로 설명했다.

지리산 전투 경찰로 배치된 사람 가운데 진주서 소속 형사가 있었다.

그 형사가 잡담 도중, '지리산으로 들어가려는 엄청난 양의 물자를 적발하고, 그 물자와 관련이 있는 진주시 남로당 인사들을 검거한 것까진 좋았는데, 중심 인물 전태일을 아차 하는 순간에 놓쳤다. 전태일인 줄 알고 미행해 뒤쫓은 사람이 서울대학 학생이어서 실망이 이만저만 아니었다.'고 했다. 그 말에서 문남석은 힌트를 얻었다고 했다.

"진주와 관련이 있고, 게다가 부인이 또한 대학생이었다는 사실, 대담한 수법 등을 종합해서, 노동식을 추적할 때에 만난 적이 있는 박태영을 생각하게 되었던 겁니다. 그래 출장 허가를 얻어 상경해서 여우를 한 마리 잡은 셈이죠."

본인을 앞에 놓고 문남석이 못 하는 소리가 없었던 것은, 내일에라도 산청으로 끌고 가서 죽여 없애겠다고 생각했기 때문이었다.

"그럼 저 사람을 지금부터 어떻게 할 겁니까?"

배명근이 물었다.

"골수 빨갱이가 돼놔서 호락호락하지 않아요. 그래 여긴 남의 경찰서이고 하니까 한 이틀 뒀다가 대충 서울에서 볼일을 끝내면 저놈을 산청으로 데리고 가겠습니다. 산청에 가면 저놈에게 감쪽같이 속은 형사와 대질시켜 마무리를 짓죠. 백 프로 틀림없습니다. 내게 방증도 있으니까요. 저놈은 하준규의 참모로 있던 노동식의 친구니까 어련하겠습니까."

"그래도 서울에서 대강 조서를 만들 필요가 있지 않을까요? 서울에 있는 관련자도 적지 않을 테니까요. 서울에서 색출할 수 있는 데까지 관련자를 색출해보고 돌아가야지요. 서울에 온다는 일이 쉬운 일이 아니니까요……."

배명근은 가능한 한 시간을 끌어보자는 속셈으로 말했다.

배명근은 하영근을 만났을 때 하영근으로부터, '박태영은 현재 좌익과 절연하고 있을 뿐 아니라 공산주의에 회의를 느끼고 있는 것이 틀림없다.'는 얘기를 들었던 것이다.

배명근의 말이 문남석에겐 솔깃한 모양이었다. 그날 밤 문남석은 박태영을 조사했다. 배명근이 입회했다.

"네 이름이 뭐냐?"

"……."

"1947년 1월 화차 일량분의 전투 물자를 서울에서 싣고 진주로 수송한 장본인이지?"

"……."

"이놈의 새끼, 묵비권을 행사할 모양이구나."

하고 문남석이 박태영의 뺨에 주먹을 먹였다. 이빨 두 개가 부러졌다. 태영이 피를 토했다.

이렇게 돼서 조사는 중단되고 말았다.

배명근이 형사를 시켜 응급 치료에 필요한 약을 사오게 하고 조사를 대신 맡았다.

"순순히 자백하고 선처를 바라는 게 유리하지 않을까?"

"……."

"모든 방증이 준비되어 있다니 버티어봐도 소용없을 텐데 순순히 자백하지그래."

"……."

"앞으론 공산주의 안 하겠다고 서약하면 특별한 조치를 취해줄 수도 있을 거구."

그때 문남석이 말을 끼웠다.

"저런 놈, 위장 전향서 받아보았자 아무짝에도 쓰지 못합니다. 저런 놈은 그저 족쳐야 합니다."

"이빨 부러진 데가 몹시 아픈 모양이니 오늘 밤엔 이만 합시다."
하고 배명근이 일어섰다.

이튿날도 박태영은 묵비권으로 일관했다.

문남석은 당장 데리고 내려가자고 서둘렀다. 배명근은, 데리고 내려가더라도 가는 즉시 경찰서장이나 사령관에게 복명서를 제출해야 하니, 아무튼 달래서라도 조서를 받아야 한다고 문남석을 은근히 만류했다. 하영근의 배후 운동이 보람이 있을 때까지 끌려는 속셈이었다.

그다음 날도 무위로 끝났다. 배명근은 더 이상 지연 전술을 쓸 수 없게 되었다. 이때 종로경찰서장이 지리산 전투 경찰대에서 온 문남석 경위를 불러 지시했다.

"당서에 유치 중인 박태영을 종로서에서 조사하라는 상부의 명령이 있으니, 그를 체포한 사유와 일건 서류를 당서 사찰 주임에게 전하고 소속 직장으로 돌아가시오."

문남석이 얼굴이 벌겋게 되도록 흥분했다.

"배 경위, 이게 무슨 꼴이오? 닭 쫓던 개 꼴이 되지 않았소. 천신만고 해서 붙들어놓으니 가로채다니, 이런 경우가 있소?"

"기분 나쁘게 되었구만."
하고 배명근도 투덜댔다. 아니, 투덜대는 척했다.

"도대체 어떻게 된 영문이지?"

문남석이 분통을 참을 수 없는지 중얼거렸다.

"사람들이 많이 있는 감방에 그자를 넣어두었다는 게 실수 아니었을까?"

하고 배명근이 말하자, 문남석은

"서울놈들 믿지 못한다니까."

하고 이를 갈았다.

문남석이 아무리 분개해도 어쩔 수 없었다. 내무부장관 특명으로 치안국장을 통하고 경찰국장을 거쳐 바로 떨어진 명령이어서 어쩔 수 없었다. 내무부장관 김효석은 하영근과는 대대로 사귀어온 정의가 있는 사이일 뿐 아니라, 김효석의 아버지와 하영근의 아버지는 회봉晦峯 문하의 절친한 동학이었던 것이다.

문남석은, 박태영에 관한 소신과 심증을 곁들여 세밀하게 사건을 설명하고, 필요한 경우 연락만 하면 또 다른 증거와 대질자를 준비해서 상경하겠노라는 뜻을 종로서 사찰 주임에게 전하고 밤 기차를 탔다.

"아랫사람이 생명 걸고 하는 일을 상부에선 무슨 장난이나 하는 것처럼 휘저어버리니 될 말이기나 해?"

문남석은 줄곧 투덜대며 술을 마셔댔다.

"그러니까 빽 없는 놈 섧다는 것 아니오."

하고 한 형사가 맞장구를 쳤다.

"서울에 있는 경찰관하고 지리산에 있는 우리는 양반과 상놈만큼 다르드만."

하고 또 한 형사가 투덜댔다.

그로부터 20일이 지난 5월 어느 날 박태영은 송청되어 서대문구치소로 신병이 옮겨졌다. 박태영이 일관해 부인했지만, 진주경찰서 형사의 증언, 당시 화물을 취급한 운송 회사 직원의 증언, 진주시 남로당 보급책이었던 사람의 증언이 있어, 박태영은 이윽고 기소되어 재판을 기다리는 신세가 되었다.

일단 총살당하는 위험에서 벗어나긴 했지만, 박태영은 줄잡아 10년의 옥고쯤 각오해야 했다.

그런데 박태영은 서대문구치소에 충만되어 있는 증오의 열기에 놀랐다. 대한민국에 대한 증오, 경찰에 대한 증오, 우익 인사들에 대한 증오……. 그 증오의 강도는 도저히 상상도 못할 정도였다. 그 증오의 입김을 모아 한꺼번에 토해내면 감옥의 벽쯤 쉽게 무너뜨릴 수 있으리란 상상조차 할 수 있었다.

해방된 지 어언 5년, 그 5년 동안에 민족 내부에서 이처럼 증오가 양성되었다고 생각하니 실로 아연할 수밖에 없었다. 박태영은, 7, 8명이 겨우 팔다리를 뻗고 잘 수 있을 텐데 20여 명이나 붐비는 방의 한구석에 쭈그리고 앉아, 그 증오가 양성된 원인과 경위를 살펴보았다.

처음엔 조그마한 틈에서 비롯되었을 것이다. 욕설과 농담을 분간 못할 정도의 말이 오갔다. 성급한 누군가가 손찌검을 했다. 정치 바람이 일으킨 조그마한 파도 같은 것이었다. 그러자 본격적인 선전과 선동이 작용하기 시작했다. 그러다가 내가 살기 위해선 네가 죽어야겠다는 적대 감정으로 반목하기에 이르렀다. 그렇게 되자 경찰은 사회의 질서를 유지한다는 범위를 넘게 되었다. 우선 우리가 살고 봐야겠다는 앙심으로 변할 수밖에 없었다.

박태영은 이와 같은 증오와 분열이 있게 한 책임을 어느 편이 더 많이 져야 할 것인가를 생각해보았다. 전 같으면 무조건 우익의 책임이라고 했겠지만, 애써 공평한 눈을 가지려 하고 보니 동족 간에 증오를 가꾼 결정적인 책임은 좌익이 져야 하지 않을까 하는 생각으로 기울었다.

지주와 자본가를 타도하기만 하면 잘살 수 있게 된다는 주장이 가난한 대중들에게 자극이 되지 않을 까닭이 없다. '우리는 얼마나 짓밟혀 왔느냐? 드디어 보복할 때가 왔다.'고 갖가지 증거와 제법 이론을 갖추고 충동질을 하는데 동요하지 않을 약자는 없다. 게다가 '위대한 소련이 우리 편이다. 역사의 방향은 이렇다. 철학이 그 정당함을 증명해준다.'고, 꽤 큰 조직이 조직적으로 떠들어대면 무력한 농부라도 도끼를 쳐들고 경찰서를 습격하게 된다. 그들이 받은 가르침에 따르면 경찰이야말로 그들의 갈 길을 가로막고 있는 장애물일 테니까.

이제야 그것이 엄청난 기만이란 것을 알고 박태영은, 자기의 감방을 비롯해서 서대문구치소를 꽉 채우고 있는 증오의 열기에서 허망을 느끼지 않을 수 없었다. 그렇다고 해서 문남석을 통해 가꾸게 된 경찰에 대한 자기 자신의 증오를 잊은 것도 아니고, 세상이 이대로 계속될 수는 없다는 울분을 소화시킬 수 있다는 것도 아니었다. 말하자면 반항심을 진정시킬 수 없는데 반항의 근거와 목표를 잃었다는 것은 고통 이상의 고민이었다. 만일 박태영이 공산주의에 관한 신앙을 그냥 지속시켰더라면 구금당한 고통쯤은 거뜬히 극복하고 감방의 분위기에 동화되어 같은 감방에 있는 사람 하나하나에게 관심을 갖고 앞으로의 전망을 만드는 데 열중했을지 모른다. 그러나 지금 박태영의 눈엔, 흥분하고 증오하는 감방 사람들이 회색의 군중, 허망의 꼭두각시로 보이는 것을 어떻게 할 도리가 없었다.

감방의 리더는 서른이 조금 넘은 신문 기자 출신인 감방장 정홍기였다.

그는 입버릇처럼

"해방의 날이 머지않았다. 동무들, 용기를 잃으면 안 된다."

라고 감방 사람들을 타일렀다.

해방이란 것은, 이북에서 인민군이 쳐들어와서 서대문구치소의 문을 열어준다는 뜻이었다. 정홍기의 그 말이 있으면 으레,

"언제쯤 해방이 될까?"

허망한 정열 81

하는 토론으로 이어졌다. 더러는

"일 년쯤 기다리면 되지 않겠나."

하기도 하고,

"일 년? 난 그렇겐 못 기다리겠어."

하고 투덜대는 사람도 있었다.

그렇게 되면 중구난방으로 말이 쏟아져 나오는데,

"내가 감옥에서 나가기만 해봐라. 몇 놈들은 배를 갈라 죽일 거다."

하고 으르렁대기도 하고,

"쉽게 죽일 수야 있나. 토막을 내야지. 처음엔 손톱 발톱을 빼고 다음엔……."

하는 식으로 구체적으로 살인 방법을 들먹이는 사람이 있는가 하면,

"개인적인 보복은 못 해. 반동놈들을 죄다 모아갖고 코를 꿰는 거여. 코를 꿰어 줄줄이 묶어 시내를 한 바퀴 돌게 하는 거여. 물론 옷을 홀딱 벗겨버리고. 팬티까지 말야. 그런 후에 즈그 묻힐 구덩이를 파게 해 생매장해버리는 거라. 그래야 뽄뵈기가 될 거 아닌가."

하고 사뭇 지도자연하게 말하는 자도 있었다.

집단적으로 보복하면 개인적인 보복이 아니라는 발상은 '개인적'인 것과 '개별적'인 것을 혼동한 것이겠지만, 이러한 말들이 거리낌없이 피력될 수 있다는 데 만만찮은 문제가 있다고 박태영은 보았다.

'이들은 옥문이 열리기만 하면 이리떼처럼 덤빌 것이다. 그런데 그러한 보복과 증오의 터전에 무엇이 건설되기라도 할까.'

그런데 감방장 정홍기는

"동무들, 그 사상을 잊으면 안 돼요. 미워할 것을 미워한다는 것, 혁명에 있어서 가장 중요한 것은 이것이오. 부르주아를 미워한다는 것은

인민의 의지를 관철시키겠다는 영웅적인 사상의 바탕이며, 반동을 미워한다는 것은 역사의 사명을 추진하는 영웅적인 노력이오. 예수는 '네 원수를 사랑하라.'고 했다는데, 이것은 거짓말이오. 부르주아들이 인민의 보복이 겁나 만들어낸 말이오. 원수를 사랑하라는 말이 옳다고 믿는 계급의 대변자인 경찰이 우리에게 한 짓이 뭐요. 고문 아니었소? 그러니까 말짱 거짓말이다, 이거요. 그런데 우리 인류의 태양 스탈린 대원수는 원수를 미워하라고 했소. 부르주아와 반동을 미워하고 그 미워하는 마음을 행동으로 실천할 때 프롤레타리아의 진정한 승리가 있는 것이오."

하고 가끔 웅변을 토했다.

감방에서 웅변을 토해도 간수는 본체만체했다. 심지어 정홍기는 간수를

"간수 동무."

하고 부르기도 했다.

서대문구치소는 좌익의 수련장이었다.

토론이 없을 땐 법정 투쟁을 하는 요령을 가르쳤다. 모두가 미결로 공판 중이거나 공판을 기다리는 처지여서 법정 투쟁 강습이 긴급했던 것이다.

그 요점은—

"당당해야 해. '나는 애국자다.'라는 자세를 가져야 된단 말이오. 그리고 공판이 끝나면 반드시 인민공화국 만세를 부를 것. 신문받을 때 입장이 곤란하면 '당신들은 나를 재판할 자격이 없다.'고 외칠 것. 곧 해방이 될 테니, 사형을 받건 무기형을 받건 문제될 게 뭐 있어. 되도록이면 많은 양의 구형을 받고 많은 양의 선고를 받아야 해. 그 양에 따라

허망한 정열

인민공화국으로부터 대접을 받을 거니까."

구치소에 들어온 지 며칠이 지났는지 거의 감각이 없어졌을 무렵, 하루는 리더인 정홍기가 태영에게 물었다.

"동무는 통 말이 없는데 어떻게 된 거요?"

박태영은 수감될 때 질문을 받고 간단히 자기소개를 한 것 이외는 거의 말을 하지 않았던 것이다.

"동무는 대학생이라고 했는데, 진보적인 학생답게 같이 있는 동무들에게 계몽적으로 나가야 할 것 아니오."

"나는 배우는 처지에 있으니까 계몽적으로 할 아무것도 없습니다."

"대학 내 진보 세력의 동향을 말하는 것도 이곳에 있는 동무들에겐 계몽이 되고 용기를 주게 되는 거요."

"글쎄요."

"왜 글쎄옵니까?"

"나는 대학 내 진보 세력의 동향을 잘 모릅니다."

"그럼 당신, 민주 사업 하다가 붙들린 게 아니지 않소."

"민주 사업은 안 했소만, 여게 들어오게 된 것은 보안법 위반이오."

태영이 이렇게 말한 건, 구치소 내엔 린치私刑가 있기 때문이었다. 그 린치가 겁났다기보다, 그에 따른 시끄러운 문제가 생길 염려가 있어 그것이 귀찮았던 것이다.

"왜 보안법 위반이오?"

태영은 지리산 빨치산에게 물자를 보급했다는 얘기를 하지 않을 수 없었다.

"그렇다면 동무는 이 감방의 영웅이다."

하고 리더 정홍기는 감방 사람들에게 소개했다. 모두들 탄성을 올렸다.

그들이 붙들려 온 이유는 무허가 집회, 벽보 붙이기 정도이기 때문이었다.

박태영을 골마루 가까이 옮기게 하고, 발을 뻗을 수 있는 여유를 만들어주는 등 수선을 떨었다.

날씨가 점점 더워졌다. 달력은 없었지만 계절이 여름을 향해 기어오르고 있음이 확실했다. 감방 안이 증오의 열기에 계절의 열기를 더해 숨이 막힐 지경이었다. 그러한 어느 날, 검사 신문을 받으러 나갔다가 들어온 사람이 이런 말을 했다.

"평양에서, 조만식 부자와 이주하·김삼룡 동무를 교환하자는 제의를 이승만에게 한 모양이오."

그러자

"그것 참말이오?"

하고 벌떡 고개를 든 사람은 60세 가까운 노인이었다.

"검사 책상에 놓여 있는 신문을 읽었습니다."

"무슨 변이 있을 모양이군."

노인의 얼굴이 긴장되었다.

"변이 있다뇨?"

누군가가 물었다.

"전쟁이 날지도 모르겠어."

"전쟁?"

감방 안이 벌집 쑤셔놓은 것처럼 되었다.

"전쟁이면 해방 아니냐?"

"해방? 그것 참말이야?"

입입이 무슨 소린가를 지껄여댔다.

정홍기가 노인에게 물었다.

"전쟁이 난다고 했는데, 그걸 차분하게 설명해보십시오."

"차분하게 설명하고 안 하고가 있소. 이북에서 김상룡·이주하를 데려가겠다는 건, 그 사람들을 안전 지대에 갖다놓고 전쟁을 하겠다는 저의라고 나는 얼핏 느꼈단 말일 뿐이오."

"두 동무의 생명을 구하려는 단순한 동지적 호의가 아닐까요?"

기자다운 질문이었다.

"그럴지도 모르지. 그러나 여태 안 하던 것을 공산당이 할 땐 반드시 저의가 있다고 봐야 하지 않겠소."

"김삼룡·이주하 동무의 비중이 크지 않습니까?"

"그럴지도 모르지. 그럴지 모르지만……."

노인은 우물우물 말끝을 흐렸다.

단번에 흥분이 식었다. 누군가가

"제기랄, 내일에라도 전쟁이 날 줄 알았는데."

하고 혀를 찼다.

"얼른 쳐내려오지, 뭣 하노."

"아아, 해방."

이런 말들이 잇따랐다.

"젊은이들."

노인이 입을 열었다.

방 안이 순간 잠잠해졌다.

"젊은이들은 이북에서 쳐내려오기만 하면 곧 해방될 것같이 생각하는데, 그건 큰 오산이오. 전쟁이 나서 남한이 질 판이 되면, 남한의 정부가 감옥에 있는 우리들을 그냥 두고 도망칠 줄 아시오? 그들은 여게 갇혀 있는 우리들이 보복의 불덩어리란 것을 누구보다도 잘 알고 있소. 저 간수들이 귀머거리들인 줄 아시우? 벙어린 줄 아시우? 전쟁이 나서 도망을 쳐야겠으면, 이 감옥 안에 있는 우리를 다 죽이고 떠날 거요. 당신들이 놈들의 처지가 되어보우. 그러니까 괜히 전쟁을 바라지 마시우. 법정 투쟁이니 뭐니 해서 무거운 형 자초하지 말고, 하루바삐 이곳에서 나갈 궁리나 하시오. 전쟁이 나면 감옥에 있는 우리는 다 죽소.”

심각한 공기가 서렸다.

그러나 그것도 순간이었다.

"제기랄, 우리는 죽어도 좋다. 빨리 전쟁이 나서 놈들을 쳐부숴주기만 하면.”

"그렇다, 그렇다. 빈대 새끼들을 태워 죽일 수만 있다면야, 삼간 초가 아까울 게 뭐 있노.”

이런 말들로 다시 왁자지껄해졌다.

박태영은 갑자기 공포를 느꼈다.

저 듬성듬성 칸 지어놓은 쇠창살 틈으로 기관총 탄환이 날아드는 환각에 잠깐 아찔했다.

'다시 하늘을 보지 못하고 이 감방에서 피투성이가 되어 죽는다면……'


이튿날 박태영에게 면회가 있었다.

미결로 있는 자에겐 면회가 금지되어 있는데 이상했다.

구치소 소장실에서 기다리고 있는 사람은, 태영의 영어 교사 미첼 앵커비치, 하영근, 권창혁, 김숙자였다. 하영근, 권창혁, 김숙자는 약간 거리를 두고 앉아 눈인사만 하고, 미첼은 가까이 와서 말을 걸었다.

그 요지는 —

"나는 미스터 박이 터무니없는 오해를 받아 이곳에 와 있다는 사실을 잘 알고 있다. 당신의 사상을 알기 때문이다. 물론 전엔 마르크시스트였다는 것도 알고 있다. 하나 지금은 그렇지 않지 않느냐. 그러니 미스터 박이 간단한 다큐멘트文書를 써라. 나는 마르크시스트가 아니며, 앞으로도 마르크시스트가 되는 경우는 없을 거라고. 그러면 내가 주선해서 공소 취하를 시키겠다. 현재의 내 위치는, 공산주의자 아닌 사람이 공산주의자로 오해받고 있다는 사실을 해명해줄 수 있는 정도는 되어 있다."

권창혁이 저쪽에서 열띤 눈짓을 해보였다.

하영근과 김숙자도…….

숨가쁜 시간이었다.

태영의 대답이 얼른 나오지 않자 미첼이 덧붙였다.

"지금의 정세는 위급하다. 단언은 못하지만 어떤 사태가 발생할지 모른다. 그러니 결심이 빠를수록 좋다. 더 얼리어 더 베터."

"고맙소."

태영이 미첼에게 악수를 청하고 말했다.

"그러나 나는 자유로운 환경에 있다면 지금이라도 그런 문서를 쓸 수 있지만, 부자유한 지금과 같은 형편에선 그런 문서를 쓸 수가 없소. 어떤 상황이 되어도 당신의 호의는 잊지 않겠소."

미첼은 멍청히 태영을 보더니 방금 제정신을 차렸다는 듯 벌떡 일어서며 팔을 벌려 태영을 안았다.

"원더풀, 원더풀."

그러고는 헤어질 때
"당신의 길을 충실히 걸으시오."
하는 짤막한 말을 남겼다.

하영근, 권창혁, 감숙자와는 말할 기회를 주지 않았다.

미첼과 면회하고 돌아온 태영은 감방에 새로 들어온 사람이 있다는 것을 발견했다. 아직 소년티가 벗어지지 않은 창백한 얼굴을 한 가냘픈 몸집이었다. 그런데 그의 양팔은 백동색으로 번쩍거리는 수갑에 채워져 있었다. 사형수였다.

사형수는 집행하기에 앞서 일주일쯤 이 방 저 방으로 돌렸다. 마지막 시간의 광란을 줄이기 위해서였다.

무슨 까닭으로 사형수가 되었을까.

박태영은 그 사형수에게서 자기의 모습을 발견했다. '저기 저렇게 앉아 있는 사람이 사실은 나다. 나 자신이다.' 하는 상념이 절실하게 괴었다.

'나는 아무도 죽이지 않았다. 누구의 물건을 훔치지도 않았다. 누구에게 악의를 가지고 대한 적도 없다. 그러나 나는 내가 신봉하던 마르크스주의를 통해 무수한 살인의 공범이 되었으며, 이 나라에서 자행되었고 지금도 자행되고 있는, 그리고 앞으로도 자행될 그 엄청난 악의의 공범인 것이다. 그렇다고 우익들의 범죄가 가볍다는 뜻은 아니다. 그들의 죄로 해서 나의 죄가 가벼워지는 것도 아니다. 그들은 그들의 죄로 해서 벌을 받아야 할 것이고, 나는 나의 죄로 해서 벌을 받아야 한다. 살상이란 있을 수 없다. ……저기 저렇게 수갑을 차고 앉아 있는 사형수가 바로 나 자신인 것이다.'

그런 까닭에 태영은 그 나이 어린 사형수의 이름을 알려고 하지도 않았다. 그가 한 짓이 무엇인가에 대해 관심을 쏟지도 않았다.

그런데도 알려질 것은 알려졌다.

사형수의 이름은 염길섭. 나이는 23세. 경기도 이천에서 경찰서를 습격한 폭도 가운데 끼였는데, 염길섭은 자기 아버지를 고문 치사케 한 형사를 낫으로 찔러 죽이고, 그 형사의 집으로 달려가서 임신한 형사의 아내를 배를 갈라 죽였다는 것이다.

파리 한 마리 죽일 것 같지 않은 앳된 얼굴, 숟가락 하나를 겨우 들 수 있을까 말까 한 힘밖에 없어 보이는 허약한 몸의 어느 곳에 그런 증오, 그런 살의를 품고 있었단 말인가.

'마르크스가 가르친 증오의 불길은 임신한 여자의 배도 가를 수 있다. 그리고 그 증오는 원수의 증오로 옮겨져, 임신한 여자의 배를 가른 사나이의 어미를 찾아 그 배를 가른다…….'

며칠이 지난 날 오후, 염길섭은 교수대에 걸렸다.

그날이 1950년 6월 24일 토요일.

염길섭이 처형되었다는 소식을 들었을 때, 박태영은 자기도 염길섭과 더불어 처형되었다고 느꼈다.

혼은 날아가고 빈 육체의 껍질만 남은 것이다. 이제 아무것도 두려울 것이 없다는 텅 빈 두뇌의 벽에 지워버릴 수 없게 새겨진 것은—.

'허망한 정열!'

피와 땀이 이겨져 흙빛으로 된 문자였다.


6월 25일—1950년.

아침나절에 비가 내렸다.

일요일이면 형무소 안에도 느긋한 기분이 돌았다. 법원과 검찰청에 나가는 일, 즉 출정이 없기 때문이었다.

비가 내려 기온이 약간 낮아진 느낌이지만, 무더위는 조금도 줄어들지 않았다. 철망으로 금 지어진 유리창에서 미끄러지는 빗방울을 보고 있다가 박태영은 감방 사람들에게 시선을 돌렸다.

감방장 정홍기는 눈을 감은 채 머리를 벽 쪽으로 젖히고 명상에 잠겨 있고, 그 옆 박 노인은 버릇처럼 손으로 수염을 쓰다듬으며 몸을 앞뒤로 또는 좌우로 흔들고 있었다.

내일 판결 공판에 나갈 맹춘호는 옆에 앉은 김경태에게 말을 건넸다.

"제기랄, 이러나저러나 죽을 바에야 재판정에서 인민공화국 만세나 불러버릴까."

"야야, 말도 안 되는 소리. 신념에 의해 인민공화국 만세를 부르는 것은 좋지만, 자포자기해서 부르는 것은 못써."

김경태가 나직이 나무랐다.

박태영은 생각에 잠겼다.

일제 시대 지리산에 있을 무렵을 회상했다.

'아아, 그땐 얼마나 화려한 시절이었는가. 그 작은 공화국! 일본놈의 압력을 받으면서도 우리의 꿈은 화려했다. 그 꿈이 어디로 사라졌단 말인가.'

박태영은 자기가 있을 곳은 여기가 아니고 지리산이란 생각이 문득문득 들고, 그때마다 가슴이 뭉클했다.

'그러나 노동식 동지도 죽고, 차 도령, 이 도령, 정 도령도 죽었다지 않은가.'

생각하면 박태영은 돌아갈 곳이 없어져버린 것이다.

'지금쯤 괘관산 골짜기에선 뻐꾸기가 울고 있겠지.'

박태영의 가슴속에서 한 가락의 노래가 흘렀다. 무더위를 견디기 위해서라도 그 가락을 끝까지 쫓았다.

뻐꾹뻐꾹 산속에서 울면
똑딱똑딱 나무 찍는 소리.
뻐꾹 소리 장단 맞춰 울고
찍는 소리 소리 맞춰 찍는다.
뻐꾹뻐꾹 깊은 산속에
똑딱똑딱 해가 저문다.

음치에 가까운 박태영이 끝까지 부를 줄 아는 유일한 노래가 이것이었다.

점심때 비가 멎었다.

썩은 냄새 나는 콩이 섞인 이른바 등외밥等外食을 소금에 절인 푸성귀와 함께 씹어 넘기니 간단하게 식사가 끝났다.

식사가 끝나면 더욱 허기가 진다.

"이상하단 말여. 먹고 나면 배가 고픈 게."

그 감방에서 제일 어린 양달석이 여느 때와 같이 투덜댔다. 한창 식욕이 왕성해서, 작은 잉크병만 한 덩어리밥은 허기를 채우기는커녕 허기를 자극할 뿐이었다.

"지금 이승만이는 뭘 먹고 있을까."

"산해진미 채려놓고도 늙어빠진 주제에 먹을 수 있을라꼬?"

"이승만이 마누라는 우유 목욕을 한다던데."

이렇게 하루 한 번씩은 이승만에 대한 욕설이 나오게 마련인데, 오늘

따라 그 정도가 지독했다. 심지어

"이승만이가 뭐꼬? ×승만이다."

라는 말까지 나왔다.

자기들에게 징역살이시키는 원흉을 이승만으로 보기 때문이었다.

이러한 소란도 밥을 먹은 후 한때이고, 무더위가 한층 심해지자 모두들 말할 기력도 잃고 말았다.

조용해진 가운데 무거운 호흡 소리들만 답답한데 감방장 정홍기가 중얼거렸다.

"아무래도 이상한데?"

"무엇이 이상하우?"

잡범으로 들어온 황치득이 물었다.

"간수들이 꼼짝도 하잖지 않은가?"

아닌 게 아니라 간수들이 이상했다. 여느 때 같으면 수십 번 골마루를 왔다갔다 하며 시찰통을 들여다보고 뭔가 잔소리를 할 간수들이 아침부터 전연 동작이 없었다.

"놈들도 더위에 지쳤겠지."

누군가의 말이었다.

"아냐. 아무리 지쳤기로서니 그럴 놈들이 아니지. 필경 무슨 일이 난 거라."

정홍기는 갖가지로 추측해보는 모양이었으나, 도무지 갈피를 잡을 수 없다는 표정으로 박태영을 건너다봤다.

"박 동무, 무슨 짐작되는 일 없소?"

"없는데요."

"아무래도 이상해."

하고 정홍기가 고개를 갸웃했다.

그런데 정홍기의 예감은 근사했다.

시대문형무소에 수감되어 있는 자들은 그때 알 까닭이 없었지만, 큰 사건이 터져 있었다.

이날 새벽, 북한의 군대가 38선 전역에 걸쳐 남침을 개시한 것이다.

오후 3시쯤엔 의정부 북쪽에서 북한군과 한국군 사이에 큰 격전이 전개되었다. 소련의 야크 비행기가 날아와 김포비행장을 폭격하고 연료 창고를 태웠다. 그뿐만 아니라 전선에서 한국군이 밀리고 있었다.

밤이 되었는데 형무소 감방 안에 전등이 들어오지 않았다. 칠흑의 어둠이 더위를 더욱 못 참게 했다.

"불."

"불."

하고 감방마다 술렁대기 시작했다.

"정전이다, 정전."

퉁명스럽게 외치는 간수의 소리가 들렸다.

"왜 정전이냐?"

고함이 이곳저곳에서 났다.

그러나 간수들은 설명하려 하지 않았다.

6월 26일.

더욱 이상했다. 아침 8시가 되면

"출정."

하고 간수가 재판을 받을 사람, 검찰 신문을 받을 사람들을 호명하느라고 시끌덤벙한데 그런 일이 없었다.

그날 선고 공판을 받게 되어 있는 맹춘호가 패통을 쳐서 간수를 불러

"오늘은 내 선고 공판날인데 왜 출정하라는 통지가 없소?"

하고 물었다.

"내가 알 게 뭐요?"

간수의 대답이었다.

"오늘은 출정 없소?"

하고 묻는 소리가 이곳저곳에서 났다.

"있겠지."

하는 간수의 대답이었으나, 점심 시간이 될 때까지 출정 호명이 없었다.

그때까지 출정 호명이 없으면 그날은 그냥 지나간다.

"아무래도 이상해."

이렇게 중얼거려놓고 정홍기가 박태영을 보았다.

같은 감방에 있는 동안에 정홍기는 어느덧 박태영을 중시하게 된 것이다.

"늙은 여우가 꺼꾸러졌나?"

어디서 불쑥 이렇게 말하는 사람이 있었다.

"그랬는지도 모르지."

"그렇게만 되면 대사나 특사가 있게 되는 것 아녀?"

"김칫국부터 마시려고 드는가?"

"그런 일도 없고서야 월요일인데 출정이 없을 까닭이 있을라구."

"혹시 미국과 소련이 의논해서 형무소에 있는 사람들을 석방해주기로 한 것 아닐까?"

"그렇더라도 잡범들의 출정은 있어야 할 게 아닌가."

"검사들과 판사들의 맥이 탁 풀어진 거라."

중구난방으로 허튼소리를 지껄이고 있을 무렵, 북한 군대는 의정부와 문산을 점령하고 서울을 향해 진격하고 있었다.

오후 몇 시쯤엔가 요란한 사이렌 소리가 형무소 안에까지 들려왔다. 비행기 소리 같은 것도 있었다. 죄수들은 알 까닭이 없었지만 북한 비행기 두 대가 그 무렵 김포공항을 폭격했다. 서울 상공에선 소련제 야크 전투기와 미국제 무스탕 전투기의 공중전이 있었다.

"박 동무, 전쟁이 난 것 아뇨?"

이렇게 묻는 정홍기의 표정이 극도로 긴장되어 있었다.

"글쎄요."

하고 말꼬리를 흐렸으나 박태영도 비슷한 예감을 가졌다.

"전쟁이 났을까요?"

양달석이 밝은 얼굴을 했다.

맹춘호와 김경태가 덩달아 뭔가 말하려다가 멈칫했다. 박 노인이 날카롭게 그들을 쏘아보았기 때문이다.

정홍기의 짐작은 적중했다.

"전쟁이 났다."

라는 정보가 감방의 벽을 통해 전달되었다. 이어 북한 군대가 파죽지세로 밀고 내려온다는 말과 한국군이 형편없이 패배해 후퇴 중이란 말도 들려왔다.

"전쟁이 났다는데 어떻게 된 거냐?"

각 감방에서는 패통을 쳐서 간수를 부르는 등 야단이 났는데, 간수들은 자기들의 정위치에서 움직이지 않았다.

이 방 저 방에서 소동이 났다. 감방 문을 부수고라도 나가려는 불온한 움직임마저 있었다.

음식을 날라온 잡역수가 낮은 소리로 식구통에 대고 속삭였다.

"간수들은 모두 카빈총에 실탄을 장전하고 있어요. 여차하면 쏠 것 같애. 모두들 조용히 하세요."

이 잡역수의 말이 통해서인지 모든 감방이 죽은 듯 조용해졌다.

밤이 되었다.

그 밤에도 전등은 들어오지 않았다.

칠흑의 불안이고 칠흑의 공포였다.

이웃 방에서 신호가 왔다. 한글을 풀어 모스 신호식으로 하는 감방 특유의 연락방법이었다. 이 통신에서 수신의 명수는 김경태였다.

캄캄한 밤에 울리는 벽 두드리는 소리를 한참 듣고 있더니 김경태는 건너편 벽으로 가서 같은 식의 신호를 하고 다음과 같이 풀이했다.

"미결 감방 어디엔가 남로당 간부 당원이 있는 모양입니다. 그 사람의 지시라면서 다음과 같은 통보를 해왔소. '서울 해방이 금명간이다. 그러니 모두들 침묵을 지켜야 할 뿐 아니라 신중하게 행동해야 한다. 섣불리 간수들을 자극했다간 경찰력과 병력을 형무소에 끌어들여 무슨 야료를 부릴지 모른다. 우리가 조용히 있는 한, 놈들도 다급한 처지에 있는 만큼 엉뚱한 수단을 부리려 하지 않을 것이다. 그러니 해방의 그 순간까지 모두들 최대한 행동을 신중히 해야 한다. 인민 군대 만세.' ― 대강 이런 내용입니다."

칠흑의 밤이어서 김경태의 표정은 알 수 없었으나, 떨리는 말소리로 해서 그의 긴장을 느낄 수 있었다.

"박 동무."

정홍기의 나지막한 소리였다.

"예."

박태영도 낮게 대답했다.

"사태가 어떻게 되겠소?"

"이왕 시작했으니까 승리의 그날까지 최선을 다해야죠."

"서울 해방이 금명간이라니까 인민군의 공격이 신속한 모양이죠?"

"그런가 봅니다."

그러자 박 노인의 말이 있었다.

"얘기들 그만 하슈. 아까의 통보를 듣지 못했수? 지금 이 시간은 우리의 생사에 관계되는 귀중한 시간이오."

"가슴이 떨려 가만있을 수가 있어야죠."

정홍기의 소리.

"그래도 참으시오."

라고 한 사람은 박 노인.

칠흑의 밤 그대로 짙은 침묵이 서대문형무소를 에워쌌다.

박태영의 가슴에선 온갖 생각이 왕래했다. 금세 감방 문이 열리고 기관총 탄환이 우박처럼 쏟아질 것 같아 전율이 등골을 스치기도 하고, 활달한 천지가 눈앞에 전개될 것 같은 황홀감에 가슴이 설레기도 했다. 희비가 극한적으로 격동하는 마음의 바다에서 피어난 하나의 이미지는 하준규의 얼굴이었다. 머잖아 하준규를 만날 수 있다는 희망이 뇌리를 스치자 박태영은 어쩔 줄 모르고 감격에 사로잡혔다. 나라의 장래가 어떻게 된다는 건 제2, 제3의 문제일 뿐이었다. 지리산에서의, 그 화려한 공화국에서의 생활이 하준규를 중심으로 하여 생생하게 눈앞에 그려졌다.

6월 27일.

보랏빛 희망과 검은 절망이 공존한 시간이란 어떠한 것인가.

감방 사람들이 핏발 선 눈으로 숨을 죽이고 있는데, 아침에 밥덩어리를 밀어넣어준 사람은 잡역수가 아니고 간수들이었다. 죄수들은 간수들에게 감히 질문도 하지 않으려니와, 스스로 무슨 말을 할 까닭도 없었다. 무거운 침묵 속에서 침묵의 행동으로 밥덩어리만 밀어 넣어놓고, 그 뒤 간수들은 그림자도 나타나지 않았다. 이 방 저 방에서 소동이 일었다. 감방 문을 부수려는 행동이 있는 모양이다.

거의 동시에 벽 두드리는 소리가 요란하게 났다. 김경태가 번역했다.

"서툴게 굴면 총 맞아 죽는다. 개죽음을 당하고 싶지 않거든 신중하라!"

27일은 참으로 길었다.

시간이 너무 느릿느릿하면 사람은 사고력을 잃는가 보다. 박태영은 넋을 잃고 거의 치매 상태로 지냈다. 정홍기, 박 노인, 양달석, 맹춘호, 김경태도 같은 상황이라고 짐작할 수 있었던 것은, 그들의 눈빛이 초점을 잃고 광기를 띠기 시작했기 때문이다.

이러한 시간을 더 견디어야 한다면 발광할 것이란 예감이 박태영을 고통스럽게 했다. 그런데 그 고통이 구원이었다. 막연한 공포는 견딜 수 없지만, 가슴을 찢는 듯한 고통은 되레 생명력을 북돋운다는 사실을 알았다.

6월 28일 새벽이었다.

지축을 흔드는 듯한 굉음이 멀리서 몇 차례 있었다. 형무소 건물이 흔들흔들했다.

"폭격이다!"

"꼼짝없이 죽는구나!"

라는 소리가 누군가의 입에서 나왔다.

뒤에 안 일인데, 그 굉음은 한강 철교와 인도교가 폭파되는 소리였다. 아침이 되었다.

말이 돌았다.

"간수들이 한 사람도 없이 도망쳐버렸다."

물론 아침밥은 없었다. 어제 저녁에 이어 두 번째의 절식이었다. 그런데도 공복을 느끼지 않았다.

북한 군대가 서울을 점령한 것이 확실했다. 그렇지 않고서야 간수들이 도망칠 까닭이 없었다.

사실 이날 아침 북한 군대는 서울을 점령하고, 국군은 한강 이남으로 퇴각하고 있었다.

초조!

불안!

공포!

이런 것들이 여전히 서대문형무소를 짓누르고 있었다.

박태영은 언젠가 읽은 적이 있는 아우슈비츠 얘기를 상기했다. 가스실에서 참살될 운명을 기다려야만 했던 그 유대인들의 운명!

모두 눈이 짐승의 눈처럼 이글거리고 있었다. 양달석이 윗옷을 벗어 팽개치고 자기의 가슴을 탕탕 쳤다. 질식할 것 같은 상황이었다. 발광 직전이었다고 해야 옳을까.

이러한 상황을 눈치챘는지 박 노인이 침착하게 말했다.

"모두들 마음을 느긋이 가져요. 간수들이 도망친 걸 보니, 인민군이 서울에 들어왔든지 들어오고 있든지 어느 편일 것이오. 인민군이 동지인 우리를 죽일 까닭이 없지 않소. 우리의 석방은 시간문제일 거요. 좀더 참읍시다. 마음을 느긋이 가져요."

"우리 잡범들까지도 인민군이 석방해줄까요?"

잡범으로 들어와 있는 사람이 말했다.

"잡범이니 정치범이니 따질 게 뭐 있겠나. 다 풀어주겠지."

노인의 대답이었다.

"한창 전쟁에 바쁜데 인민군이 여게 우리가 있다는 걸 알기나 할까요? 알아도 너무 늦게 알면 우린 굶어 죽을지도 모르는 일 아네요?"

양달석이 물었다.

"걱정도 팔자로군. 며칠 안 먹는다고 굶어 죽진 않아."

김경태의 말이었다.

"그러나저러나 미칠 것 같군."

맹춘호가 중얼거렸다.

노인의 말이 있고부터 감방 안의 긴장이 약간 완화되었으나, 그만큼 공복을 심하게 느끼게 되었다.

점심때가 되었다. 배고픔이 절정에 달했다. 매번 하는 식사가 양에 차지 않고 보니 세 끼를 거푸 굶는다는 것이 예사로울 수 없었다.

"정말 굶어 죽을지 모르겠는데."

잡범이 중얼거리고 얼굴을 찌푸렸다.

차츰 공복이 고통으로 변해갈 무렵이었다. 어디선가 왁자지껄한 소리가 일었다.

"기결수 감방에서 나는 소리다."

양달석의 말에 모두 귀를 기결수 감방 쪽으로 기울였다.

"인민공화국 만세!"

이런 소리가 들려왔다.

"야아, 이젠 살았다!"

양달석이 주먹을 휘두르며 고함을 질렀다.

정홍기는 일어서려다가 말고 도로 앉았다. 김경태는 일어섰다. 맹춘호도 일어섰다. 박태영은 부동 자세로 앉아 있긴 했으나 설레는 가슴의 고동을 억제할 도리가 없었다.

감방 앞 골마루에서 발소리가 요란하게 났다. 철커덕 감방 문 따는 소리가 나고, '만세'를 섞은 함성이, 폭발하는 가스 소리를 방불케 했다.

이윽고 박태영의 감방 문이 덜컥 열렸다. 눈에 선 군복 차림의 사람들이 서 있었다. 그 가운데 하나가

"동무들, 해방이오."

하고 외치고,

"모두들 가진 것 가지고 앞뜰로 나가시오."

어안이 벙벙해 박태영은 외마디 소리도 내지 못했다. 그러나 가슴에 맺히는 관념의 덩치를 확인할 순 있었다.

'이 감격을 위해서라도 내 생명을 바칠 것이다!'

박태영은 형무소 앞뜰로 나갔다.

"인민군 만세!"

"인민공화국 만세!"

앞뜰을 메운 사람들이 소리소리 질렀다. 공범인 듯한 사람들이 서로 얼싸안고 통곡을 터뜨리는 장면도 있었다.

이윽고 모든 감방이 비워지고 죄수들이 앞뜰을 메웠다.

군관 하나가 현관 앞에 놓인 대 위에 올라서더니 연설을 시작했다.

"동무들을 해방시키기 위해, 그리고 남반부에서 미 제국주의와 그 앞잡이를 소탕하고 남반부 인민을 해방시키기 위해 우리 영용한 인민 군대는 오늘 서울을 점령했소. 이승만 도당이 무엄하게도 북반부를 침략하려고 하자, 우리 영명하신 김일성 원수께서 감연히 인민 군대에 반격 명령을 내린 것이오. 그 명령하에 우리 영용한 인민 군대는 서울을 해방하고, 지금 주력은 패주하는 국방군을 추격하고 있소. 일주일 내지 열흘이면 부산을 해방해 미 제국주의자의 앞잡이들을 바다에 쓸어넣을 것이오. 여러분! 여러분을 사지에서 구출한 사람이 누구냐 하는 것을 잊어선 안 될 것이오. 첫째는 김일성 원수이며, 둘째는 그 명령을 충실히 이행한 인민 군대 동무들이오. 여러분 가운데 기왕 우리 인민공화국 계열에서 일하던 동무들은 지금 이 순간부터 우리와 협력할 것이며, 그러지 않았던 동무들은 이 기회에 마음을 고쳐먹고 엄숙한 자기비판을 하고서 공화국의 일꾼이 되어 김일성 원수께 충성을 다해야 할 것이오. 자, 보시오. 옥문이 저렇게 활짝 열렸소. 동무들, 나가시오. 집으로 돌아가서 그리던 부모 형제와 처자들을 만나시오. 건강을 회복하거든 각기 일터를 찾아 열심히 공화국을 위해, 김일성 원수를 위해, 조국 전쟁의 승리를 위해 최선을 다하시오……."

인민군 만세, 인민공화국 만세, 김일성 원수 만세를 소리소리 외치면서 죄수들은 서대문형무소에서 나왔다. 모두들 환희를 가눌 수가 없어, 손발이 제대로 맞지 않아 허우적거리는 꼴이 되었다. 구름 위를 걷고 있는지 바람을 타고 있는지 분간할 수 없었다.

옥문을 나선 박태영은 벅찬 감격을 얼마간 수습하기 위해서라도 한동안 멍청하게 서 있을 수밖에 없었다.

길 건너 다닥다닥 비탈을 기어오른 집들과 그 위의 하늘을 바라보았다.

비구름을 섞은 흐린 하늘이었지만 그 빛이 어제와는 달랐다. 그 의미가 어제와는 달랐다. 가슴 밑바닥으로부터 솟구쳐 오르는 뜨겁고 맹렬한 감정 때문에 고함을 터뜨리고 싶은 충동을 가까스로 참았다.

'아아, 이젠 살았다.'

눈물이 쏟아졌다.

땀과 눈물이 뒤범벅이 되어 흐려진 시야에서, 꽤 많은 사람들이 붐비고 있었다. 출감한 사람들과 그들을 마중 나온 가족들일 것이다.

감격의 도가니라고 할 수 있는 그 광경……. 그런데 부푼 감격을 안고 그때 옥문을 나선 그들의 운명이 한 달 후, 두 달 후, 1년, 2년 후에 어떠한 빛깔을 띠게 될 것인가를 누가 생각이라도 했을까. 박태영도 마찬가지였다. 그날의 해방이 지옥으로 떨어지게 하기 위한 덫의 의미를 가지고 있었다는 사실을 미처 깨달을 수 없었다.

그러나 이건 너무나 성급한 얘기가 된다.

박태영은 혹시나 하고 설레는 마음을 진정하며 높은 곳에 서서 김숙자의 모습을 찾기 시작했다.

"박 동무."

하고 어깨를 친 사람이 있었다.

뒤돌아보니 아까까지 같은 감방에 있던 정홍기였다. 정홍기가 물었다.

"가족이 나오지 않았어요?"

"보이지 않습니다."

"내 가족도 보이지 않아요. 모두들 정신이 없는 거지요. 오늘 우리가 나간다고 날 받아놓은 것도 아니구."

쾌활한 얼굴로 이렇게 말하고 정홍기는 이어 다음과 같이 권했다.
"가족은 집에 가서 만나기로 하고, 박 동무, 어떻습니까. 바깥에 있던 동무들이 날 환영한다고 트럭을 한 대 마련해왔어요. 저놈을 타고 우리의 해방과 서울의 해방을 축하하기 위해 데모합시다. 끝난 후에 당과 인민위원회를 찾아가보기로 하구요."
박태영은 감격한 감정으로 정홍기와 그의 동지들과 어울려 트럭을 타고 서울 거리를 질주하며 만세를 외쳐보고 싶었지만, 자기의 건강을 계산하지 않을 수 없었다.
"고맙소, 정 동무. 그러나 난 정 동무가 알다시피 심한 고문을 받은 탓으로 지금 이렇게 서 있는 게 고작입니다. 좀더 찾아보다가 가족이 오지 않으면 곧바로 집으로 가봐야겠습니다."
"그렇다면 몸조리 잘하십시오. 인민을 위해 일하는 동안 어디에서라도 다시 만날 날이 있지 않겠습니까. 그럼 인민을 위해서."
하고 정홍기가 손을 내밀었다. 박태영은 그 손을 꼬옥 잡았다.
정홍기가 가고 있는 방향에 트럭이 한 대 대기하고 있고, 그 주변엔 몇몇 청년들이 모여 있었다. 정홍기가 비합법 시절 상당히 중요한 직책을 맡고 있었으리라는 사실을 박태영은 알 수 있었다.
사방을 두리번거리며 숙자의 모습을 찾았으나 허사였다. 박태영은 아래쪽 광장으로 통하는 계단을 천천히 내려갔다. 심한 고문으로 관절 부분에 상처를 입었기 때문에 보행이 자유스럽지 못했다.
높은 계단을 반쯤 내려갔을 때였다.
전차 종점이 있는 행길 쪽에서 달음질쳐 오는 원피스 차림의 여인이 보였다. 태영은 일순 숨을 죽이고 시력에 힘을 주었다.
김숙자였다.

숙자는 광장에 들어서서 두리번거리더니 이윽고 태영을 발견했다. 태영은 그 자리에 주저앉고, 숙자는 계단을 두 개씩 뛰어올라왔다.

"아아, 태영 씨!"

"숙자 씨!"

두 사람은 부둥켜안고 실컷 울었다.

'인생은 때론 힘겨운 것이지만 때론 아름다운 것이다.'

숙자를 안고 눈물 속에서 태영이 느낀 감회였다. 박태영 같은 공산주의자에게도 그만한 감상은 있었던 것이다.

하영근 씨와 그의 가족, 그리고 권창혁은 27일, 그러니까 바로 어제 부산으로 떠났다고 했다. 숙자도 같이 떠나자는 권고를 받았지만 박태영 때문에 떠날 수 없었다는 것이다.

"하 선생님 가족이 어제 떠난 것은 퍽 잘된 일이었어요. 만일 예정대로 출발을 오늘 아침으로 잡았더라면 떠나실 수 없었을 거예요. 한강 인도교와 철교가 오늘 폭파되었거든요. 그것을 모르고 피란 가는 자동차들이 어둠 속을 달리다가 강물에 빠졌다지 뭡니까. 수만 명이 죽었을 것이라고 해요. 도대체 북쪽은 어쩌자고 이런 전쟁을 시작했을까요? 용서할 수 없다는 심정이 드네요."

식은 밥을 찬물에 말아 허기진 배를 채우는 태영의 곁에서 숙자가 한 말이었다. 태영은 이때까지 줄곧 들어온 숙자의 말 가운데 인민 군대를 환영하는 말이 조금도 없어 마음에 걸렸다. 그러나 그런 내색을 할 수 없어 이런 말을 했다.

"전쟁 아닌가. 상식으로는 어쩔 수 없는 게 전쟁이다. 인민군이 국군의 퇴로를 없애놓고 섬멸 작전을 할 작정이었던가 보지."

태영은 북한 군대가 한강 다리를 폭파한 것으로 짐작했던 것이다.

"그건 틀려요. 한강 다리를 폭파한 것은 대한민국 국군이어요."

숙자가 얼른 말을 보탰다.

"그런데 왜 당신은 인민 군대 욕만 하나?"

"그들이 전쟁을 일으켰으니까 그러는 것 아녜요?"

"전쟁을 시작한 것은 남한이라고 하던데?"

"천만에요."

숙자가 설명을 시작하려는데 태영에게 이변이 생겼다. 숟가락을 떨어뜨리고 스르르 쓰러진 것이다.

숙자가 달려들어 태영의 이마를 짚어보았다. 열이 대단했다. 태영은 혼수 상태에 빠졌다. 굶주린 창자에 식은 밥을 먹은 것이 탈이었다.

숙자가 의과 대학 학생이고, 전쟁이 터지자 하영근 씨의 분부로 근처의 약국을 돌아 각종 구급 약품과 주사약을 구할 수 있는 데까지 구해둔 것이 다행이었다.

혼수 상태가 이틀 동안 계속되었다. 사흘째 되는 날 태영이 얼마쯤 기력을 회복했다. 그때의 첫말이ㅡ.

"아마 나는 바보인가부다."

"왜?"

"배고픈 뒤엔 음식을 조심해서 먹어야 한다는 게 지리산에서 배운 교훈인데 그걸 깜빡 잊어버렸으니 바보가 아닌가."

"바보는 저예요. 명색이 의과 대학 학생이 금방 형무소에서 나온 사람에게 조심도 없이 식은 밥을 먹였으니 될 말이기나 해요?"

숙자가 울먹였다.

"그건 달라. 내가 자꾸만 보챘으니까, 배가 고프다구. 이것도 하나의 경험이다."

"그럼요. 이렇게 경험을 쌓아가며 실수 없이 살아요."

김숙자의 이 말엔 언외의 뜻이 있었다. 숙자는 무슨 수단을 써서라도 박태영을 정치에 접근시키지 않을 작정이었다. 그것은 하영근 씨와 권창혁의 간곡한 부탁이기도 했다.

김숙자는 그날 밤, 하영근 씨가 서울을 떠나며 태영에게 남긴 편지를 꺼내 보였다. 편지의 내용은 다음과 같았다.

"박군을 그곳에 두고 우리만 떠나게 되니 마음이 무겁다. 그러나 달리 방법이 없구나. 자네가 무사하게 집으로 돌아오리란 것을 전제로 하고 이 편지를 쓴다. 이 전쟁이 앞으로 어떻게 될진 아무도 모른다. 어쩌면 북한군의 일방적 승리로 끝날 수도 있고, 그렇게 되지 않을 수도 있다. 권창혁 군이 단파 라디오로 청취한 미국 방송에 의하면, 미국이 이 전쟁에 간여하리란 것은 확실하다. 북한의 배후에 소련이 있는 것이 확실하니, 이 전쟁은 이윽고 미소 전쟁으로 번질 전망마저 없지 않다. 그렇게 되면 장차 어떻게 될지 예측을 불허한다. 한반도가 3차대전의 발화점이 될 위험이 있다. 이 이상의 불행, 이 이상의 비극이 다시 있을 수 있겠는가. 내가 지금 박군에게 바랄 수 있는 것은 오직, 경거망동을 삼가라는 것이다. 전쟁의 결과를 속단하지 말고 장기전의 안목을 가져야 한다. 다락방에 단파 라디오가 있으니 그것을 통해 전세의 동향을 잘 파악해 실수 없도록 처신하기 바란다. 지금 우리의 사정으로선 정의니 진리니 하는 것이 문제가 아니라, 어떻게 하면 살아남을 수 있는지가 문제이다. 언제이건 우리는 다시 만날 날을 가져야만 하겠다. 오로지 그 목적만을 위해서도 자중하고 자애하라. 편지에 쓰지 못한 것은 김숙자 씨에게 자세하게 일러두었으니, 언제나 두 사람이 의논해서 최선의 방책을 강구해라. 거듭 부탁하거니와, 행동을 신중히 해라. 엉뚱한 희망적 관측으로 경거망동하지 않도록 신신당부한다…….”

태영은 편지를 읽고 하영근 씨에 대한 고마움을 새삼스럽게 느꼈다. 그러나 불만은 남았다. 사태가 이처럼 되었는데도 미국에 의존하는 사상을 버리지 못하는 하영근 씨가 안타까웠다. 그 감정이 다음과 같은 말로 되었다.

"하 선생은 미국의 힘을 은근히 믿고 있는 모양인데 어째서 그 모양일까?"

이 말에 김숙자가 발끈했다.

"뭐니뭐니 해도 하 선생님은 사태를 바로 보고 계십니다."

"뭘 바로 보고 있단 말인가. 하 선생도 자기의 희망적 관측에 사로잡혀 있는 거야. 그분은 인민 군대의 승리를 원하지 않는다. 정당한 의견일 수가 없어."

"그럼 태영 씨는 괴뢰군의 남침을 정당하다고 생각해요?"

"무슨 소릴 하는 거야. 남쪽에서 쳐올라가서 반격했으니, 정당이고 뭐고 없지 않은가."

"어머나."

"어머나라니. 라디오 방송 듣지 못했소? 뭐라고 합디까?"

"평양방송은 못 믿어요."

나직한 목소리로 숙자는 단호하게 말했다.

"역사는 속일 수 없소. 평양방송이 터무니없는 말을 꾸밀 까닭이 없지."

박태영이 흥분했다.

김숙자는 되도록 냉정해지려고 애쓰며 말했다.

"만일 남쪽에서 시작한 전쟁이라면, 하필 그날 많은 군인에게 휴가를 주어 외출을 시켰을까요? 전쟁을 시작하면서 많은 군인을 외출시키는 그런 작전이 있을 수 있을까요? 탱크 한 대도 준비하지 않고 무슨 전쟁을 할 작정이었을까요? 남쪽에서 쳐올라갔다는 건 이북에서 꾸민 말예요. 권창혁 선생의 말을 들으면, 한국 군대는 이북을 공격할 수 있는 태세에 있지 않았대요. 미군이 공격 무기 하나 한국군에 주지도 않았구요. 이북은 철저하게 준비를 했어요. 그렇지 않고서야 어떻게 괴뢰군이 전쟁이 시작되자마자 이틀 만에 서울을 점령했겠어요."

"물론 준비를 했겠지. 자꾸만 남쪽에서 도발을 하니까. 그런 도발을 발본색원할 작정으로 만반의 준비를 했겠지. 그런데 남쪽은 북쪽을 깔보고 허장성세로 일이 될 줄 알고 무모한 공격을 한 거라. 미국놈 힘을 믿고 말야. 평양방송이 되풀이하잖아. 어떻게 그걸 꾸민 소리라고 할 수 있는가 말이다."

"괴뢰군의 방송은 믿을 수 없어요."

"당신 자꾸만 '괴뢰군, 괴뢰군' 하는데, 어느 편이 괴뢰인지 알고나 하는 말이오? 앞으론 그런 말 쓰지 마시오."

숙자의 표정이 슬프게 변했다.

태영이 말을 이었다.

"큰 문제 얘기는 그만둡시다. 숙자 씨, 내가 누구 덕에 살아난 줄 아시지요? 나를 살린 것은 인민 군대요. 그 사실 하나만으로도 당신은 인민 군대에 감사할 줄 알아야 할 것 아닌가. 내가 죽길 바라지 않았다면……."

"태영 씨, 왜 말을 그렇게 하죠? 꼭 그렇게 말해야 마음이 편하겠수? 당신을 구해준 인민 군대는 물론 고마워요. 그러나 전쟁을 일으킨 인민 군대는 싫어요. 나도 내 마음의 모순을 잘 알아요. 인민 군대가 전쟁을 일으키지 않았더라면 당신이 오늘 내 곁에 있을 수 없는데도 나는 인민 군대를 긍정할 수가 없어요. 동족상잔의 전쟁을 일으킨 그들을 어떻게 용서할 수 있어요."

"전쟁은 남쪽에서 일으켰다니까."

태영은 흥분을 억누르려고 애썼다.

숙자가 태영의 손을 잡았다.

"어느 편이 전쟁을 일으켰는가는 두고 보면 알 테니, 그걸 갖고 우리 둘이 싸울 필요는 없어요. 태영 씨, 부탁이에요. 어느 편이 일으킨 전쟁이건 당신은 이 싸움에 끼어들지 마세요. 해방 후 당신이 받은 고통만도 이만저만이 아니었어요. 전체의 문제는 그 정도로 해두고, 우린 우리의 생활을 찾아보도록 해요. 태영 씨, 이 전쟁에만은 끼어들지 마세요. 당신은 건강이 형편없어요."

태영의 가슴에 숙자의 진정이 와닿았다. 태영은 이 전쟁에 끼어들고 싶어도 끼일 방법을 알 수 없었다. 그뿐만 아니라, 동족상잔으로 밝혀진 전쟁에서 스스로 총을 들기는 싫었다.

태영은 자기의 오른손을 잡은 숙자의 손에 왼손을 얹고 부드럽게 말했다.

"운명이랄 수밖에 없어. 나는 공산주의가 싫어져서가 아니라, 내 개인의 감상으로 공산주의를 떠나려고 했소. 그때 경찰에 붙들린 거요. 한데 경찰의 고문을 이기려면 부득이 공산주의자로 되돌아갈 수밖에 없었어. 형무소에선 또 다른 생각을 했지. 좌익 운동을 하다가 붙들려 온 사람들 사이에 섞여 살다보니까 공산주의의 허망을 깨닫게 되었지. '과연 공산주의는 우리에게 이런 희생을 강요할 수 있는 사상이며 주의인가?' 하는 회의가 생긴 거야. 공산주의가 제시할 아무것도 없으면서 공산주의가 지니고 있는 증오만은 확실했거든. 옥중에서 만난 좌익 운동가들은 하나같이 인민을 위해서 또는 주의를 위해서 버티며 싸우는 것이 아니라, 투쟁 과정에 가슴에 괸 증오의 힘으로 싸우고 있었소. 그 증오가 생산적인 무엇을 만들어내겠소? 증오가 만들어내는 것은 증오일 뿐이오. 서대문형무소에서 나 스스로를 지탱하게 한 것은 나를 체포하고 고문한 문남석이란 형사였소. 내 유일한 소망은 어떻게든 그놈을 만나 내 손으로 처치하는 일이었소. 그 일만 가능하다면 나는 모든 것을 버릴 수 있다고 생각했소. 미안한 말이지만 당신까지도 말이오. 공산주의의 이상은 깡그리 없어지고 사회를 보다 험악하게 만드는 증오만 남았다는 얘기가 아니오? 그렇게 해서 나는 공산주의에서 멀어져 있었던 것이오. 그런데 뜻밖에 인민 군대에 의해 해방이 되었소. 그 감격은 전신적이었소. 또한 전심적이었소. 나는 이 감격을 위해서만이라도 인민 군대에 봉사해야겠다고 맹세했소. 나는 다시 공산주의자가 된 것이오. 그러나 숙자 씨, 지금 나는 그들 틈에 끼어들고 싶어도 끼일 자리가 없다는 것을 깨달았소. 그런 걱정은 마시오."

"감사해요, 태영 씨."

숙자는 이윽고 눈물을 터뜨리고 말았다.

숙자의 머리를 쓰다듬으며 태영이

"당신은 눈물이 많아. 어려운 세월을 한없이 앞에 펼쳐놓고 그렇게 눈물이 많아서야 어디……."

"난 행복할 때만 울어요. 슬플 땐 울지 않아요. 그러니까 눈물이 얼마든지 많아도 좋죠?"

"숙자 씬 지금 행복해?"

"행복해요. 태영 씨가 옆에 있으니까요."

그 말이 너무 애처로웠다. 이 정도의 행복이나마 얼마나 계속될지 모른다는 불안도 있었다.

"숙자 씨."

"예?"

"세상은 자기 뜻만으로 되는 게 아냐. 나는 이 전쟁에 끼이고 싶지 않지만, 전쟁이 나를 요구할지 몰라. 나는 아직 스물여덟 살 아냐? 스물여덟 살의 청년을 전쟁이 가만둘 리 없지."

"건강이 나쁘잖아요."

"건강은 회복되게 마련이야."

"그럼 태영 씨, 우리 어디로 도망가요."

"이 좁은 나라에 도망갈 데가 있을까? 어떤 사람은 이승만 쪽으로 도망갈 수 있겠지만, 내겐 그럴 선택의 여지도 없어. 그편에 붙들리면 다시 형무소로 가야 해. 형무소로 가는 정도가 아니라 죽어야 할지 몰라. 그러니 나는 이쪽에 남을 수밖에 없어. 이쪽에 남으면 이쪽이 시키는 일을 거역할 수 없잖아?"

"숨어서 살죠, 뭐. 서울 안엔 상당수의 피란 못한 사람들이 숨어서 살고 있는 것 같애요."

"그 사람들은 기다릴 무엇을 가진 사람들 아닌가. 그런데 나는 기다릴 무엇이 있어서 다락방이나 지하 굴에 숨어 있다가 이승만의 군대가 돌아오면 나가나? 그런 형편일 순 없잖은가."

숙자가 한숨을 쉬었다.

"그러니까 숙자는 인민 군대가 다소 비위에 맞지 않는다고 해도 노골적인 악의만은 갖지 말아요. 알겠어요?"

"……."

"아무래도 인민 군대가 미우면 숙자는 나를 떠요. 내 곁을 떠나서 살아요."

"그렇게 할 순 없어요."

"꼭 그렇다면 인민 군대에 적의를 갖지 말아."

숙자는 대답도 없이 가만히 앉아 있더니 말했다.

"태영 씨, 태영 씨의 사상에 간섭할 의사는 조금도 없어요. 그러니까 부담스럽게 듣지 말아요. 나는 어쩐지 공산당 하는 사람들이 싫어요. 대학에서도 더러 그런 사람을 만나는데, 모두가 솔직하지 못해요. 자기가 무슨 특별한 사람인 양 사람들을 아래로 보구, 사람들의 약점을 찾으려 들구……. 한마디로 자기 아닌 것에 중심을 가지고 있는 사람처럼 보여요. 이승만 박사가 화제에 오르기만 하면 형편없이 욕질을 하는데, 왜 그러죠? 주장이 같지 않으면 추종하지 않으면 될 게 아녜요. 그런데 나라를 위해 고생한 40년 동안의 풍상은 조금도 쳐주지 않거든요. 그 대신 '박헌영이다, 김일성이다.' 하면 입에서 침이 말라요. 박헌영 씨가 우리나라를 위해 뭘 했죠? 김일성이 우리 국민을 위해 뭣을 했죠? 공산당 하는 사람들은 너무 각박해요. 나는 그들에게서 각박한 공포를 느껴요. 본능적인 공포죠."

"숙자가 불행한 거야. 꼭 그런 사람들만 알았다는 것도 불행하고, 마음을 그렇게 먹었다는 것도 불행해. 그러나 무시할 수 없는 건 현실 아냐? 숙자가 좋아하든 나쁘게 여기든, 세상은 공산당 천하가 되어버리지 않았는가. 순응할 수밖에. 공산당의 정치가 각박하기로서니, 순응하는 사람들에게까지 각박할까? 그러니 아무 소리 말고 순응하도록 해요."

"순응이야 하겠죠. 내겐 반항하려고 해도 그런 힘이 없으니까요."

박태영은 김숙자의 정신을 어떻게 개조하느냐 하는 문제를 생각했고, 김숙자는 박태영이 정치를 가까이하지 않도록 할 방책을 강구하는 마음이 되었다. 그런 동안에 침묵이 흘렀다.

이웃집 라디오에서 「김일성 장군의 노래」가 흘러나왔다. 신파조로 격양된 아나운서의 선동적인 말이 노래 사이사이를 누볐다. 하영근 씨의 저택이 꽤 넓은데도 방송이 담장을 넘어 그렇게 크게 들려오는 것을 보면, 볼륨을 최대한으로 해놓았음이 분명했다.

"「김일성 장군의 노래」를 크게 틀어놓는 게 충성의 표시가 되나봐요."
하고 숙자가 이맛살을 찌푸렸다.

박태영도 그 노래에 관해선 그다지 호감을 가질 수 없었다. 형무소에서 나와 곧 병상에 누워 가끔 들을 땐, 혼수 상태가 단속되어서인진 몰라도 그 노래가 그다지 싫지 않았는데, 오늘만으로도 몇 번을 들으니 식상할 지경이었다.

그러나 그런 생각은 옳지 못하다고 해야만 했다. 태영은 숙자가 권하는 약을 먹으려고 일어나 앉은 기회에

"숙자 씨, 저 시끄러운 노래는 나도 질색이오. 하지만 서울의 공기를 바꾸기 위해, 서울의 빛깔을 바꾸기 위해 필요한지도 몰라. 그러니 저 노래를 들으며 얼굴을 찌푸리는 따위의 짓을 하면 안 돼. 만일 누군가 보기라도 해봐."
하고 타일렀다.

"내가 뭐 바보인가?"
숙자가 피식 웃었다.

"그런데 숙자 씨에게 꼭 해둘 말이 있어. 주위의 아무런 압력도 없는데 내 발로 걸어가서 전쟁에 끼이는 그런 짓은 절대로 하지 않겠어. 이

건 맹세해도 좋아. 그러나 하 두령 알지? 하준규 선배 말야. 하준규 선배를 만나면 난 그의 부대에 들어갈 거다. 이건 주의의 문제가 아니고 내 인생의 문제다. 양해하겠지?"

"하 두령은 지금 어디에 계실까요?"

그 이름은 숙자로서도 그리운지, 먼 데를 보는 눈빛이 되었다.

"난들 어떻게 알아? 그러나 찾아보면 알 수 있을 거야."

"그래, 하 두령님을 찾아나설 작정이에요?"

"형편만 허락된다면."

"그럼 그때 나도 따라가겠어요. 나는 하 두령이 공산당이 되었으리라곤 믿어지지 않아요. 그처럼 풍부한 인간성을 가진 분이 어떻게 공산주의자가 되겠어요."

"말을 그처럼 함부로 하면 안 돼. 풍부한 인간성을 가진 공산주의자는 얼마든지 있어."

"풍부한 인간성과 공산주의는 결단코 양립하지 않는다고 했어요."

김숙자가 뚜벅 말했다.

"누가 그런 소릴 해?"

"권창혁 선생님의 말씀이에요. 스탈린, 몰로토프, 비진스키, 모두 찔러도 피 한 방울 안 나는 사람들이라고 했어요. 훌륭한 인간성을 가진 공산주의자가 없지 않았으나 모두 숙청당했다던데요."

"권 선생은 전형적인 반동 사상가다. 그런 사람 말 듣고 이러쿵저러쿵하면 못써."

"난 권 선생님을 가장 양식적인 사람이라고 생각해요. 그분의 이승만 비판과 김일성 비판은 들을 만했어요. 정세를 보는 눈도 확실하구요."

숙자의 말이 과장이 아니라는 것은 태영도 잘 알고 있었다. 가끔 태영은 '권창혁 같은 사람이 공산당 내부에 있어서 공산당의 헤게모니를 잡아야 하는데⋯⋯.' 하고 생각한 적이 있었다.

돌이켜보면 해방 직후부터 1950년 그 사태에 이르기까지의 상황은 권창혁이 정확하게 예견한 그대로가 아닌가. 언젠가 태영은 권창혁 씨의 사태를 보는 눈이 어째서 그처럼 정확한가를 하영근 씨에게 물은 적이 있었다. 그때 하영근 씨의 대답은 이랬다.

"권군은 욕심이 없는 사람이다. 게다가 항상 허무주의적인 안경을 쓰고 세상을 본다. 욕심이 없으니 희망에 치우쳐 사태를 볼 까닭이 없다. 허무주의적인 안경을 했으니 이상주의적인 편견이 개재될 까닭이 없다. 그래서 나는 언제나 권군의 의견을 존중한다."

그러나 김숙자의 정신을 고치려면 태영 자신이 권창혁을 그대로 긍정할 순 없었다. 생각이 떠오른 대로 비판을 가했다. 그러자 숙자는

"얘기 그만하고 주무세요. 열이 재발될까 두려워요."

하고 태영을 뉘었다. 이웃집 라디오는 계속해서 「김일성 장군의 노래」를 외치고 있었다.

낮엔 사랑방 등의자에 누워 책을 읽고, 밤엔 다락방에서 단파 방송을 통해 전황을 파악하는 것이 박태영의 일과가 되었다.

7월 1일.
* 한국에 상륙한 최초의 미군 부대가 전선에 배치되었다. 제24보병사단장 윌리엄 딘 소장이 한국 파견 전 미군의 총사령관으로 임명되었다.
* 북한군, 김포에 상륙, 점령했다.

- 미국 군함, 삼척 부근의 북한군 거점을 포격했다.
- 미국 육·해·공 삼군의 대변인이 '한국 동해안 봉쇄는 미·영 함대에 의해 실시되고, 일본으로부터 지상 부대, 비행기, 선박 등이 부산으로 수송 중에 있다.'고 발표했다.
- 중국의 국민 정부가 지상 부대 3개 사단, 비행기 20대를 한국에 파견하겠다고 제의해왔지만 유엔 안보위에서 이를 사절했다.
- 미국의 각 신문은 미국의 육·해·공군이 출격하는 것을 전적으로 지지한다고 했다.
- 한국전쟁에 있어 소련의 지도자는 몰로토프 부수상이란 설이 있다.
- 극동 지역을 돌아보고 귀임한 덜레스는 '북한군의 남한 침입은 국제공산당의 전략에 의한 것'이라고 말하고, '최종적으론 한국이 승리할 것'이라고 밝혔다.
- 한국 수역에 상선의 출입을 일절 금한다고 했다.
- 소련군과 동독의 경찰이 베를린 근교에 집결했다.

한편 평양방송은 '남한의 점령 지역에 정치 공작원을 1천 명 이상 파견할 것'이라고 했다. 소련식의 조직과 토지 개혁을 선전하기 위해서라고 했다.


7월 2일.
- 북한군, 수원 동쪽 10킬로미터 지점인 용인 점령. 양평, 원주 점령.
- 울진에 상륙한 북한군을 격멸. 경북 영덕군 백암산에서 전투 중.
- 대전에 도착한 미군, 지점 확보를 위해 대전 북쪽으로 전진.
- 북한의 해군력은 인원 약 5천 명, 5백 톤급 함선 50척.

- 미 공군, 북한 상공에서 삐라 살포.
- 미 폭격기, 전투 각지에서 북한군의 집결 부대, 부교浮橋, 수송대, 창고 등을 맹폭격.
- B29, 연포비행장·평양 폭격. 미 공군 출격 142회.
- 북한 공군 비행기는 100대 내지 120대.
- 6월 25일부터 격추한 북한 비행기는 18대.
- 유엔의 한국 결의안을 지지하는 국가, 현재 36개국.
- ECA 대한 원조 물자 급송. 식량·석유 등.
- 프랑스에 앙리 케유 내각, 조각造閣 성공.

이날 평양방송은 '8월 15일을 기해 남반부 해방을 완성할 것'이라는 김일성의 열렬한 메시지를 보냈다.


7월 3일.
- 북한군 수원 점령.
- 주한 미군 사령부, 극동 미군 총사령부 휘하의 사령부로서 공식화.
- 미·영 함대, 한국 동서 해안에서 작전 임무 중.
- 한국군, 강화 수로에서 북한 선박 40톤급 4척 격침.
- B29, 연포비행장 계속 폭격.
- B29·F80·F82, 서울 지구 맹폭격.
- 평양에 야간 폭격.
- 한국 육군 본부, 평택으로 이전.
- 한국을 지원하겠다는 나라, 현재까지 41개국…….

이날 있었던 일이다.

태영이 사랑의 대청에서 책을 읽고 있는데, 안채에서 꽤 많은 여자들의 소리가 들렸다.

이윽고 김숙자가 나타났다. 얼굴빛이 심상치 않았다.

"무슨 일요?"

태영이 물었다.

"등교 공작을 하는 학생들이 왔어요."

"등교 공작이 뭔데?"

"학생으로서 학교에 나오지 않는 사람들을 학교에 나오게 공작하는 것이지요."

"사정이 있어 못 나간다고 하면 될 게 아닌가?"

"그처럼 간단한 문제가 아네요."

숙자의 당황해하는 심정이 표정에 여실히 나타나 있었다.

"그럼 어떻게 하지?"

"내가 말이에요……."

하고 숙자가 음성을 낮추었다.

"약혼자가 병중이어서 도저히 몸을 뺄 수가 없다고 했거든요. 그들은 그 사실을 확인하고 싶은가봐요. 이리로 데리고 올 테니 당신이 적당하게 말해줘요."

"그렇게 합시다."

태영은 누가 보아도 병자라고 인정할 만큼 수척해져 있었다.

숙자가 세 여학생을 데리고 와서 자기의 동기생이라고 소개했다.

"이 이상 일어나 앉을 수 없어서 이대로 실례합니다."

하고 태영이 윗몸을 일으켰다.

"좋습니다. 몸이 불편하신데 이렇게 찾아와 죄송합니다."

하고 가장 순진해 뵈는 여학생이 말했다.

"여러분, 고문 받아본 적 있어요?"

태영이 미소와 함께 물었다.

세 여학생은 대답은 않고 서로 얼굴을 돌아보았다.

"고문이란 건 인간에 대한 최악의 모욕입니다. 그런 일이 다시 있어선 안 되죠. 그런 일을 다시 없게 하기 위한 과정으로서도 이 전쟁이 중요하다고 나는 생각합니다."

태영의 이 말이 젊은 여학생들의 감상을 건드린 모양이었다.

"선생님은 심한 고문을 받으셨어요?"

나이가 들어 뵈는 학생이 물었다.

"말 마십시오."

하고 태영은 자기가 겪은 고문의 상황을 리얼하게 구체적으로 설명하고

"벌써 두세 달이 지났는데 아직도 다리와 팔을 쓸 수 없다니까요."

하며 얼굴을 찌푸렸다.

"무슨 사건이었는데요?"

순진해 뵈는 학생의 질문이었다.

"솔직하게 말하면 나는 서울대학의 세포 책임자로 있었습니다. 그때의 내 가명은 전태일이라고 했지요."

여기까진 사실 그대로였지만, 태영의 다음 설명엔 약간의 비약이 있었다.

"세포 회의에서, 지리산에 보급 물자를 보내기로 결의가 있었죠. 많은 양을 모았지요. 그걸 진주를 통해 지리산 파르티잔에게 보낸 겁니다. 단독 정부 수립 전에 한 일이었는데, 그 주모자가 나라는 사실이 탄로난 것은 1950년, 즉 이해에 들어서였습니다. 경찰에 끌려가서 죽을

고비를 넘겼습니다. 그때 내가 지리산 전투 사령부로 끌려갔더라면 아마 즉결 처분을 당했을 겁니다. 그런데 요행인지 다행인지 서대문형무소로 갔지요. 재판을 기다리는 동안에 인민 군대에 의해 구출됐습니다."

"영웅이시군요."

나이 든 학생이 한 말이었다.

"영웅이 뭡니까. 공산주의 운동을 하는 사람은 적에게 붙들리면 붙들렸다는 그 사실만으로도 실격됩니다. 그러니 나는 실격자지요. 빨리 건강을 회복해서 내가 저지른 죄과를 보상해야겠습니다. 그게 내 희망입니다. 하지만 김숙자 동무에겐 미안해요. 내가 없었더라면 학교에 가서 여러분과 함께 활달하게 민주 사업을 할 수 있었을 테니까요."

"하나의 영웅을 잘 간호해 조국 전쟁의 일선에 서게 하는 것도 대단한 일이에요."

나이 든 학생은 이렇게 말하고 숙자에게는

"학교 일에 관심 갖지 말고 이분을 잘 도우세요."

하고 일행을 일어서게 했다.

"몸조심하세요."

"또 얘기 들으러 오겠어요."

"안녕히 계셔요."

세 여학생은 한마디씩 말을 남기고 나갔다. 숙자도 따라나갔다.

조금 있다가 돌아온 숙자는

"후유."

하고 한숨을 쉬며 마룻바닥에 털썩 주저앉아버렸다.

그들의 등교 공작이란 학생들을 학교에 나오도록 해서 구급 의약품이 든 가방을 하나씩 주어 일선의 각 부대로 쫓는 일이라고 했다.

"그들은 내가 거짓말을 한다고 생각했던 모양이에요. 아까까진 서슬이 시퍼랬어요. 반동 취급을 하여 당장에라도 내무서에 넘길 것처럼 덤볐으니까요."

아직도 숙자는 불안한 모양이었다.

"괜찮을 거요. 내가 그만큼 말해두었으니까."

태영이 타이르듯 말했다.

"태영 씨의 말은 자연스럽고 조리가 있었어요. 사정을 하는 인상이 전연 없고 그저 담담한 얘기였어요. 그게 그들을 이해시키지 않았나 해요. 그러나 그들의 속마음을 어떻게 알겠어요. 학교에 가면 책임자가 있지 않겠어요? 그들이 보고하겠죠. 그 결과 어떤 방법을 취하게 될지……."

숙자는 정신없이 중얼거렸다.

"의과 대학의 세포 책임자가 누군지 알 순 없지만, 비합법 시절부터 조직 운동을 한 사람이라면 전태일이란 이름을 알 거야. 전태일을 모른다면 그자가 엉터리지. 걱정할 것 없어요. 세상일은 되는대로밖엔 되지 않으니까."

하다가 박태영은 김상태를 상기했다.

지난 4월, 박태영은 의과 대학 연구실로 김상태를 찾아갔다가 집으로 돌아오는 길에 문남석에게 체포되었다. 만일 그날 김상태가 붙잡는 대로 함께 술을 마셨더라면 태영은 체포되지 않았을 것이다. 그러나 다음 날 아니면 다음다음 날쯤에 체포되었을 것이 확실하다. 그렇게 되었더라면 운명은 또 다른 양상을 취했을지 모른다.

'진주경찰서의 배명근 경위가 개재될 찬스가 있었을까?'

'내무장관 김효석이 개재될 찬스가 있었을까?'

아무튼 박태영은 '우리의 급장 김상태'가 지금 대학에 있는가 없는가 알고 싶었다. 이다음 '등교 공작반'이 숙자를 찾아올 때 물어보리라 작정했다.

7월 4일.
- 맥아더 원수가 유엔군 총사령관에 취임할 예정이라고.
- 미군 전선 사령부의 발표.
1. 북한군은 전차를 선두로 한 2만 5천 명의 남하 부대를 집결 중.
2. 미군과 북한군의 정면 충돌은 아직 없다.
- 북한군 인천 점령
- 미 제7함대, 삼척과 주문진 사이에서 북한군 함선 7척 격침.
- 오늘 정오까지 미·호주 공군 139회 출격.
- 육군 본부 대전으로 이전.
- 미국 각계 여론, 38선 이북까지 진격해야 한다고 주장.
- 캐나다 정부, 한국에 공군과 구축함 파견 결정.
- 네덜란드, 한국전 참전.
- 프랑스 케유 내각 총사직.
- 소련의 그로미코 외무차관, 미군은 한국에서 철퇴하라고 요구.

7월 5일.
- 미 포병, 북한 전차 부대와 교전. 미군과 북한군, 최초의 충돌.
3~5일에 걸친 미·영 연합 함대 함재기의 전과.
1. 평양비행장 격납고 대파.
2. 대동강 철교 폭파.

3. 북한 수송 열차 대파.

4. 북한 수송 열차 폭파.

5. 평양 북부 조차장 대파.

6. 진남포 대폭격.

• 미 군사 전문가, 한국전을 유리하게 전개하려면 약 6개 사단이 필요하다고 언명.

• 미 폭격기 대대 한국 향발.

• 미, 대중공 석유 금수 결정.


7월 6일.

• 미군, 평택 남쪽 37도선에 방위선 설치.

• 북한군, 평택 점령.

• B29 편대, 북한의 중요 철교 폭파, 평양·신안주 등의 군사 시설과 수송로 폭격. 북한 비행기는 한 대도 나타나지 않았다.

• 개전 이래 오늘까지 출격한 미 비행기는 1,100대.

• 북한군, 제천 침입

• 북한군, 영해를 점령하고, 동해안을 끼고 남진 중.

• 트루먼 대통령, 전세는 곧 한국에 유리하게 전개될 것이라고 언명.

• 미국은 한국 전선에서 싸우는 각국 군대를 유엔기 아래 통일할 것을 제안.

• 미 상원, 1951년도 대외 군사 원조비 12억 2,250만 달러 지불할 것을 결의.

• 영국 노동당, 한국전쟁의 평화적 해결을 위해 미·소·영 삼거두 회담 제안. 소련, 이를 거부.

• 현재까지 한국을 지원하는 국가의 수는 51개국.

단파 방송을 들으며 열심히 메모하는 태영을 지켜보던 숙자가 물었다.
"왜 메모를 하죠? 매일매일 변하는 정세인데……."
"나도 몰라. 이렇게라도 하지 않으면 시간을 안아 넘길 방법이 없을 것 같애."
하고,
"두고 봐. 내가 이 나라에서 전쟁 상황을 가장 잘 파악하고 있는 사람이 될 테니까."
하고 뻐기기도 했다.
"전황을 가장 잘 파악하고 있으면 뭣 하죠?"
"글쎄, 차라리 모르는 것만도 못할지."
박태영은 하준규를 생각했다. 지금쯤 하준규는 어느 전선에선가 싸우고 있을 텐데, 미국을 비롯한 50여 나라가 한국을 도우려고 나서고 있다는 사실을 알고 있을까.

7월 7일.
• 워커 중장이 전선을 시찰했다. (딘 소장의 행방이 묘연하다고 하더니 그 후속 조치일까?)
• 북한군, 삼척으로부터 남진.
• 북한군, 충주 점령.
• B29 편대, 원산·진남포 등 북한의 군사 시설 폭파.
• 미국 징병 징용법 발동. 한국에 병력을 증가하기 위해 예비역 소집 결정.

이날은 맑게 갠 날이었다. 그만큼 태양의 직사열이 사람들의 숨을 막히게 했다. 태영은 뜨락의 나무 밑에 등의자를 놓고 앉아 있었으나 더위를 견디기가 힘들었다.

'아아, 이런 날 감방에 있었더라면……'
하는 마음으로 스스로를 지탱하려고 안간힘을 썼다.

오후 세 시쯤이었을까, 요란하게 대문을 두드리는 소리가 있었다. 숙자가 점심을 먹고 외출해서, 박태영이 목발을 짚고 나가 대문을 열었다. 고문의 상처 때문에 목발이 있는 것이 훨씬 편리하기도 했지만, 외부인의 눈을 감안해서 목발을 사용하고 있었다.

대문을 열자 대여섯 명의 청년이 우르르 집 안으로 들어왔다. 박태영은 부러 고통스럽게 꾸미며 앞장서서 그들을 사랑채 대청으로 안내했다.

대청 이곳저곳에 걸터앉은 청년들 가운데 하나가 물었다.

"동무의 다리는 어떻게 된 거요?"

"심한 고문을 받아 뼈가 상했소."

"고문이라니?"

"이승만 경찰의 고문이지, 달리 또 고문이 있소?"

그 이상은 물으려 하지 않고 책임자인 듯한 사람이

"우리는 민청에서 일하는 일꾼이오. 이 지역은 우리의 관할 지역이오. 내가 책임자요."

하고, 같이 온 청년들을 차례로 소개했다. 총무, 재무, 조직, 선전책 등등이었다.

민청의 책임 동무는 간단한 정세 설명과 함께 김일성의 포고를 간추리곤

"동무도 우리의 사업에 협력해주어야겠소."

하고 매서운 눈으로 태영을 보았다.
"협력해야지요. 협력하다뿐이겠습니까."
태영은 진지한 표정을 지었다.
"이 집엔 현재 누구누구 있습니까?"
"나와 내 약혼녀, 단둘이 있습니다."
"두 사람이 살기엔 집이 너무 크지 않소."
"……."
"막상 사업을 시작하고 보니 집이 필요하게 됐어요. 동당부洞黨部도 있어야겠구, 부녀동맹 사무실도 있어야겠구, 각종 문화 단체의 사무실도 있어야겠는데, 행길가의 집들은 부적당해요. 장차 공습이 심해질 염려가 있어서요. 그래서 각 방면으로 조사한 결과, 일단 이 집을 이용하기로 했습니다. 두 분이 사시는 덴 지장이 없도록 하겠습니다. 두 분은 안채의 부엌과 부엌 옆방을 쓰시면 되지 않겠습니까."
태영은, 그 독선적인 태도에 반발을 느꼈다. 그러나 직선적인 반발이 먹혀들 까닭이 없었다. 그래서 시침을 떼고 물었다.
"시 인민위원회와 의논한 결과 그런 결정이 내려진 겁니까?"
"이만한 일에 시 인민위원회의 승낙을 받을 것은 없습니다. 각 단체에서 자율적으로 처리하게 돼 있으니까요."
민청 책임자의 말이 위압적이었다.
"그렇다면 곤란하겠습니다."
태영은 단호하게 말했다.
"이유가 뭡니까?"
상대방이 대들듯 했다.
"이유를 말하면 기밀을 누설하게 될까봐 두렵습니다만, ……납득하시도록 미리 말씀을 드려야겠습니다."

하고 태영은, 이 집이 비합법 시절 남한의 유격대 총사령관 하준규, 즉 남도부 장군의 서울 숙소 및 사령부로 예정되어 있다고 설명하고 덧붙였다.

"그러니까 나는 서울시 인민위원회의 지령이라도 없으면 동무들의 제안을 받아들일 수 없습니다."

"꼭 그렇다면 유격대 총사령관이 서울에 도착했을 때 우리가 비워주면 될 게 아닙니까."

아까 책임자로부터 총무 동무란 소개를 받은 사람이 말했다.

"글쎄요, 방편은 갖가지가 있겠죠. 그러나 집이 이 한둘이 아닌데 이미 사용 목적이 정해져 있는 집을 다시 딴 집으로 옮길 것을 전제로 하고 기어이 택하겠다는 것은 이해할 수 없습니다. 나는 지금 병신이긴 하나 조금만 건강이 회복되면 당 사업의 일선에 설 사람인데, 그런 내가 이처럼 말하는데도 알아듣지 못하겠습니까?"

태영은 부득이 거만해질 수밖에 없다고 작정했다.

그러자 조직책이라고 소개받은 다람쥐를 닮은 사람이 불쑥 나섰다.

"동무는 비합법 시절에 무슨 일을 했소?"

대답 대신 웃으며 태영이 되물었다.

"동무는 뭣을 했소."

"나는 7월 28일 서대문에서 나왔소."

다람쥐의 태도엔 제법 으스대는 빛이 있었다.

"그럼 나허구 동기 동창이군요."

"동무도 그때 나왔소?"

"내가 이 꼴이 된 것은 그 무렵이오."

하고 태영은 목발을 들어 보였다.

"무슨 사건이었소?"

그자가 물었다.

"설명하면 지루하오. 당신 혹시 정홍기 동무를 아시오?"

"알다마다요."

"그럼 그 동무한테 가서 물어보시오. 나하고 같은 감방에 수개월 있었으니까 나에 관해선 나 이상으로 알고 있을 것이오."

민청의 조직책이 민청의 책임자에게 무언가 귀엣말을 했다.

책임자가 박태영을 보고 말했다.

"수고가 많으셨겠습니다. 요컨대 이 집을 빌려줄 수 없다는 말씀이지요?"

"아까 설명한 대로입니다. 서울시 인민위원회의 승낙 없이 내 마음대로 할 순 없습니다."

"꼭 그렇다면 우리가 시 인민위원회의 승낙을 얻어보겠습니다. 그럼 되겠지요?"

"시 인민위원회의 명령이라면 따를 수밖에요."

하고 박태영은 덧붙였다.

"아마 그렇게는 안 될 것입니다."

민청 책임자가 일어섰다. 따라온 사람들도 일어섰다.

"다시 한번 찾겠습니다."

민청 책임자는 이 말을 남기고 청년들을 이끌고 나갔다.

태영은 가만히 있을 수가 없었다. 그들이 조직을 통해 인민위원회의 승낙을 얻기 전에 무슨 수를 써야 했다.

당시 박태영은, 하준규나 이현상을 만나기 전엔 움직일 생각이 없었다. 가능하다면 하준규의 부대에 들어가고 싶어서였다. 그런데 하준규나 이현상을 만나기 전에 무슨 임무를 맡아버리면 나중에 변경할 수가 없었다.

그러나 지금은 사정이 달라졌다.

부득이 박태영은 시 인민 위원장인 이승엽을 만나기로 했다.

7월 8일 날이 샜을 때 비가 내리고 있었다. 집을 나서려고 할 무렵엔 빗줄기가 거셌다. 그런데다 그날은 토요일이었다. 전쟁 중에 토요일이고 일요일이고가 있을까만, 왠지 주저되었다.

박태영은 이승엽을 만나러 가는 일을 월요일로 미루고 다락방으로 올라가서 단파 방송을 듣기 시작했다.

• 유엔 안보이사회의 결의에 의해 맥아더 장군이 유엔군 총사령관에 임명되었다.

• 인민군 2개 사단이 원주에 집결했다. 대전 지구를 포위할 목적으로 보인다.

• 미 공군은 고성과 흥남 사이의 군사 시설, 원산 해군 기지, 흥남 질소 비료 공장을 맹폭했다.

• 미군의 공격으로 인민군 탱크 17대가 파괴되었다.

• 음성 지구에서 인민군 1개 대대가 궤멸되었다.

• 버마·아프카니스탄이 한국을 지지한다는 선언을 발표했다.

• 중공군, 화북華北과 만주에 병력 집결.

• 미국은 영국에 대해 중공에 석유를 수출하지 말라고 요청했다.

• 미 육군 고사포 부대가 한국에 파견될 예정.

• 소련군, 루마니아 국경에 6개 사단 집결 중.

• 소련 『프라우다』지, 유엔 사무총장 '리'씨를 미제의 앞잡이라고 비난했다.

한편 평양방송은 점령 지역에 토지 개혁령을 선포했다고 보도했다. 오스트레일리아의 해원 조합海員組合이 한국으로 가는 물자를 적재하지 말라고 선원들에게 지령을 내렸다는 보도도 있었다.

9일에도 비가 내렸다.
미국 단파 방송 내용은 다음과 같았다.
• 현재까지 한국 전선에서의 미군 사상자는 10명.
• 『런던 타임스』가 한국 전선에 있어서 미국군이 불리한 이유를 다음과 같은 조건 때문이라고 논평했다.
1. 인민군의 압도적인 수. 인민군의 탱크를 비롯한 우수한 기갑 장비.
2. 미군의 보급이 여의치 않다. 한국의 특수한 기후와 지리에 미군이 익숙하지 못하다.
• 유엔군 전투 배치 완료.
• 미 공군 100기 이상이 인민군 전선 전후방 폭격.
• 한국 지원국은 현재 50여 개국.

평양방송은
"한국에 있어서의 전쟁은 미국, 영국, 프랑스 등이 공모한 침략 전쟁이라고 소련이 비난하고 있다."
라고 선전했다.
'그런데 왜 소련은 그 따위 비난만 하고 비행기를 공급해주지 않을까.'
박태영은 북쪽이 비행기를 사용하지 않는 것이 아무래도 궁금했다.

바로 그 사실이 불안의 원인이기도 했다.

미군 비행기가 전쟁이 시작된 후 15일간에 1,570회나 출격했다는 보도는 태영의 마음을 더욱 우울하게 했다.

게다가 김숙자의 태도가 박태영의 우울한 감정을 자극했다. 박태영이 인민군의 전과를 누누이 설명해주는데도 김숙자는 유엔군의 승리를 확신하고 있었다.

"두고 봐요. 대한민국이 이길 테니까."

김숙자의 입버릇이었다.


7월 10일.

아침부터 강렬한 햇빛이 쏟아졌다. 어제까지 빗물에 씻긴 나뭇잎은 싱그러운 녹색이었다.

군데군데 폭격을 받은 건물이 처참한 몰골이었다. 그 앞을 지날 땐, 그 세찬 비도 씻지 못했는지, 화약 냄새에 섞여 메스꺼운 취기 같은 것이 코를 찔렀다. 시체가 썩고 있기 때문이 아닐까도 싶었다.

길거리를 다니는 사람들은 거의 부녀자들이었다. 함지와 광주리에 무언가를 담뿍 담은 것으로 보아 장사하는 사람들 같았다.

인민위원회는 서울시청에 있었다. 시청 정문은 굳게 닫혀 있고, 동쪽의 통용문으로 드나드는 사람들이 보였다.

박태영은 그 문으로 들어가 시청 후면으로 돌았다. ㄱ자로 꺾인 부분에 출입구가 있고, 그늘진 곳에 인민군 복장을 한 보초가 서 있었다. 출입구에 책상이 놓였고, 책상 앞에 군관 복장의 사나이가 앉아 있었다.

다가선 박태영에게 보초가 물었다.

"누구요?"

"나는 박태영이란 사람이오."

"무슨 용무로 왔소?"

"이승엽 동무를 만나러 왔소."

'이승엽'이란 이름을 들어서인지, 군관이 일어서서 박태영을 아래위로 훑어보았다.

"용무가 뭐요?"

군관이 물었다.

"내 용무는 이승엽 동무에게만 말할 수 있는 것이오."

"위원장 동무는 사업을 맡고 있는 분이오. 아무하고나 만날 수는 없소."

그러면서도 군관의 말투는 정중했다.

박태영은 서대문교도소에서 나올 때 인민군 군관으로부터 받은 쪽지를 꺼냈다.

"나는 해방 전후를 통해 계속 민주 사업을 해온 사람이오. 중대한 용무가 있어서 찾아왔소. 이름은 박태영이고, 비합법 투쟁을 할 때의 이름은 전태일이오. 두 개의 이름을 말하면 이승엽 동무는 알아차릴 것이오. 만일 내 이름을 이승엽 동무가 모르겠다면 나는 그를 만날 필요를 느끼지 않소. 내 이름을 통해만 주시오."

"잠깐 기다리시오."

하더니 군관은 뭔가를 쪽지에 적어 연락병으로 보이는 사람에게 건넸다.

박태영이 기다리는 동안 여러 사람들이 문을 드나들었다. 군복 차림의 사람, 모슬린 천 같은 것으로 깔끔하게 지은 모택동복을 입은 사람, 헌팅캡, 흔히들 레닌모란 걸 쓴 사람, 반소매 셔츠에 돛배 바지를 입은 사람, 형형색색이었다.

박태영은, 불과 4, 5년 전만 해도 존재가 희미했던 이승엽이 서울시 인민 위원장으로 등장했다는 사실을 수수께끼처럼 생각했다. 한때 공산주의 운동을 하다가 전향해 장안파에 섞여 있다가 박헌영파로 돌아왔는데, 그런 경력을 가진 사람이 어떻게 서울시 인민 위원장이란 중책을 맡을 수 있었을까.

이런 생각을 하고 있는데 연락병이 돌아오더니

"따라오시오."

하고 앞장섰다.

박태영은 그 뒤를 따라가며, 서울시청의 지하실이 복잡 다단한 구조로 되어 있다는 사실에 놀랐다. 일제의 조선 통치 기구가 결코 만만치 않았다는 증거를 보는 듯한 느낌이었다.

연락병은, 미로처럼 얽히고설킨 길을 한참 걷더니 어느 방 문 앞에 섰다.

신호를 하자 문이 열렸다. 연락병은 방 안에 있는 사람에게 박태영을 인계하고 돌아섰다.

비좁은 방이었다.

전등이 흐릿하게 비치고 있는 방 안에서, 평안도 사투리를 마구 써대는 사람들이 바쁘게 움직이고 있었다.

한쪽 문이 열렸다.

박태영은 그 문 쪽으로 안내되었다.

꽤 넓은 방이 시야에 들어왔다. 전등이 휘황하게 밝았다.

큰 테이블 앞에 서서 몇몇 사람들에게 지시를 내리고 있는 사람이 이승엽이었다. 이승엽은 박태영을 알아보고

"아아, 박 동무."

허망한 정열

하며 박태영의 손을 덥석 잡았다. 그리고

"앉으시구려."

하고 턱으로 옆에 있는 소파를 가리키고, 서 있는 사람들을 바깥으로 내보냈다.

그들이 나가기를 기다려 이승엽이 자리에 앉았다.

"고생이 많으셨지?"

"저야 뭐……. 위원장 동무께서 고생이 많으셨겠습니다."

이승엽의 얼굴에 미소가 번졌다.

"금의환향을 축하드립니다."

하고 박태영이 물었다.

"박헌영 선생님은 건재하신지요?"

"건재하구말구. 박헌영 부수상께선 지금 서울에 와 계셔. 부산을 해방시키고 나면 옛날의 동지들과 만날 기회를 만들 거요. 한데 박 동무는 현재 무슨 일을 하시우?"

"감옥 생활을 하다가 지난 달 28일에 인민군 동무들 덕택으로 풀려났을 뿐이어서, 아직 건강이 회복되지 않아 정양 중입니다."

"아아, 그러셨군. 그래, 무슨 일로 걸려들었소?"

박태영은 짤막하게 경위를 설명했다. 얘기를 마저 듣고 이승엽은 다시 한번 손을 내밀어 악수를 청하고,

"장합니다, 장해. 언젠가 그 훈공을 표창할 날이 있을 것이오."

하며 기뻐했다. 그리고 덧붙여 말했다.

"빨리 건강을 회복해야지. 조국 전쟁에도 공을 세워야 할 것 아니오."

"그럴 작정입니다. 그런데 혹시 하준규 선배가 어디에 계시는지 아십니까?"

"하준규?"

"북에선 남도부라고 부른다던데요."

"아아, 남도부 동무. 잘 있지, 잘 있어. 영웅 칭호도 받은 훌륭한 애국자지."

"지금 어디에 있을까요?"

"아마 동해 지구에 있을 거요. 중대한 사명을 맡고 있어."

하고 이승엽은, 남도부가 지난 4월부터 5월까지 맹장 수술 때문에 금화金化 적십자병원에 입원해 있었는데, 지금은 완쾌되어 남반부 지역 유격대를 총지휘하고 있다고 설명하고 말을 보탰다.

"이번 전쟁이 끝나면 남 동무는 대장으로 승진할 거요. 전쟁 발생 직전만 해도 경상북도 충도 운문산 지구에서 혁혁한 전공을 세웠지."

"반가운 소식입니다. 이현상 선생님은 어디에 계십니까?"

"지리산 지구에서 남하하는 인민 군대를 기다려 호응 작전을 할 계획으로 있지."

하고 이승엽은 갑자기 침울한 표정이 되어서

"박 동무, 혹시 김달호의 소식을 모르겠소?"

하고 물었다.

김달호는 한때 박태영이 속해 있던 세포 조직의 캡이었다. 박태영은 김달호가 인천 출신이라는 것을 상기했다. 박태영의 기억 속에 있는 김달호는 한마디로 말해 소아병적인 영웅주의자였다. 그와 의견 충돌을 일으킨 적이 한두 번이 아니었다.

"잘 모르겠는데요."

박태영은 이렇게 대답할 수밖에 없었다. 박태영이 들은 바로는, 김달호는 경찰에 검거되자마자 동지들을 배신해 경찰의 끄나풀이 되었다

허망한 정열 137

는데, 확인하지 못한 일을 발설할 순 없었다.

"혹시 서대문형무소에 있지 않았나 조사해보았더니 거게도 없었어."

이승엽의 말이 침울했다.

"김달호와 특수한 인연이라도 있습니까?"

"내가 북쪽으로 갈 무렵 내 비서 노릇을 했었지. 평양으로 떠날 때 그에게 아주 중대한 물건을 맡겨두었어. 땅속에 깊이 묻어두라구. 그런데 그 사람을 찾을 수가 있어야지."

"무슨 물건인데요?"

"그걸 밝힐 순 없소. 아무튼 박 동무도 그 사람 찾는 데 협력해주어요."

"그렇게 하지요."

박태영은 하마터면 '아마 그 사람은 남쪽으로 피란 갔을 겁니다.'라고 말할 뻔하다가 꿀꺽 참았다.

이승엽이 화제를 바꿨다.

"박 동무는 건강을 회복하면 무슨 일을 할 작정이오?"

"생각하는 중입니다."

"인민위원회 일을 거들어주지그래."

"건강에 자신이 생기면 찾아뵙겠습니다."

하고 박태영이 명륜동 집 문제를 꺼냈다.

"그 집이 좋은가?"

이승엽의 관심이 움직이는 눈치였다.

"별로 좋지 않습니다. 그러나 붙들어둘 만한 집입니다. 위원장 동무께서도 전쟁이 끝나면 이용하실 수 있는 집입니다. 그런 뜻에서도 전쟁이 끝날 때까지 보전해두고 싶습니다. 민청이 점령해버리면 집을 온전히 유지할 수 없을 겁니다."

"그렇겠지."

하고 이승엽이 구미가 당기는지 집 주소를 물었다.

박태영이 안심하고 집 주소를 가르쳐줄 수 있었던 것은, 현재 이승엽이 회현동의 좋은 집을 차지하고 있다는 사정을 알기 때문이었다. 명륜동 집이 욕심난다고 해도 현재의 집에서 옮길 순 없을 것이다.

"어떻게 하면 좋겠소."

"특수한 목적으로 이용할 집이니 손대지 말라는 위원장 명의의 메모라도 있으면 제가 적당히 처리하겠습니다. 그리고 하부 기관에서 그 집을 수용하겠다는 요청이 있을 땐 잊지 마시고 그 요청을 각하하시구요."

이승엽은 백지 한 장을 꺼내더니, 박태영이 시키는 대로 글을 쓰고 서명했다. 그리고 비서를 불러 도장을 가지고 오게 해서 큼직한 도장을 서명한 위에 찍었다.

전쟁 중인데도 명색이 공산당 간부가 물욕에 움직인다는 증거를 이승엽을 통해서 느낄 수 있었다는 것은 환멸이었다. 그러나 목적을 달성해 한편 기쁘기도 해서 박태영은 대담한 질문을 하게 되었다.

"이 전쟁은 어느 편이 시작한 것입니까?"

"어느 편이 시작했건 지금 전쟁 중에 있다는 건 사실 아닌가. 어느 편이 시작했는가가 문제가 아니고 승리가 문제다."

"평양방송은 이남에서 쳐올라간 것처럼 말하던데요."

"세계 여론에 대한 전술이라고 생각하면 되는 거요."

"사실은 이북에서 시작한 거지요?"

"그러나 공식적으론 그렇게 말하지 않기로 되어 있소."

이승엽은 박태영을 신임하니까 이렇게 솔직할 수 있다는 태도를 보이려고 했다.

"한데 위원장 동무, 이 전쟁에 승산이 있습니까?"

박태영의 이 말에 이승엽은 깜짝 놀란 표정을 지었다.

"이 사람이 무슨 소릴 해. 승산이 문제가 아니라, 지금 조선 반도의 3분의 2를 우리가 장악하고 있는 거요."

"저는 걱정이 돼서 묻는 겁니다. 저는 앞으로의 전세를 결정하는 건 비행기라고 생각합니다. 전쟁 발생 후 미군의 비행기는 157회나 출격했다지 않습니까. 그런데 우리 편은 요즘 비행기 한 대도 날지 않는 모양이니 어떻게 된 겁니까."

"그런 걱정 말게. 우리 비행사를 지금 대륙에서 양성하고 있소. 비행사가 양성되면 소련에서 비행기를 보내게 되어 있소."

"그렇게라도 된다면 안심입니다. 부산 지방을 비행기로 맹폭하면 그들의 거점이 없어질 테니까요. 중국에서 공산군이 양자강을 넘어서기 전에 국민당이 대만으로 도망쳐버렸듯이, 부산과 대구를 공습하기만 하면 부산과 대구는 저절로 해방될 것입니다. 그러지 않고선 파죽지세로 남하한다지만 어느 선에선가 제동이 걸리고 말 것입니다."

마지막 부분은 김숙자가 두고 쓰는 말을 박태영이 그대로 옮긴 것이다.

"영용한 인민 군대는 비행기 없이도 승리할 수 있어. 그러나 비행기는 곧 나타날 거요. 소련이 우리 뒤에 있다는 사실을 잊으면 안 돼요. 필승이오, 필승. 박 동무도 자신을 가져야 돼."

"저도 자신을 가지고 있습니다. 그러나 비행기는 꼭 있어야 합니다."

말을 하면서 박태영은 이승엽이 시계를 들여다보는 것을 보았다.

이미 목적을 달성해서 일어서려는데, 비서실에서 누군가가 들어와

"경기도 인민 위원장이 오셨습니다."

하고 이승엽에게 알렸다.

"모시고 와."

이승엽의 말이었다.

박태영이 정중하게 인사하고 돌아서서 문간까지 갔을 때, 들어오는 사람과 마주쳤다. 박태영은 그 자리에 우뚝 서버렸다. 들어오는 사람과 면식이 있기 때문이었다. 들어오는 사람도 박태영을 보자 멈칫했다. 그리고

"전태일 동무 아니오?"

했다.

"그렇습니다."

"이것, 기우奇遇로군."

하고 그는 손을 내밀었다.

이승엽이

"서로 아는 사이면 이리 와서 함께 얘기하시오."

하고 손짓했다.

자리에 앉았을 때 이승엽이, 이제 막 들어온 사람을 박태영에게

"경기도 인민 위원장 안영달 동무요."

라고 소개했다.

'이 사람이 경기도 위원장인가.'

하고 박태영은 안영달의 깡마른 체구와 신경질적인 얼굴을 챙겨 보았다. 지리산 지구에 보급 물자를 보낼 작정으로 박태영이 동분서주할 때 만났던 사람임이 틀림없었다. 그때의 이름은 심영택이었다. 안영달의 입에서 박태영을 극구 찬양하는 말이 나왔다. 그 어려울 때 지리산 빨치산을 위해 보급 투쟁을 한 동무란 것이었다.

그런데 안영달의 그러한 칭찬은, 자기도 그때 그 일을 도왔다는 사실을 은근히 비추기 위한 수단이란 것을 박태영은 눈치챘다. 동시에 박태영은, 그 사람의 이름이 안영달이라고 듣고 문득 생각해낸 사실이 있었다.

동란이 발발하기 이틀 전 박태영의 감방에 들어온 한 청년이 있었다. 그 청년의 입을 통해 안영달이란 이름을 들었고, 안영달이 김삼룡의 거처를 경찰에 알려 김삼룡을 체포케 했다는 말을 들었다.

박태영은 잠깐 동명이인이 아닐까 생각해보았다. 지리산에 보급 물자를 보낼 때 그처럼 열성적으로 덤볐던 사람이 경찰의 앞잡이였다고는 믿어지지 않기 때문이었다. 그뿐만 아니라 김삼룡을 대한민국 경찰에 밀고한 사람이면 부산으로 도망을 치든지 했을 텐데, 버젓이 경기도 인민 위원장으로 앉아 있다는 것은 납득할 수 없었다.

안영달은 이승엽과의 대화는 젖혀두고 박태영에게
"경기도 인민위원회에서 일할 생각 없소."
라고 교섭을 시작했다.

이승엽이 박태영 대신 대답했다.
"나도 박 동무더러 같이 일해볼 생각 없느냐고 권했는데, 감옥에서 갓 나온 몸이라 건강이 좋지 않다고 들었소. 박 동무는 당분간 정양을 해야 할 것 같소."

그래도 안영달은
"일단 경기도 인민위원회에 적을 두고 정양을 해도 될 것 아니오."
라며 집요하게 서둘렀다.

"박 동무 같은 일꾼이 옆에 있으면 1개 사단을 가진 거나 다름없을 거야."

라는 과찬도 했다.
 분명히 안영달은 뭔가 불안을 느끼는 것 같았다. 그렇지 않고서야 필요없는 과찬을 할 까닭이 없었다.
 안영달은 자기에 관한 비밀을 혹시 박태영이 알고 있지나 않을까 하는 불안에 사로잡혀 있다고 짐작해볼 수도 있었다.
 김삼룡을 붙들어준 것이 사실이라면 그 비밀이 묻혀버릴 순 없다. 어느 틈을 타고라도 전파되게 마련인데, 박태영이 줄곧 서울에서 당 사업을 했다면 '혹시나' 싶은 생각이 안영달의 의식 속에 싹트지 않을 까닭이 없었다.
 박태영은 안영달을 위험천만한 사람이라고 판단했다. 사실이건 사실이 아니건 그런 풍문이 돌고 있다는 것만은 이승엽에게 알려야겠다고 마음먹었다.
 그러나 그 자리에선 어쩔 수가 없었다. 다른 날 알리기로 하고 박태영은 일어섰다.
 안영달은 방문 앞까지 따라나오며 자기의 제안을 받아달라고 간청했다.
 "생각해보지요."
 쌀쌀한 대답을 남기고 박태영은 밖으로 나와버렸다.

 박태영이 이승엽을 만날 날로부터 3일이 지났다. 7월 12일, 그날 오후엔 억수같이 비가 퍼부었다.
 박태영은 자기만 알도록 메모해둔 전황을 살피며 생각에 잠겼다. 북한의 군대는 일보 일보 남으로 진격하긴 하지만 전쟁 초에 비해 속도가 너무나 지지부진하다고 느껴졌다. 평양방송이 외고 펴고 있는 대로라면, 대한민국 국군은 이미 궤멸되어버리고, 미군의 저항력은 극도로 약화되어 있을 것이다.

박태영은 전쟁이 북한의 패배로 끝날 경우를 예상해보려다가 말았다. 배후에 소련이 있고 중공이 있지 않은가. 그는 메모를 밀쳐놓고 E. H. 카가 쓴 『러시아 혁명사』를 읽기 시작했다.

그때 숙자가 옆으로 와 앉았다. 표정에 근심스러운 그늘이 있었다.

"무슨 일이오?"

태영이 물었다.

"이웃집 작은아들이 다락방에 숨어 있다가 어제 내무선가 정치 보위 부인가로 끌려갔대요."

"무엇을 한 사람인데?"

"출판사에서 부장을 한 사람이래요. 아버지가 출판사 사장이구요. 출판사 직원들이 고자질을 했는가 봐요."

"우익 사상을 가진 사람이라 해도, 출판사에 있는 사람이 무슨 대단한 죄를 지었을라구."

"이승만 박사를 비롯해서 우익 진영 인물들에 관한 책을 많이 출판한 출판사인 모양이에요."

"장사를 한 건데, 그렇다고 해서 붙들어 갈 것까진 없을 텐데?"

"그렇지 않대요. 아무튼 우익적인 사람이라고 보면 붙들어 간대요. 어제 대학에 나가보았더니, 반동 적발에 철저하라고 연설을 하지 뭐예요."

"숙자부터 먼저 적발되어야겠구나."

하고 태영은 웃었다.

"웃을 일이 아니에요. 세상이 이처럼 각박해서야 불안해서 어디 살겠어요. 대한민국 정치에 순종했다는 것을 죄목으로 잡는다면 살아남을 사람이 있기나 하겠어요."

"데리고 가서 잘 타일러 돌려보내겠지. 인민의 정부니가 인민을 괴롭히는 짓은 안 할 거요."

"그렇지 않다니까요."

"그래, 나더러 어쩌라는 거야."

"이웃집 아들을 도와줘요. 이승엽 씨한테 가서 부탁하면 되지 않을까요?"

"내가 이승엽 씨하고 안다는 걸 이웃집 사람에게 말했소?"

"그런 얘기를 무엇 때문에 해요. 하두 딱해서 제가 태영 씨에게 부탁하는 거예요. 그 집 부인은 지금 사색이 돼 있어요. 어제 붙들려 간 후 아직 돌아오지 않는데, 어디로 갔는지도 모른다고 하잖아요."

"이름이 뭐라고 하던가요?"

"민태호예요."

"나이는?"

"서른다섯이라고 했어요."

이렇게 물어보는 것을 부질없다고 생각했지만, 우익 관계 서적을 출판했다는 사실만으로 사람을 붙들어 간다는 것은 옳지 못했다. 사회주의 체제하에서도 그만한 자유는 있어야 하지 않은가. 하물며 대한민국 체제하에서 한 일을 그런 식으로 따진다면 앞으로 민심을 어떻게 얻을 것인가.

"별일 없을 거요. 만일 오늘 안으로 돌아오지 않으면 이승엽 동지를 찾아가서 말해보겠소. 그러나 이웃집 사람에겐 잠자코 있어요."

숙자의 얼굴에 화색이 돋아났다.

하늘은 흐린 대로였지만 어느덧 비는 멎었다.

"전쟁이 언제나 끝날지."

숙자가 하늘을 보며 중얼거렸다.

"인민군이 홍성을 점령했대."

"홍성이 어딘데요?"

"충청도. 그리고 유엔군은 금강 남안으로 철퇴했어. 현재 한반도는 대전 북쪽 32킬로미터 지점에서 동서로 분단된 상황이 되었소."

"태영 씬 신나겠네요."

숙자의 말이 빈정대는 투가 되었다.

"신날 것도 없어. 그런데 숙자가 신날 얘기 하나 해줄까?"

"뭔데요?"

"어젯밤 단파 방송에서 들은 거요. 미국에서 지원병이 2차대전 이후 최고 기록을 이루었다는 거요. 이 나라의 공산 통일을 막기 위해 죽을 각오를 한 미국 청년이 그처럼 많다는 사실은 놀랄 만하지 않소?"

"두고 보세요. 이 전쟁은 한국이 이길 테니까요."

"숙자, 그 얘긴 그만합시다. 이 집안에도 분열이 있다고 생각하니 우울할 뿐이오."

"저도 우울해요."

하고 망설이듯 하더니 숙자가 덧붙였다.

"그러나 태영 씨와 같이 있을 수 있다는 것만으로도 행복해요."


태영이 저녁 밥상을 물리고 났을 무렵 다시 비가 내리기 시작했다. 그런데 멀리서 비행기의 폭음이 들렸다.

"비가 와도 비행기는 나는군."

이때 대문을 두드리는 소리가 요란하게 났다.

"누굴까?"

숙자가 달려가서 문을 열었다.

문을 연 숙자를 밀치다시피 하고 총을 메고 들어서는 두 사나이가 있었다.

마루 위에서 서성거리는 태영을 보고 하나가 물었다.

"당신이 박태영인가요?"

"그렇소."

"같이 좀 갑시다."

"어디로 가잔 말이오?"

"가보면 알 거요."

"가는 곳을 모르면 나는 갈 수 없소."

"순순히 따라오는 게 나을걸요?"

스무 살 안팎으로 보이는 젊은 사나이가 냉소를 띠었다.

"도대체 당신들은 누구요? 우선 신분부터 압시다."

"우리는 정치 보위부에서 왔소. 빨리 갑시다."

정치 보위부라고 하니 태영은 버틸 수가 없었다.

질린 듯한 표정으로 숙자가 옆에 와 섰다.

"무슨 일인가요?"

묻는 것도 중얼거리는 것도 아닌 투로 숙자가 태영에게 말했다.

"정치 보위부에서 왔다느먼. 만일 내일까지 돌아오지 않거든 서울시 인민위원회를 찾아가줘."

태영은 이승엽의 이름까지 들먹일 순 없었다.

어둑어둑해진 거리에 비가 내렸다.

총을 멘 사나이 사이에 끼여 걸으며 태영은 어이가 없는 심정이었다.

'명색이 인민공화국에서 내가 이런 대접을 받다니…….'
하는 억울한 생각과
'도대체 무슨 일일까?'
하는 불안이 섞였다.

태영은 이럴수록 침착해야 한다며 마음을 진정시키려고 했다. 그러나
'함부로 나를 대하기만 해봐라. 한 놈쯤 죽이고 혀를 물고 죽어버릴 테다.'
하는 악의가 솟았다.

이런저런 감정이 부글부글 괴고 보니 어디를 어떻게 걷는지도 분간할 수 없었는데, 갑자기 어느 건물의 침침한 입구에서 총 멘 사나이들이 멈췄다.

그중 하나가 앞장을 서며 따라오라고 했다. 하나는 태영의 뒤에 섰다. 어두운 계단을 조심스럽게 내려갔다. 계단을 한 구비 돌았을 때 맞은편 아래에 불빛이 보이고, 그 불빛에 권총의 혁대가 번쩍했다.

"박태영을 데리고 왔습니다."
앞서 간 사나이가 말했다.

권총을 찬 사나이가 박태영을 아래위로 훑어보더니 문을 열고
"여게 들어가서 기다려."
하고 태영의 등을 밀어넣고 문을 닫았다. 태영은 등 뒤로 억센 평안도 사투리를 들었다.

태영이 들어간 방은 꽤 넓은 지하실이었다. 나전구裸電球의 희미한 촉광 아래 일고여덟 사람이 가슴을 열어젖히고 퍼져 있었다. 질식할 것 같은 무더운 열기가 가득 차 있었다.

박태영이 들어와 비집고 앉았는데도 모두들 아무런 관심도 보이지 않

왔다. 질식할 것 같은 무더위는 호기심마저 마비시켜버리는가 보았다.

한참 지나 바로 옆에 앉은 사나이가 낮은 소리로 물었다.

"당신도 경찰관이었소?"

박태영은 대답할 필요를 느끼지 않았지만, 자기가 갇혀 있는 그 방에 붙들려 있는 사람들의 성분을 짐작할 수 있었다. 경찰관이 아니면 한국 정부 수사 기관의 요원일 것이다.

반동 분자라도 웬만한 정도면 내무서에서 처리한다고 들었다.

정치 보위부가 취급하는 대상자는 극히 위험 인물로 지목된 사람들일 것이다.

'그런데 내가 왜 이곳에 있어야 하는가?'

박태영의 뇌리에 번개처럼 지나가는 얼굴이 있었다.

'안영달!'

이어 추리가 불꽃처럼 튀었다.

박태영은 이승엽의 방에서 안영달에게 쌀쌀한 태도를 취했다. 보통의 경우, 경기도 인민 위원장쯤 되는 사람의 환대를 받았으면 감지덕지 어쩔 줄 모를 텐데 박태영은 그러지 않았을 뿐 아니라 냉담한 태도를 취했다. 그것이 안영달의 불안을 자극했다. 안영달은 그러한 존재를 가만둘 수 없다고 판단했음이 틀림없다. 그래서 박태영의 비행을 찾기 시작했다. 남로당에서 출당 처분을 받은 사실을 알아냈다. 복당復黨이 있었는데도 거부한 사실도 밝혀졌다. 그렇다면 한국 경찰이나 수사 기관의 앞잡이라고 몰 수 있다…….

'안영달이 정치 보위부에 나를 밀고한 것이다.'

박태영은 이 추측이 십중팔구 틀림없으리라 판단했다.

'그러지 않고서야 나를 정치 보위부에 끌고 와 대한민국 경찰관들을 가둔 방에 처넣을 까닭이 없다.

박태영은, 빨리 안영달에 관한 불미한 정보를 이승엽에게 일러주지 않은 것을 후회했다. 요컨대 선수를 당한 것이다.

권창혁의 말이 기억에 되살아났다.

"공산당 정권은 감시와 밀고에 의해 지탱되고 있다. 자기에게 불리한 사람은 수단 방법을 불구하고 일을 꾸며서까지 밀고해 밀뜨려버려야 한다. 그러지 않으면 언제 선수를 당할지 모른다. 그런 정치가 인간적일 수 있겠는가. 인간적일 수 없는 정치에 무엇을 바랄 수 있겠는가."

그 말을 들었을 때 박태영은 권창혁의 공산당에 대한 노골적인 악의만을 느꼈었다. 그런데 그 권창혁의 말이 진실이라는 것을 이제 체험하는 꼴이 된 것이다.

어느 정도 시간이 지났는지…….

'털거덕' 하고 문이 열렸다. 시원한 바람이 들어온 것 같아 모두 깊은 호흡을 했다.

이윽고 말이 있었다.

"박태영이 나와라."

박태영이 끌려간 방에선 선풍기가 돌고 있었다. 러닝셔츠 바람의 사나이가 자기 앞자리를 가리키며 박태영에게 앉으라고 했다.

그 사나이의 얼굴에 섬세한 데가 있다는 것을 박태영은 알았다. 아무리 보아도 노동자 출신은 아닌 것 같았다. 나이는 서른네댓 살?

"이렇게 거북한 자리에서 만나게 된 게 유감스럽소."

하고 사나이는 손을 내밀었다.

사나이의 말에 평안도 악센트가 살짝 끼여 있었다.

박태영은 할 말이 있을 까닭이 없었다. 다음 말을 기다렸다.

"동무가 인민을 위해 노력을 많이 했다는 것을 들어서 알고 있소. 그런데 이승만 독재 밑에서 어려움이 많아, 본의 아닌 과오를 범했다는 정보가 들어왔소. 그러니 그냥 지나칠 순 없지 않겠소. 그래서 그 일을 깨끗이 세척하려는 겁니다. 오해 없도록 하십시오."

"무슨 정보인지 알았으면 합니다."

박태영이 공손하게 말을 꾸몄다."

"그건 곧 알게 될 겁니다. 그러기 전에……."

하고 사나이는 백지 몇 장과 연필을 꺼내놓았다.

"동무가 출생해 오늘에 이르기까지의 자서전을 쓰시오. 하루의 단절된 기간도 없도록 자세하게 쓰시오. 특히 해방 이후의 기록은 정확하고 치밀해야 하오. 저 자리로 가서 쓰시오."

사나이는 구석진 곳에 놓인 책상을 가리켰다.

태영이 책상 앞으로 자리를 옮기자, 사나이는 종이와 연필 세 자루를 그 책상 위에 갖다놓고 말을 보탰다.

"종이가 모자라면 청구하시고, 연필이 부러지거든 말하시오. 깎아드릴 테니까."

이렇게 해서 박태영은 뜻밖에도 자기가 걸어온 27년의 발자취를 더듬어보는 기회를 가지게 되었다.


이규의 얼굴이 눈앞에서 아른거렸다. 아버지의 모습, 어머니의 모습, 죽은 할아버지의 모습도 나타났다. 지리산의 경관이 뇌리를 스치기도 하고, 일본 대판과 동경의 골목길이 눈앞에 전개되기도 했다. 하준규와 지낸 세월을 쓸 땐 눈물이 흘렀다.

허망한 정열

박태영은 신탁 문제 때문에 출당 처분을 받게 된 경위를 특히 자세하게 쓰고, 지리산에 물자를 보급한 과정에서 심영택, 즉 안영달을 알았다는 사실을 끼워넣고, 7월 10일 이승엽의 방에서 있었던 일을, 명륜동 집 관계는 생략하고 자세하게 적었다.

태영은 자기가 연행된 원인이 안영달에게 있다고 추측했기 때문에 특히 그 부분을 세밀하게 적었다.

"내가 그 방에서 나갈 무렵에 경기도 인민 위원장이란 자가 나타났다. 그 사람은 내가 지리산 파르티잔에게 물자를 보내려고 보급 투쟁을 하는 과정에서 알게 된 사람이었다. 그때 내 기억으론 심영택이라고 했는데, 이승엽 동지가 그의 본명이 안영달이라고 해서 나는 적이 놀랐다. 놀란 까닭은, 내가 서대문감옥에 있을 때인 지난 6월 23일, 내가 있는 감방으로 들어온 사람으로부터 김삼룡 선생을 체포케 한 자가 바로 안영달이라고 들었기 때문이다. 동명이인일지 모른다는 생각이 들었지만, 그런 일이 있다는 사실만은 이승엽 동지에게 알릴 생각이었다. 그러나 기회가 없었다. 안영달을 앞에 놓곤 차마 그런 소릴 할 수가 없었고, 그렇다고 해서 옆방으로 이승엽 동지를 데리고 갈 수도 없었다. 안영달은 나더러 집요하게 경기도 인민위원회에서 함께 일하길 권했지만, 나는 냉담하게 거절했다. 확인한 것은 아니지만 김삼룡 선생을 잡아준 악질 분자일지 모른다고 생각하니 혐오감이 끓어올랐기 때문이다. 안영달은 그러한 나의 태도에 적지 않게 불안감을 가진 것 같았다……."

지하실이어서 느낄 순 없었으나, 태영이 기록을 끝냈을 땐 밤이 새어 있었다.

어젯밤의 그 사나이는 보이지 않고, 연락병으로 보이는 병사가 태영의 기록을 받아놓고, 태영이 감금되었던 방으로 태영을 데리고 갔다.

소금에 담근 주먹밥을 주었지만 전연 식욕이 없었다. 졸음은 무더위도 이기는가 보았다. 태영은 벽에 기댄 채 무릎을 안고 잠에 빠졌다.

태영은 다시 불려 나간 때가 몇 시인지 알 수 없었다. 어젯밤 본 사나이가 부드러운 웃음을 띠고 맞이했다. 그의 손엔 태영이 쓴 기록이 있었다.

"동무는 대단한 사람이오."

그 사나이가 한 첫마디였다.

태영은 다음 말을 기다렸다.

"이렇게 긴 기록을 틀린 데 하나 없이, 지운 곳 한 군데 없이 쓸 수 있다는 건 대단한 기술이오. 감탄했시다. 게다가 문장이 간결하고 요령이 있어, 전연 나무랠 곳이 없었소."

말은 이렇게 하고, 그 사나이는 다시 어젯밤에 주었던 만큼의 종이와 연필을 꺼내놓고 다시 자서전을 쓰라고 했다.

"내가 쓴 기록에 틀림이 있다는 말입니까?"

태영의 말이 항의조로 되었다.

"아니오. 한 벌 더 필요하오. 달리 쓸 필요가 없으니, 어젯밤 그대로 써도 좋고, 어젯밤 쓴 것에 부족이 있으면 보태도 좋소."

"보탤 것은 없습니다. 그게 내가 27년 동안 살아온 경력의 전부입니다."

"그럼 그대로 쓰시오."

"또 몇 부가 필요할지 모르니, 먹지를 이용해서 여러 벌을 한꺼번에 쓰면 어떻겠습니까?"

"그것 좋은 생각이구먼."

하더니 사나이는 먹지와 골필을 가져오게 했다.

그리고 그걸 건네며 말했다.

"서너 벌 써보오. 그러나 필요에 따라 한 번 더 써야 할지 모르오."

태영은 어젯밤 쓴 것과 글자 한 자 틀리지 않게 쓰리라 생각했다.

어젯밤보다 시간이 다소 단축되었지만, 실히 다섯 시간은 걸렸을 것이다.

사나이는 태영이 쓰기를 끝내자 사이다를 권하며 수고했다고 했다.

태영은 아까의 감방이 아니고 일층에 있는 방으로 안내되었다. 통풍이 잘되는 방이어서 질식할 것 같은 고통에선 풀려날 수 있었다.

인민군 차림의 사나이, 평복을 한 사나이들이 분주하게 드나들었다. 이른바 반동 분자들을 잡아들이는 임무에 열중하고 있는 것이다.

밤이 되었다.

태영은 다시 지하실로 끌려내려가 그 사나이 방으로 갔다.

"참말로 감탄했시다. 어쩌면 먼젓번 것과 이번 것이 감쪽같이 일치할 수 있는가 말요. 동무는 비상한 재주를 가졌는가 보오다."

하고 굳은 표정으로 바꿨다.

"그러나 알아야 할 일이 있소."

태영은 다음 말을 기다렸다.

"동무는 복당하라는 명령에 응하지 않았소."

"박헌영 선생이 영도하는 당을 믿을 수 없었기 때문이오."

"뭐라구요? 그런 반역적 언설을 토하면 어떻게 되는지 알고나 하는 소리요?"

"어떻게 되건 사실을 속일 순 없지 않습니까?"

"박헌영 선생은 공화국의 부수상이오. 부수상을 모욕하는 말은 용서할 수 없소."

"왜 복당 명령에 불응했는가를 물었기 때문에 내 심정을 그대로 말한 것이지, 그분을 모욕할 의도로 말한 것은 아닙니다."

"당이 신성하다는 것은 알고 있소?"

"압니다."

"당을 대표하는 사람이 당수란 것도 아시오?"

"압니다."

"당수의 명령은 당의 명령이오. 그 명령을 거역하면 반역자요."

"그런 과오를 범하지 않기 위해 복당하지 않은 겁니다. 복당하라는 것은 일부 선배들의 권유였지, 당의 명령은 아니었으니까요."

"고의로 당을 이탈했다는 말 아니오?"

"당시의 심정으로는, 박헌영 선생이 영도하는 당이면 고의로라도 이탈하고 싶었습니다."

"그 이유가 뭐요?"

"아실지 모르겠습니다. 박헌영 선생은 파벌이 있으면 안 된다고 주장하면서 자기의 파벌에만 집착했습니다. 아무리 훌륭한 일꾼이라도 자기의 파벌에 속하지 않으면 중용하지 않았습니다. 극단적인 섹트주의자였습니다. 그 때문에 범한 과오가 한두 가지가 아니었으며, 그 때문에 입은 당의 손해가 많았습니다."

하고 박태영은, 이정윤계李廷允系와 장안파의 반목 때문에 생긴 일 몇 가지를 보기로 들었다.

정치 보위부의 사나이는 박태영의 말을 되묻기까지 하면서 세밀히 기록하고 다음 질문으로 들어갔다.

"조직에서 이탈한 후의 행동을 말하시오."

"그건 죄다 자서전에 기록했습니다."

"이승만 정부의 경찰과 손잡은 것 아니오?"

"이승만 정부와 손을 잡았으면 어떻게 지리산 파르티잔을 위한 보급 투쟁을 했겠습니까?"

"그것 가지곤 당신이 경찰과 무관하다는 것을 증명하지 못하오. 이중간첩이란 어느 곳에도 존재할 수 있으니까."

"나는 당 조직에선 이탈했지만, 공산주의자로서의 자각은 한시도 잊은 적이 없습니다."

"당을 떠난 공산주의자는 존재할 수 없소."

"그건 일반론이겠지요. 내 정신적인 자세는 그랬습니다."

"경찰과 결탁했다는 증거가 있으면 어떻게 할 것이오?"

"그런 모욕적인 가정을 나는 용서할 수 없소. 나는 일제 때인 중학생 시절부터 항일 운동을 하고 지리산에서 파르티잔 활동을 한 사람이오. 나는 무슨 까닭으로 인민공화국의 기관으로부터 이런 취급을 받아야 하는지 알 수가 없소."

"사람들이 대개 그런 말을 하디오. 정직하게 고백해 용서를 받는 편이 허위를 조작했다가 엄벌을 받는 것보다 유리할 것이오."

"나는 그런 의심을 받는 것 자체가 불쾌합니다. 꼭 그런 추측을 하겠다면 이 자리에서 총살이라도 하시오."

"그건 내 마음대로 되는 일이 아니오. 우리 공화국에는 체계가 있으니까요. 이승만과 결탁할 목적이 없었다면 왜 복당을 안 했을까요?"

"아까 이유를 말하지 않았습니까?"

"그 이유가 희박해. 납득이 안 돼. 섹트주의를 비판하려면 당 안에서 해야디, 당 밖에서 하는 건 의미가 없는 거니깨."

"내가 만일 경찰과 결탁했다면 왜 서대문감옥에 갇혔겠습니까."

"그러니까 당신은 미결에 있지 않았소. 차일피일 시간을 끌다가 풀어줄 작정이었는지 모르잖소."

애기가 이렇게 되면 입을 다물 수밖에 없었다. 미결에 있었다는 사실까지 사람을 의심하는 구실이 되다니…….

박태영은 서대문감옥에 있었다는 그 사실로써 최악의 혐의는 풀 수 있으리란 희망을 가졌었는데, 일이 이렇게 되고 보니 만사는 끝났다 싶었다.

사나이의 질문은 무한히 계속되었으나, 이미 정열을 잃은 태영의 대답엔 실질이 없었다. 그러자

"며칠 잠을 재우지 않아야 실토할 텐가?"

하고 사나이는 태영이 쓴 기록을 뒤지더니 물었다.

"안영달이 김삼룡을 붙들어주었다고 말한 사람의 이름이 빠졌는데 어떻게 된 건가?"

"건성으로 인사를 해서 이름을 잊었소. 그 사람의 이름을 알려면, 나와 같은 감방에 있었던 정홍기를 찾으면 될 겁니다. 정홍기는 민청의 간부를 하고 있다니까 쉽게 찾을 수 있을 거요."

사나이는 메모지에 '정홍기'란 이름을 굵다랗게 썼다.

"안영달과 당신은 전부터 사이가 나빴던 것 아니오?"

"잠깐 동안 접촉이 있었을 뿐, 사이가 나빠질 일이 생길 시간이 없었소."

사나이는 안영달에 관한 몇 가지 질문을 하더니, 서류를 들고 어디론가 사라졌다.

연락병은 벽을 향해 앉아 있었다. 파리가 두 마리 날아와서 태영의 손등에 앉았다가 떠났다. 아까 사이다를 마실 때 손등에 떨어진 사이다 방울에 혹해 파리가 날아온 것 같았다. 파리와 개미의 감미甘味가 비상

하다는 것을 어느 책에서 읽었기 때문이다.

'숙자가 이승엽을 찾아갔을까?'

순간 염두에 떠오른 상념이었지만, 기대를 갖는 마음은 이미 상실되어 있었다.

'될 대로 돼라! 남이고 북이고 내가 설 땅은 없다.'

분명히 비애를 자아낼 상념이지만, 비애를 닮은 감정도 고갈돼버렸다.

'죽이건 살리건 빨리 처단만 하라!'

오로지 바랄 것은 이것뿐이었다.

태영은 맹렬한 갈증을 느꼈다.

"물 한 그릇 얻어 마실 수 없을까요?"

태영이 말해보았으나, 연락병은 대꾸도 않고 석상처럼 움직이지 않았다.

정치 보위부의 사나이가 다시 나타나더니 말했다.

"당신, 한번 서보라."

태영은 일어섰다.

"저 벽까지 걸어보시오."

태영은 걸었다.

"다리를 저는데 어떻게 된 거요? 어릴 때부터 그랬소?"

"아닙니다."

"그럼 언제부터?"

"경찰에서 고문을 받을 때 무릎을 다쳤습니다."

"바지를 벗어보시오."

박태영의 오른쪽 무릎 뼈가 으스러진 채 유착되어 보기 흉하게 변형되어 있었다.

사나이가 그 부위를 가리키며 물었다.

"고문을 당해 그렇게 되었단 말요?"

"그렇소."

"지독한 놈들이군."

사나이는 혀를 차더니 바지를 입으라고 했다.

태영은 시키는 대로 다시 자리에 앉았다.

사나이의 얼굴에 부드러움이 돌아왔다.

"우리는 공연한 오해로 동무를 괴롭힌 것 같소. 솔직히 사과하겠소. 그런데 동무에게도 과오가 있소. 물론 무릎이 아프니까 이유가 되겠지만, 그런 상태면 그런대로 동무가 할 수 있는 일이 있지 않겠소. 그런데 동무는 아무 일도 하지 않고 빈둥거리고 있었으니까 누군가의 주목을 받게 된 거요. 동무는 이제 집으로 돌아가도 되오. 그러기 전에 묻겠는데, 동무는 앞으로 무슨 사업을 했으믄 좋갔소. 조국 전쟁을 놀면서 보기만 할 순 없지 않겠소."

태영은 한참 생각한 끝에 말했다.

"전투에 참가하고 싶으나 이런 꼴론 되지 않겠고, 사령관을 보좌하는 일 같으면 가능할 것 같으니, 나를 남도부 장군이 있는 부대로 보내 주었으면 합니다만."

"그건 안 되오."

사나이는 이렇게 잘라 말하고,

"통신 관계 일을 해볼 생각 없소?"

하고 물었다.

"무전기를 사용하는 기술이 없는데요."

"무전 기사가 받은 것을 문장으로 고치고, 보도 자료를 선별해서 문장을 만들어 무전사에게 넘기는 일은 할 수 있지 않겠소?"

"그런 일 같으면 할 수 있겠습니다."

"그럼 좋소. 곧 주선할 테니, 대전을 점령했다는 소식이 있거든 중앙 통신사를 찾아가시오. 그동안 정양에 힘써서 조금이라도 나은 건강을 회복하도록 하시오."

"그렇게 하겠습니다."

박태영은 정치 보위부에서 풀려나왔다. 연행된 지 사흘 만이었다.

집으로 돌아와 김숙자의 얘기를 듣고, 박태영은 자기가 쉽게 풀려 나올 수 있었던 것이 이승엽 덕택이란 사실을 알았다.

김숙자는 이틀 만에, 그러니까 박태영이 풀려난 날 오전에 이승엽을 만날 수 있었는데, 숙자로부터 얘기를 듣자 이승엽은 그 자리에서 정치 보위부에 전화를 걸었다고 했다.

"이승엽 씨는 이렇게 말했어요. '박태영은 일시 당 조직에서 이탈해 있었으나, 이현상의 사랑과 신임을 받은 사람이며, 남도부 장군과 친한 사람으로, 공화국에 유용한 인재요.'라고요. 그런데 정치 보위부에서, 박태영이 경찰과 결탁한 혐의가 있다고 했는가 봐요. 이승엽 씨는 책상을 탕 치며, 그 사람 옷을 벗겨보라고 했어요. 경찰의 고문을 받은 흔적이 아직도 남아 있을 거라구요. 그리고 말했어요. 경찰이 자기들에게 협력한 적이 있는 사람을 고문하겠는가고. 그 사람은 훈장을 받아야 할 사람이지, 그런 취급 받을 사람이 아니라고 노발대발했어요. 그게 먹혀 들었는가 봐요. 이승엽 씨가 말하데요. 당장 석방한다고 했으니 지금쯤 돌아와 있을지 모른다구요."

하고 숙자는 울먹거렸다.

태영은 그러한 숙자를 측은하게 여겼다.

'일본 대판에 그냥 눌러 있었더라면 지금쯤은 편안하게 살 것 아닌가. 숙자가 불행하게 된다면 분명히 그건 나의 책임이다.'

태영은 모든 것을 포기하고 숙자를 행복하게 하는 데 전력을 다하고 싶은 마음조차 솟았다. 그러나 그런 결정을 하기엔 이미 늦었다. 대전을 점령하면 그곳으로 가라는 지령을 받은 거나 마찬가지가 아닌가.

태영은 그 말을 하려다가 그만두었다. 숙자의 불안을 자극하기가 싫었다.

"자리 좀 깔아줘. 조금 누워야겠소."

태영은 숙자가 깐 자리에 눕자 곧 잠에 빠져들었다. 워낙 심신이 지쳐 있었던 것이다.


이튿날 오전이었다.

숙자의 대학에서 숙자의 학우들이 세 사람 몰려왔다. 이른바 등교 공작을 하러 나온 학생들이었다.

그 가운데 얼굴이 시커멓게 탄 학생은 후줄근한 검정 치마에 풀 죽은 흰 모시 적삼을 입고 있었는데, 대뜸 거친 말투로 시작했다.

"김숙자 동무, 우리와 같이 학교로 갑시다. 학교에 지령이 태산같이 밀려닥치는데 등교하는 학생이 적어서 감당할 수가 없어요. 약혼자 되시는 분의 건강이 어느 정도 회복되었을 테니, 지금부터 공화국 사업을 도와야 해요."

숙자가 난처한 표정을 짓자, 구겨진 메초 무늬의 원피스를 입고 단발머리를 한 여학생이 나섰다.

"책임자 동무의 엄한 지시예요. 이 지시에 따르지 않으면 반동으로 취급되오. 빨리 갑시다."

그들의 응수를 태영은 대청마루에서 보며 들었다. 태영이 끼어들 계제가 아니었다. 태영은 고개를 돌렸다.

그러자 숙자가 옆으로 와서 나직이 물었다.

"어떻게 하죠?"

태영은 진심을 말하면 보내고 싶지 않았다. 그러나

"할 수 없지. 가봐요."

하고 말했다.

숙자는 입은 옷 그대로 손수건 하나를 들고 운동화를 신었다. 태영은, 학생들과 같이 문으로 나가는 숙자의 뒷모습이 마음 탓인지 처량하게 보였다.

태영은 뜰로 내려가 문의 고리를 걸고 돌아와 마루 끝에 앉았다. 화단에 피어 있는 닭벼슬꽃이, 기승을 부리기 시작한 7월의 태양 아래 타오르는 불꽃 같았다.

비행기의 굉음이 들리기 시작했다. 이어 폭발음이 잇따랐다. 야무진 폭격이 서울 어느 곳을 맹타 중이란 짐작이 들었다.

명륜동 일대는 주택이 밀집해 있으니 폭격 대상이 되지 않으리란 생각이 들긴 했으나, 그것이 또한 약점이란 불안이 돋아났다. 아무런 대비도 없다가 무차별 폭격이라도 당하면 속수무책일 것이다.

태영은 떠나기 전에 방공호를 파두어야겠다고 생각하고 방공호 자리를 선정할 생각으로 뜰을 이곳저곳 걸어보았다.

사랑채 왼쪽은 마루가 거기만 껑충 높아져 다락처럼 되어 있었다. 그 아래를 팔 수밖에 없다는 판단이 섰다.

이왕 방공호를 파려면 깊고 넓게 파야 했다. 사람이 피할 수 있을 뿐 아니라, 생활 필수품을 간수할 수 있는 공간이 필요할 것 같아서였다.
 그런 계획을 세워놓고 보니, 태영 혼자의 힘으로는 감당하기가 곤란했다. 일꾼을 구할 수밖에 없었다.
 일단 작정하면 당장 그대로 밀고 나가지 않곤 배겨내지 못하는 성격이라 태영은 목발을 짚고 행길로 나갔다. 목발을 짚은 것은, 노상에서 무슨 봉변이 있을지 몰라서였다.
 이글거리는 더위 속에서 왕래하는 사람들은, 머리에 뭔가를 인 아낙네들뿐이고, 남자들은 거의 눈에 띄지 않았다. 가끔 지나가는 남자라곤 70세를 넘은 노인 몇이 있을 뿐이었다.
 한 시간쯤 서 있었는데도 인부를 구할 수가 없어 도로 골목으로 들어섰을 때였다. 서너 살 된 아이를 앞세운 초로의 남녀가 짐을 가뜩 이고 지고 골목에서 나오고 있었다.
 태영이 말을 걸었다.
 "어디로 가시는 길입니까?"
 "우리는 동대문에서 오는 길인데, 도무지 그곳에선 살 수가 없어서 허둥지둥 나와봤을 뿐이오. 구파발에서 사는 아는 사람을 찾아갈 생각인데, 그 사람이 그곳에 있을지 없을지……."
 노인의 눈엔 절망 직전의 애절한 빛이 있었다.
 할머니와 아이는 저만큼 골목에서 빠져나가고 있었다. 태영은
 "영감님, 할머니와 아이를 돌아오라고 하십시오."
라는 말부터 먼저했다.
 노인은 영문도 모르면서
 "계남아."
하고 불러놓고, 할머니가 돌아보자,

"빨리 이리로 오라."
하고 손짓을 했다.
"영감님, 갈 곳이 없다고 했지요?"
"그렇소."
"여기서 살아도 되겠소?"
"여기라니, 어디 말이오?"
"이 마을 말입니다."
"집이 있소?"
"내가 살고 있는 집이 요 안에 있습니다. 꽤 넓으니까 같이 살 수 있을 겁니다."
"민청원들이 귀찮게 굴지 않을까요?"
"그런 걱정은 없을 겁니다."
"그렇다면 감지덕지합니다. 이런 고마운 분을 만나다니……."
노인의 눈에 눈물이 글썽했다.
노인은 할머니를 돌아보고
"이 젊은 어른이 글쎄, 우릴 살려주겠다는구먼."
하고 눈을 끔벅끔벅했다.
태영은 그들을 집으로 데리고 가서 행랑채에 있게 했다.
노인은 이름이 황명길이고, 고향은 경북 안동이라고 했다. 노인의 아들은 동대문구청에 계장으로 있다가 손자인 계남을 부모에게 맡겨놓고 어디론지 종적을 감추었는데, 매일처럼 민청원이 찾아와 아들과 며느리를 내놓으라고 성화여서 도망쳤다는 얘기였다.
"낮에 용케 빠져나올 수 있었군요."
태영이 이렇게 말했더니

"붙들리면 세간을 팔아 쌀 구하러 나간다고 할 참이었소."
라고 했다.

혹시 민청원이 찾아와 물으면 '의정부에서 살다가, 옛날부터 아는 사이인 태영의 집으로 왔다.'고 할 말까지 꾸며놓았다.

저녁이 제법 이슥해져서야 숙자가 돌아왔다. 숙자는 얌전히 차려놓은 저녁 밥상을 보자 놀라 물었다.

"이거, 태영 씨가 차린 거예요?"

"그렇지. 우리 숙자가 고생하고 돌아올 것 같아, 내가 밥도 짓고 반찬도 만들었지."

"보통 솜씨가 아닌데요?"

"지리산에서 익힌 솜씬데 오죽할라구요."

"고마워요."

하고 숙자가 울먹거리려 하자, 태영은 오후에 있었던 일을 얘기했다.

"노부부가 모두 좋은 사람 같애. 계남이란 꼬마도 있구."

"그거 잘됐네요. 나는 내일부터 매일 일찍 학교에 나가야 해요. 집을 볼 사람이 생겨 다행이에요."

그러나 그 일을 기뻐하기엔 숙자는 너무 지쳐 있었다.

숙자는 밥을 먹기가 바쁘게 냉수욕을 하고 자리에 들고, 태영은 다락방으로 올라가 단파 라디오를 틀었다.

• 북한 군대가 대전 동쪽 32킬로미터 지점에 교두보를 확보했다. 금강 남안이어서 대전 공략의 가능성이 짙게 되었다.

• 약 4천의 북한 군대가 야간 금강 도하를 기도했다. 다른 북한 부대는 금강 전선 중앙을 공격했다.

• 미군 복장을 한 북한 편의대(便衣隊: 무장 없이 적지에 침입해 후방을 교란하고 적정을 탐지하는 부대)가 미군 진지에 침투했다.

• 한국 정부의 내무부장관 백성욱이 사임하고, 후임에 조병옥이 임명되었다.

• 필리핀에서 훈련 중이던 미 의용군 비행사가 미국 의용 항공대인 F51부대에 배치되어 한국에 출전했다.

• 미 제1해병 사단이 한국전에 참가하기 위해 미국 본토를 출발했다.

• 영국은 한국 문제를 제일로 하기 위해 중공을 유엔에 가입시키는 노력을 중지했다고 영국 정부가 발표했다.

• 소련군이 이란 국경에 집결했다.

• 동경의 맥아더 사령부는 도쿠다 등 일본 공산당 간부 9명에게 체포령을 내렸다.

한편 평양방송은
"금년 8월 15일 해방 기념일은, 미 제국주의로부터 남반부를 해방시킨 날과 일치할 것이다."
라고 호언장담했다.

황명길 부부와 꼬마 계남을 끼운 생활이 시작되었다. 동시에 방공호를 만드는 작업에 착수했다.

황 노인은 60세에 가까웠지만 체력이 완강했다. 황 노인의 부인도 파낸 흙을 치우는 일을 거드는 등 협력을 아끼지 않았다.

살 집이 생긴데다 식량 걱정을 안 하게 되었으니, 황씨 부부는 고마워서 어쩔 줄 몰랐다. 황 노인의 말에 의하면, 서울의 식량 사정이 극도로 곤란한 모양이었다. 한 줌의 쌀을 얻기 위해 세간과 기물을 헐값으로 판다는 얘기도 했다.

"이대로 전쟁이 계속되면, 햅쌀이 나오기 전에 사람들이 굶어 죽는 소동이 날 거요."

하고 황 노인은, 자기들 식구는 세 끼 밥을 두 끼로 줄이고, 한 끼는 죽을 쑤어 먹겠다는 제안까지 했다. 그러나 박태영은 한솥밥을 먹으며 그럴 수는 없다고 반대했다.

얼마 지나지 않아 자기가 대전으로 떠나면, 김숙자를 맡길 사람은 황 씨 부부밖에 없었다. 그런 뜻에서도 최대한의 호의를 베풀어야만 했다.

숙자가 학교에 나가기 시작한 지 사흘째 된 날이었다.

밤에 돌아온 숙자는 태영과 단둘이 되자,

"오늘은 비행기를 만들기 위한 모금 공작을 했는데요, 나는 동전 한 닢 얻을 수가 없어 호되게 욕을 먹었어요."

하고 다음과 같이 얘기했다.

"언제들 그처럼 열성적인 공산주의자가 되었는지 서로들 잘하려고 필사적이에요. 전엔 실험실 기구 뒤치다꺼리를 예사로 남에게 미루던 친구들이 이젠 서로 앞장을 서려고 덤벼 내가 할 일이 없어요. 덕택에 수월하긴 한데, 신문에 난 김일성의 연설을 외는 일, 그리고 소련의 당사黨史를 강의하는 덴 진력이 났어요. 소련의 당사란 건 한마디로 숙청, 숙청의 역사더먼요. 옛날의 동지를 가차없이 숙청하는 거예요. 잘못이 있으면 서로 깨우쳐주며 나갈 수도 있었을 텐데 전연 그런 게 없었어요. 한마디로 소련 볼셰비키 당사는 비인간적인, 비인간적으로 행동하는 비인간의 역사예요. 그런 걸 읽으면 공산주의자가 되긴커녕 반공주의자가 될 법도 한데, 그렇지 않은 게 이상해요. 모두들 환장한 것 같애요. 애써 비인간이 되려구요. 그런 사람들이 사는 사회가 어떻게 될까요? 난 무서워요."

박태영이 잠자코 듣고 있자, 이상하다는 생각이 들었는지 숙자가 물었다.

"내가 이런 말 하는 것 싫지 않으세요?"

"싫긴."

"전 같으면 당장 말을 못 하게 했을 텐데 오늘은 웬일이죠?"

"숙자의 말은 뭐든 다 들어두구 싶어."

"정치 보위부에 갔다온 후 혹시 사상이 변한 것 아뇨?"

"사상이 변할 까닭이야 없지. 오해라는 것은 공산주의 사회에도 있게 마련이거든."

"그래도 사람을 대접할 줄은 알아야 할 것 아녜요? 태영 씨 같은 사람을 밀고 한 장 때문에 끌고 가서 그런 모욕을 줄 수 있어요?"

"이제 막 비인간적인 것이 공산주의자라고 해놓고서 그런 걸 물어?"

"그럼 태영 씬 그런 비인간적 행동을 용인한단 말예요?"

"인간적인 것 갖곤 혁명을 달성하지 못해. 인간적이란 말은 원래 프티 부르주아의 말이오. 그 소시민 근성을 청산하는 데서 공산주의는 시작되는 거란 말이오. 거기서 다시 새로운 인간성을 창조하지. 이를테면 혁명적 인간성 말이오."

"그런 궤변이 어딨어요. 인간적인 것 갖고 달성할 수 없는 혁명이면 그건 반인간적 혁명 아녜요? 반인간적인 혁명을 하기 위해 인간성을 말살한다면, 그런 혁명이 인간에게 무슨 가치가 있어요. 인류에 해독을 끼치는 증오의 철학이고 공포의 사상이지."

"제국주의를 근절하려면 증오의 철학과 공포의 사상이 필요해요."

"그렇게 해서 결국 스탈린 한 사람을 위한 제도를 만드는가요? 김일성 한 사람을 위해 희생을 감수하는 체제를 만들겠다는 건가요?"

"그것은 과도기적 현상일 뿐이오. 전투를 승리로 이끌기 위한 과도기적 현상이란 말이오."

"그 과도기가 언제까지 계속될 건데요?"

"제국주의가 이 지구에서 없어질 때까지."

"나도 죽고 태영 씨도 죽은 후가 될지 모르겠네요?"

"그럴지도 모르지."

"그렇다면 나는 절대로 싫어요. 누굴 위해 그런 과도기적 현상을 견뎌요? 꼴도 얼굴도 모르는 후손을 위해서? 유물론은 구체적이며 현실적인 사상 아녜요? 유물론으로 사람을 이끌어놓고 결과에 와선 막연하기 짝이 없는 후손을 들먹여요? 그게 설득력을 가지려면 정신주의를 필요로 하게 되지 않을까요? 언제 무너질지 모르는 제국주의가 두려워서 숨도 크게 쉬지 못하고 스탈린 앞에서 굽신거려야 하나요? 공산주의가 정 그런 거라면 일고의 가치도 없는 사상이에요."

"일고의 가치가 있건 없건 오늘의 현실을 어떻게 할 건데."

"이승만 시절에도 그런 말은 가능하지 않았을까요?"

"그건 이미 과거가 되었어."

"천만에요. 아직 끝나지 않았어요. 오늘 비행기 제작비 모금 운동하러 나갔다가 더욱 절실하게 깨달았어요. 내가 한 푼도 얻지 못한 것은 책임자의 말대로 성의 부족 때문이라고 합시다. 가장 열성적인 학생 가운데 천 원 얻은 사람이 하나 있고, 나머지 전부 백 원, 이백 원이었어요. 천 원 얻은 사람은 알고 보니 자기 삼촌에게 애걸복걸했다고 했어요. 상대방 비행기는 수백 대 수천 대가 동원되는데, 그따위 모금으로

허망한 정열 169

지금부터 비행기를 만들겠다니 될 법이나 한 얘기예요?"

"숙자 씬 오늘 말이 많구먼."

"태영 씨가 들어주니까요."

"그래, 얼마든지 말해. 들어줄 테니까."

태영의 이 말에 숙자의 얼굴이 긴장했다.

"태영 씨, 무슨 일이 있는 것 아녜요?"

"무슨 일이 있겠어. 아무 일도 없어. 무슨 일이 있으면 방공호를 파겠소?"

사실 태영은 통신사 기자가 되어 대전으로 가게 되었다는 말을 하려고 했는데 그날 밤에도 말하지 못했다. 그 대신 숙자에게 최대한으로 너그러우려고 했다. 무슨 말이라도 순순히 들어주고 싶었다. 공산주의보다 숙자가 더 소중하다는 생각이 그날 밤 비로소 싹튼 것이다.

그래서 태영은 숙자가 잠들기에 앞서,

"숙자, 오늘 나는 깨달았다. 이 세상에서 내게 가장 소중한 존재는 숙자라는 것을. 나는 공산주의를 포기할 의사는 없다. 그러나 공산주의보다 숙자를 상위에 둘 작정이다."

하고, 그 말 자체가 공산주의자로서의 실격을 의미한다는 것을 자각하면서도 고백했다.

숙자는 태영의 목을 안고 엉엉 울었다. 흘러내리는 눈물 속에서 숙자는, 태영을 위해 싫은 공산주의에 봉사할 마음을 가꾸었다.

그날 밤 단파 방송을 들은 태영의 메모는 다음과 같다.
- 7월 16일 미군의 금강 방위선이 무너졌다.
- 한국군 제21연대가 미군 포병대의 엄호하에 예천 지역에서 북한

군을 공격했다(전황 보도에 한국군이 등장한 것은 처음이어서, 태영은 이 기록에 방점을 찍었다).

• 북한군은 동해안 영덕 부근에서 해상과 지상으로 이중 포위 작전을 시도했으나 실패했다.

• 북한군, 문경을 점령했다.

• 호주 공군, 금강 유역의 북한 밀집 부대를 폭격했다.

• B29 50기가 서울 조차장을 폭격했다.

• 미 국무성은 북한의 탱크 149대를 파괴했다고 발표했다.

• 한국 정부는 대전에서 대구로 이전했다.

• 미국 정부는 최악의 경우, 한국 주변을 근거로 해서라도 북한의 침략을 분쇄하겠다는 대한 정책을 세웠다고 발표했다.

• 소련은 인도의 제안에 회답했다.

1. 네루 수상의 화평 제안을 환영한다.

2. 소련은, 유엔 안보이사회를 한국 문제 해결을 위해 중개 역할을 시키되, 이엔 중공 대표를 포함한 5대국의 참가가 절대로 필요하다는 제안을 특히 환영하고 이를 수락했다.

3. 문제를 급속하고도 항구적으로 해결하기 위한 최후 결정은 한국 민족만이 할 수 있다는 점에 소련과 인도는 합의를 보았다.

평양방송은 팡파르와 합창을 곁들여 한국 정부의 대구 이전을 보도하고,

"승리가 바로 눈앞에 있다. 영용한 인민 군대 만세!"
라고 외쳤다.

최후의 승리까진 몰라도 대전 함락은 결정적인 사실인 것 같았다.

박태영은 김숙자와 이별할 날이 가까워진다고 생각하니 잠을 이룰 수가 없었다.

이튿날 박태영은 방공호 파기에 열중해 제법 아늑한 공간을 만들었다. 건물이 직격탄을 맞았을 경우 매몰될 우려가 있기 때문에 지하도를 뜰 한가운데로 빠지도록 파야 한다는 황명길 노인의 제안이 있어서 작업을 계속했다.

작업 도중 황명길이 가끔 중얼거렸다.

"세상이 어떻게 될지……."

태영의 마음을 떠보려는 것이었지만, 태영은 미국 문제에 관해선 일절 입을 열지 않았다.

태영의 그런 태도가 궁금했는지, 황명길은

"세상이 온통 야단인데 박 선생은 이렇게 편하게 지낼 수 있으니 얼마나 다행이오."

라고 말한 적이 있었다.

"다리가 아파서 그 핑계로 이러고 있을 수 있지, 나도 편하게만 있을 순 없게 될 겁니다."

태영이 맥 풀린 말을 하자,

"어디로 가시나요?"

하고 황명길이 불안한 얼굴을 했다.

"그래서 부탁입니다. 내가 떠나면 김숙자를 잘 보살펴주십시오. 외로운 학생입니다."

"한데 참, 김숙자 여학생은 매일 바깥에 나가 뭔가 하는 모양인데, 뒤에 무슨 화근이나 되지 않을지요."

"화근이라뇨?"

"세상이 바뀌면 말입니다."

"세상이 바뀔 것 같애요?"

"이대로야 어떻게 살 수 있겠소."

"전쟁이 끝나면 나아질 거요."

"전쟁도 끝나기 나름이겠지."

"영감님은 어떻게 생각합니까?"

"글쎄, 내가 뭘 알겠소만, 김일성의 뜻대론 잘 안 되지 않을까요?"

"한참 신나게 밀고 내려가고 있지 않소."

"그러나 쇳덩이와 사람의 싸움인데, 사람의 몸뚱이가 쇳덩이를 당해낼 수 있을지……."

황 노인은 조심스럽게 말꼬리를 흐렸다.

물론 황 노인의 희망적 관측이 시킨 말이겠지만, 북한군이 연전연승하는 판국인데도 그런 말이 나올 수 있다면 전쟁의 귀추는 정말 오리무중이었다.

"그러나저러나."

하고 대화를 끊고 박태영이 일어섰다.

"방공호나 팝시다."

황 노인의 손자 계남이가, 파내진 흙으로 여러 가지 모양을 만들며 혼자 놀고 있었다. 그 모양들 가운데 묘한 것이 눈에 띄었다. 태영이 물었다.

"이게 뭐지, 계남아?"

"비행기."

계남의 눈동자가 반짝했다.

들고 보니 비행기를 닮았다. 두툼한 부분은 동체이고, 양쪽으로 뻗은 것은 날개일 것이다.

"잘 만들었구나."

"비행기 자꾸자꾸 만들 끼라."

계남이 자랑스럽게 말했다.

비행기를 자꾸 만들어 무엇을 할 거냐고 묻고 싶었으나 태영은 그만두었다.

"지하도에 시멘트를 발라야 하는데."

황 노인의 말이 있었다.

"시멘트를 구할 수 있을까요?"

"돈만 있으면 구할 수 있을 겁니다."

"얼마나?"

"그건 알 수 없지요."

"10만 환쯤 있으면 될까요?"

"되다마다요. 한데 그런 돈을 가지고 있습니까?"

"그만한 돈은 있을 겁니다."

하영근 씨가 50만 환을 숙자에게 주고 간 것이다.

"돈을 아껴 써야 해요. 더욱이 이 판국엔."

그럭저럭 지하도를 다 파서, 시멘트로 포장할 일만 남았다. 그런데 황 노인이 뚜벅 말했다.

"시멘트는 필요없을 것 같소."

"왜요?"

"임시 변통으로 하는 건데 시멘트까지 발라놓으면 뜰을 망치겠습니다."

"뜰이 뭐 대단한 겁니까."
"전쟁이 오래가지 않을 것이오."
"황 노인이 그걸 어떻게 아우?"
"그저 짐작이지요."

그날도 김숙자는 지쳐서 돌아왔다. 비행기 제작비 모금을 한 푼도 할 수 없어서 책임자로부터 또 호된 꾸지람을 들었다고 했다.
"그럼 집에서 돈을 얼마쯤 가지고 가지그래. 일은 일대로 하고 무성의한 사람이라고 낙인을 찍히면 손해가 아닌가."
태영이 넌지시 말해보았다.
"꾸지람 아니라 반동 소릴 들어도 집의 돈으로 비행기 제작비 낼 생각은 절대로 없어요."
숙자는 잘라 말했다.
그리고 화제를 바꾸었는데, 다동 어느 호텔에 갔더니 거기에 우익계의 거물들이 연금되어 있는 모양이더라고 했다.
"조소앙 씨 알죠? 그분도 거게 있다고 해요. 내무장관을 지낸 김효석 씨도 거게 있구요. 그밖에 여럿 있는 모양이었어요."
태영은 일전 라디오를 통해 김효석의 평양을 지지하는 방송을 들은 적이 있어서 그 사람이 서울에 있다는 사실은 알고 있었지만, 다동 호텔에 있다는 사실까진 알 수 없었다.
김효석은 박태영에겐 은인이나 다를 바 없었다. 그가 아니었더라면 박태영은 지금쯤 지리산 골짜기에서 총살된 시체로 썩었을 것이다.
"김규식 선생은 삼청동 삼청장에 계시는가봐요."
숙자의 말이었다.

"거게도 가봤소?"

"가봤지. 하두 모금이 안 돼서 그 집에라도 들어가려고 했더니, 지키는 사람이 들여보내주지 않대요."

"대담하군."

"김일성 장군을 위해 모금하러 다니는데 두려울 게 있어요?"

"이젠 김 동무라고 불러야겠군."

"징그러워요."

이웃집 라디오에서 「김일성 장군의 노래」가 요란스럽게 흘러나왔다.

"무슨 일이 있는 모양이에요."

숙자가 신경을 곤두세웠다.

이윽고 아나운서의 신파적으로 격앙된 목소리가 흘러나왔다.

"……우리 영용한 인민 군대는 오늘 새벽 대전을 점령했습니다. 미제국주의 군대는 우리 영용한 인민 군대의 공격 앞에 혼비백산 도망쳐 버렸습니다. 무적 인민 군대 앞에 당할 어떤 세력이 있겠습니까. 위대하시고 영명하시고 탁월하신 우리 조선인민공화국 수령 김일성 원수께선 특히 전투에 참가한 인민 군대에 격찬을 아끼지 않으셨고, 전 전선의 애국적 군사들에게 다음과 같은 메시지를 전달했습니다……."

숙자는

"위대하시고 영명하시고 탁월하신이라?"

중얼거리며 일어서더니 라디오 소리가 흘러 들어오는 쪽의 창문을 닫아버렸다.

"저 소리 듣는 것보다 더위를 참는 게 낫겠어요."

돌아와 앉아 숙자가 한 소리였다.

7월 18일.

말쑥이 갠 하늘에 아침부터 비행기 굉음이 울렸다. 보나 마나 미군 비행기일 것이다.

숙자가 등교하길 기다려 태영도 나갈 채비를 했다. 대전이 점령되었다는 소식을 듣거든 중앙통신사로 가라는 정치 보위부 사람의 지시가 있었기 때문이었다.

"오늘은 작업을 안 하셔도 됩니다. 나는 볼일이 있어 외출해야겠습니다."

태영이 말하자, 황 노인은 불안한 얼굴이 되었다.

"걱정 안 하셔도 될 일입니다."

하고 태영은 집을 나섰다.

아직 아침나절인데도 햇볕은 따갑도록 강렬했다. 플라타너스 그늘을 찾아 걷는데도 옷에 땀이 흥건히 배었다. 태영은 목발을 세우고 땀을 닦았다. 여러 모로 편리할 것 같아서 그날도 태영은 목발을 짚고 나갔던 것이다.

지나치는 사람들의 허탈한 듯한 눈초리가 마음에 걸렸다. 인민군의 배후가 그만큼 허약한 것으로 되었기 때문이었다.

가끔 붉은 완장을 두르고 떼를 지어 오는 공청원 같은 청년들을 만나기도 했는데, 그들의 눈초리가 각박했다. 반동 분자를 찾아내는 사냥개가 되어 있기 때문인지도 몰랐다.

목발 덕택인지 태영을 붙들고 시비를 벌이는 사람은 없었다. 을지로 네거리에서 시청 쪽으로 잠시 걷다가 '중앙통신'이란 간판이 붙어 있는 건물 앞에 섰다.

입구에 있던 두 사람 가운데 하나가 박태영이 내민 정치 보위부원 사인이 있는 메모를 받자 무슨 발작을 일으킨 것처럼 후닥닥 일어서더니 앞장섰다.

태영이 안내된 방은 건물 뒤쪽에 있는 일층 방이었다. 큰 테이블 앞에 앉은 사나이가 응접 탁자 앞으로 걸어오더니,

"동무가 박태영 씨입니까. 말씀 많이 들었습니다."

하고 앉기를 권하며 자기의 이름을 안희수라고 했다. 그리고 경남 의령이 고향이라며 태영의 고향을 물었다.

"나는 함양입니다."

"그럼 바로 이웃이네요."

안희수는 담배를 꺼내 태영에게 권하고

"연락을 받은 지 며칠 되었는데 오시지 않아 궁금했습니다."

라고 했다.

"대전이 함락된 뒤에 찾으라고 해서요."

박태영은 안희수란 사람에게 왠지 친근감을 느꼈다. 경상도 사투리가 남아 있는 탓도 있었지만, 조직 속의 사람이란 걸 느끼지 않게 하는 부드러움이 있어서였다.

"그것 참 이상한 말이네요."

"아마 내 건강이 좋지 못하니까 그 정도 여유를 주었겠지요."

"건강이 나쁘십니까?"

"예, 조금. 그러나 일을 못 할 정도는 아닙니다."

안희수의 눈이 태영의 옆에 놓인 목발을 보고 있었다. 그러나 그것에 대해 묻지는 않았다. 정치 보위부 직원으로부터 경찰에서 고문을 받은 사람이라고 들었기 때문인지 몰랐다. 안희수는

"동무는 대전으로 가게 돼 있는데."

하고 벽에 걸린 지도를 보았다. 남한 지역의 거의 반이 빨간 빛깔로 칠해져 있었고, 점령한 도시 위엔 인공기가 그려져 있었다.

"언제쯤 출발하게 됩니까?"

"그건 아직 알 수 없습니다. 곧 지시가 있겠지요. 대전에 가기 전에 학습이 있어야 합니다. 동무가 나왔으니까 내일부터라도 학습을 시작하겠소. 각 지방에 보낼 동무들이 30명쯤 대기하고 있으니까요."

"서울에서 근무할 순 없겠습니까?"

태영이 조심스럽게 물었다.

"그건 안 됩니다. 상부의 명령이니까요."

안희수가 잘라 말했다.

보리차를 날라 온 여자가 있었다.

보리차를 마시며 안희수는 이것저것 태영의 경력을 물었다. 태영은 간단하게 대답하고 안희수에게 물었다.

"고향에 가족이나 친척이 계십니까?"

"먼 친척까지 말하면 많이 있겠죠. 그러나 우리 가족은 아마 살아남지 못했을 겁니다."

안희수의 표정이 순간 괴로운 듯 일그러졌다.

태영이 보리차를 다 마시자, 안희수는 카드를 꺼내놓고 빈 칸을 채우라고 했다. 필요한 사항을 기입하고 카드를 건네주자, 안희수는 간단한 신분증을 만들어주며

"이건 약식입니다. 정식 신분증이 나올 때까지 이걸로 우선 신분이나 보장하십시오. 그럼 내일 오전 8시까지 나오십시오. 학습 장소는 그때 알리겠습니다."

하고 일어섰다.

그때 '항공'이란 소리와 요란하게 두들기는 종소리가 났다.

"이리, 이리로 오시오."

하고 안희수는 지하로 달려갔다.

박태영도 뒤따랐다.

어디서 모여들었는지 지하실이 순식간에 꽉 찼다.

'직격탄을 맞으면 이 호 안에 생매장되겠구나.'

이렇게 생각하고 박태영은 몸을 움츠렸다. 한동안은 더위를 잊었다.

10분쯤 후에야 해제의 종이 울렸다.

계단을 걸어 오르며 안희수가 푸념처럼 중얼거렸다.

"저놈의 비행기 때문에 당최 일을 할 수 있어야지."

"여긴 도심이니 위험하지 않을까요?"

태영이 해본 말이었다.

"미국대사관 건물이 가까이에 있으니까 폭격을 안 할 것이라고들 하지만 누가 압니까. 의논해서 안전한 곳으로 옮길 작정입니다."

안희수의 말이었다.

일층 복도에서 작별 인사를 하고 박태영은 통신사 건물을 나섰다.

지나가는 사람들의 말이 귓전을 스쳤다. 서울역 근처에서 인민군을 싣고 가던 트럭이 비행기 폭격으로 박살이 났다는 얘기였다.

남산 쪽에서 검은 연기가 오르고 있었다. 방금 폭격을 받은 때문이 아닐까 짐작되었다.

목발을 짚고 천천히 걸으며 태영은, 인민군이 점령하고 있는 동안 서울은 잿더미가 될 수밖에 없을 것이라고 생각했다. 2차대전 후 일본 동경과 대판이 얼마나 무참한 꼴이 되어 있었던가. 동경과 대판을 폐허로 만든 그 경력자, 그 실력자가 서울을 노리고 있는 것이다.

태영은 플라타너스 나무 그늘에 멈춰 서서 남산을 보고 북악을 보았다.

'서울! 너는 정말 슬프다.'

라는 정념이 가슴에 괴었다.

'저주할 건 전쟁이다.'

라는 상념이 스치기도 했다.

황 노인은 윗도리를 벗어젖히고 혼자서 작업을 하고 있었다.

뜻밖에도 빨리 돌아온 태영을 보고 금방 얼굴을 폈다. 구슬 같은 땀을 수건으로 훔치며 그늘진 섬돌 위에 앉아,

"괜히 걱정을 했구먼."

하고 웃었다.

"걱정하실 게 뭐 있어요."

태영도 따라 웃었다.

"왜 걱정할 게 없어요. 사람도 겁나고 비행기도 겁나고······."

그때 계남이 쪼르르 달려왔다.

"할아버지하고 선생님하고 점심 잡수시러 오시래요."

조그만 입에 경어가 엮어지는 것이 귀엽기 한량없었다.

"우리 계남인 영리하고도 영리하구나."

태영은 계남의 머리를 쓰다듬어주고 손을 씻으러 갔다.

밥상에 보리밥이 있었다.

그게 반가워서 태영이 물었다.

"보리밥이 어떻게?"

"보리밥이 싫으시면······."

황 노인 부인이 더듬거렸다.

"아닙니다. 반가워서 그럽니다. 식은 보리밥을 찬물에 말아 풋고추를 된장에 찍어 먹고 싶었는데 그럴 겨를이 없었거든요."

태영이 찬물에 보리밥을 말며 한 소리였다.

황 노인 부인의 말은 이랬다.

"쌀밥 먹기가 죄스러워서 오늘 아침 학생 아가씨헌테서 쌀 두 되를 얻어갖고 가서 보리쌀 한 말과 바꿔왔지요. 식량을 늘려 먹어야 하지 않겠어요? 쌀 두 되가 보리쌀 한 말이니, 다섯 배로 늘려 먹을 수 있는 거라요."

태영은 좋은 생각이라고 칭찬하고 풋고추를 된장에 찍었다.

담장 밑에 밭을 일구어 고추를 비롯해 가지, 호박, 상추 같은 것을 심은 사람은 숙자였다. 괘관산에서 익힌 농사 기술을 그렇게 활용한 것이다. 덕택에 채소 부족을 느끼지 않고 지낼 수 있었다. 그런데 숙자는 쌀 갖고 보리 바꿔 먹는 재간은 없었다.

그날 밤 태영은 중앙통신의 기자로서 대전으로 가게 될지 모른다는 사정을 숙자에게 털어놓았다.

"그런데 이건 내 의사가 아니고 정치 보위부의 지시요. 거역하면 어떤 일이 생길지 몰라."

태영은 이렇게 덧붙이며 숙자의 비위를 거스르지 않으려고 했다.

숙자는 무표정한 얼굴로 듣기만 하더니

"사실은."

하고 다음과 같은 말을 했다.

"의과 대학 학생을 군의관으로 동원한다는 풍문이 돌고 있어요. 태영 씨가 걱정할까봐 말을 꺼내지 못했는데, 우리 어떻게 하면 좋죠?"

있을 수 있는 일이었다. 태영의 가슴이 쿵 내려앉았다.

기껏 태영이 할 수 있는 말은

"그럼 내일부터 학교에 나가지 마. 아프다고 드러누워버리면 되지 않을까? 내가 정치 보위부에 가서 그런 사정을 말해볼게."

"그 사람들에게 그런 핑계가 통할 것 같아요? 학교에서 선전 선동부 부장이 뭐라고 하는지 알아요? 조국 전쟁을 완수하기 위해선 송장도 굼틀거려야 한대요. 말라리아로 열이 난 여학생이 조퇴하려고 하니까 한 소리예요. 지금 탄환을 맞고 쓰러지면서도 기를 쓰고 싸우는 전사가 있는데 그쯤 병이 뭐냐고 악을 쓰더란 말예요. 나도 몇 번이나 꾀병을 앓으려고 했는지 몰라요. 지금 학교를 하루라도 쉬었다간 무슨 변을 당할지 몰라요."

지레 겁을 먹고 있는 숙자에게 태영의 말이 위로가 될 까닭이 없었다.

태영이 잠잠해져버리자 숙자가 불쑥 말했다.

"태영 씰 따라 대전으로 갈 수 없을까요?"

태영이 얼른 대답을 못한 것은, 당이나 상부 기관이 일개 기자가 아내나 약혼녀를 데리고 가는 것을 용서할 까닭이 없다고 생각했기 때문이었다. 그러나 상부에 얘기는 해보겠다고 얼버무렸다.

앞으로 전쟁은 치열의 도를 더해갈 것이니, 그렇게 되면 상황이 더욱 더 어렵게 될 것이 뻔했다. 아무튼 무슨 단안을 내려야 했다.

"태영 씨와 헤어져선 난 살지 못할 것 같애요."

하고 숙자는 표정을 굳히고 나직이 말했다.

"우리 어디로 도망가요. 아껴놓은 돈이 있으니, 어떤 시골에나 기어들어가 숨어 살면 되지 않을까요?"

"철부지 같은 소리 하지도 말아요. 우리가 숨어 살 곳은 없어."

"꽤 많은 사람이 숨어 살고 있는 모양이던데요."

"그러나 우리는 안 돼."

"숨어 살 수 있을 때까지 숨어 살다가 정 안 될 땐 우리 같이 죽어요."

"죽는 것도 사는 것만큼이나 힘들어."

하고 태영은 다락방으로 올라가버렸다. 전황을 알아보았자 소용없지만, 전황을 알아야 무슨 계획이라도 세워볼 수 있을 것 같았다. 보다도 태영은 단파 방송을 듣는 것이 버릇처럼 되어 있었다.

7월 18일 심야의 단파 방송을 듣고 만든 박태영의 메모는 ㅡ

- 미국 증원군 제1기갑 사단이 동해안 포항에 상륙했다.
- 유엔군 해군 부대는 동해안에서 준동하는 북한군에게 계속 타격을 가하고 있다
- 극동의 미 공군, 호주 공군, 미국과 영국의 함재기가 지상 부대와 호응해 전선 전역에 걸쳐 북한군의 교통선, 밀집 부대, 보급 시설을 분쇄하고 있다
- 북한 측 공군의 활동은 전연 없다. 북한군 보병 부대와 탱크 부대는 계속 유엔군 진지와 한국군 진지를 향해 증강 중이다
- 미국 해병대의 전과는 사살 160명, 다발총탄 14상자, 99식 실탄 68상자 노획. 유엔군 피해는 중상 2명, 경상 26명.
- 유엔 가맹국 중 20개국 대표가 한국 출병에 관한 회의를 워싱턴에서 개최했다.
- 맥아더 사령부는 일본 공산당 기관지 『적기』赤旗에 무기 정간 처분을 내렸다.
- 미국은 정식으로, 인도가 제안한 '한국전 종식안'을 거부했다.
- 북한군의 진격 속도가 급격히 약화된 사실은 주목할 만하다.

아닌 게 아니라 38선을 넘어 2, 3일에 서울까지 진격한 북한군이, 서울에서 대전까진 거의 20일이 걸린 것이다. 그만큼 유엔군의 저항이 강화되었다는 것이며, 비행기의 지원 없는 작전이 현대전에 효과적일 수 없다는 증명이기도 했다.

'혹시 인민공화국은 가망 없는 전쟁을 하고 있지 않을까.'

태영의 머릿속에 스며든 의혹이었다.

평양방송은 내일에라도 미군을 바닷속으로 쓸어넣을 것처럼 기고만장한 장광설을 늘어놓고 있었다.

태영은 그것이 2차대전 당시 일본 대본영의 전과 보도와 흡사하다고 느꼈다.


박태영을 포함한 30여 명에 대한 교육이 을지로3가에 있는 건물의 지하실에서 시작되었다.

첫째 과업은 신문에 나타난 김일성의 연설을 학습하는 것이고,

둘째 과업은 김일성의 항일 투쟁 경력을 학습하는 것이고,

셋째 과업은 취재와 기사 작성의 요령을 학습하는 것이었다.

• 취재 방침.

1. 영용한 인민 군대의 사기를 앙양하는 자료를 모을 것.

2. 전체 인민이 김일성 수령에게 바치는 충성 행위의 갖가지 자료를 모을 것.

3. 모든 인민이 공화국의 시책에 완전 협력하는 사실을 모을 것.

4. 반동을 적발하는 데 있어서 인민들의 호응 사실을 모을 것.

5. 의용군에 지망하는 청년들의 열기가 얼마나 팽배한가를 알리는 사실을 모을 것.

6. 필승의 신념을 인민 모두가 갖도록 하는 사실을 모을 것.

- 기사 작성의 요령.
1. 모든 영광이 김일성 수령에게 귀일하도록 할 것.
2. 인민 군대를 찬양하는 표현에 있어선 최상급의 표현을 할 것.
3. 당 사업의 성공을 쓸 때도 최상급의 표현을 할 것.
4. 기사는 반드시 당 선전 선동과의 사전 검열을 받을 것…….

박태영은 천편일률의 학습을 받으며 문득문득, 어린애 장난도 유만부동이란 생각이 떠오르는 것을 어쩔 수 없었다.

김일성을 들먹일 땐

'위대하시고 영명하시고 천재적이신…….'

하는 따위로 세 번은 최상급의 형용이 거듭되어야 한다는 것이며, 스탈린을 들먹일 땐

'인류의 태양이시며, 절세의 영웅이시며, 약소 민족의 해방자이시며, 우리 해방의 은인이신…….'

하는 따위의 표현이 필요 불가결하다는 강의를 듣자니, 정신 병원에 들어온 것이 아닌가 하는 환각을 느끼기조차 했다.

그뿐만 아니라 남한 인민이 김일성에게 충성을 바치는 사실이 미리 계획되어 있어서 놀라지 않을 수 없었다.

일례를 들면—

"충청북도 ××군 ××면 ××리에서 사는 김복동 농부는 영명하시고 위대하시고 인자하신 김일성 수령에게 헌상할 계획으로 자기 소유의 논 스무 두락 가운데 다섯 두락에 심은 벼를 청정하게 재배 관리하

고 있는바, 그렇게 작정된 논에는 인분 등 불결한 물질이 들어가지 않도록 세심하게 노력하고, 새가 날아와 작황에 손실을 일으키지 않게 불철주야 감시를 게을리하지 않는다."

요컨대 이런 사실을 취재해서 기사로 쓰라는 것이었다.

그런 사실이 없으면 만들어서라도 감격적인 기사를 쓰라고 했다. 그러면 그 기사에 촉발되어 그런 사실이 생겨나게 된다는 것이었다. 이러한 지시로, 그들의 취재 방침이 어떤 것인가를 짐작할 수 있었다.

"선사실 후보도만이 사실 보도가 되지는 않는다. 선보도 후사실도 역시 사실 보도일 뿐 아니라, 적극적 교육적 모범적인 성과로 해서 진실로 사회주의 보도 정신이 된다. 이것이 곧 사회주의 리얼리즘과 통한다. 사회주의 리얼리즘이란 노동자, 농민, 인민 군대, 당 일꾼들의 장점과 미점을 제시하는 데 그 본질이 있다. 그러니 선보도 후사실은 권장되어야 한다."

김일성대학의 교수란 직함을 가진 자가 한 말인데, 결국 없는 미담이라도 만들어 보도하면 그 미담에서 자극을 받아 그런 미담적인 사실이 생겨난다는 것이었다.

박태영과 같이 학습을 받는 사람 가운데 태영과 경성대학 철학과에 같이 다닌 신용우가 있었다.

어느 날, 학습이 끝나 밤길을 함께 돌아오게 되었는데 신용우가

"난 여태껏 사회주의 리얼리즘이 뭔가 알 수 없었는데, 김일성대학 교수의 강의를 듣고서야 홀연 깨닫게 되었다."

라고 했다.

태영은 신용우가 빈정대는지 본심으로 말하는지 분간할 수 없어서

"그럼 사회주의 리얼리즘을 실천할 용의가 있느냐?"

라고 물었다.

"내가 깨달았다는 것은, 사회주의 리얼리즘은 내 능력 저쪽에 있다는 사실을 깨달았다는 뜻이야."

하고 신용우는 기어들어가는 소리를 했다.

"그건 나도 동감이다."

박태영이 말하자 신용우는 침통하게 중얼거렸다.

"차라리 의용군에 지망해 나가서 콱 죽어버리고 싶다."

"죽는 걸 서둘 필요는 없지 않은가."

"아무래도 나는 부르주아 철학을 청산하지 못하고 있는가봐."

"무슨 뜻인가."

"아무리 가치가 혼란스러워졌다고 해도 진선미의 가치는 부동한 게 아니겠나. 우리의 손에 잡히진 않아도 진리는 있는 거여. 선도 있고 미도 있어. 그 관념에서 나는 벗어날 수가 없어. 계급에 봉사하는 것도 진리의 방향에서가 아니면 보람이 없을 뿐 아니라 유해무익하다고 나는 생각해. 거짓말을 하는 것이 계급에 봉사하는 것이 될까?"

전쟁이 있기 전이라면 박태영에겐 할 말이 많았다. 관념론 철학이 말하는 진리의 한계에 관해서, 실상에 관해서 얼마든지 토론할 수 있었다. 그러나 지금의 박태영은 신용우의 말에 반대할 정열을 이미 잃었다. 그들이 현재 받고 있는 학습이란 것이 계급에 봉사하는 목적과도 너무나 괴리되어 있기 때문이었다.

어느 개인을 무작정 숭배하는 것은 관념론으로도 불가능했다. 관념론으로조차도 불가능한 짓을 어떻게 유물론 신봉자들이 감행할 수 있는가 말이다.

필요에 따라 복종을 요구한다면 그만이다. 당의 승리를 위해서 김일

성의 영도가 필요하다면 그만이다. 그로써 충분히 이해할 수 있다. 그런데

'위대하시고 영명하시고 영웅적이신…….'

하는 따위의 수식어가 무슨 필요가 있는가 말이다. 박태영은 신용우의 고민을 이해할 수 있었다. 그러나

"신군의 말뜻을 알 것 같다."

라고만 했다.

한참 묵묵히 걷다가 신용우가 물었다.

"박군, 보성고등학교 교사로 있는 이 선생 알지요?"

"알지."

"그분이 사흘 전에 붙들려갔어요. 어제 사모님이 죽을상을 하고 오셨더먼."

"무슨 일일까?"

"반동이란 거지, 달리 이유가 있을라구. 워낙 깐깐하고 보수적인 성격이거든."

"특히 우익적인 행동이 있지는 않았겠지?"

"그분이 분에 넘친 행동을 할 까닭이 있나. '학생은 공부를 해야 한다. 정치 운동을 하면 안 된다.'라는 식으로 가르친 것이 반동이라고 몰린 이유의 전부가 아니겠소."

"요는 좌익이 아닌 것만은 사실이겠지?"

"좌익일 수야 없지. 그렇다고 치더라도 그런 이유로 사람을 붙들어 간다는 건 너무하지 않아? 학교마다 학교 운영 위원이란 게 있는가봐. 그 운영위원회에서 고발했다고 했어. 사상이 달라도 같은 직장에 있는 동료를 감싸줄 줄은 알아야 할 텐데."

"그런 마음의 여유 같은 게 있을 수 있는가. 모두 자기 신변을 위태롭게 느끼고 있는 판이니."

"많은 사람들이 붙들려 있는 모양이야."

하고 신용우는 한숨을 쉬더니 탄식하는 투가 되었다.

"관대할 수 없을까. 대한민국 시절의 일은 일체 불문에 부치는 관용이 없을까. 그렇게 해도 전쟁 수행에 아무런 지장도 없을 텐데 말야. 되레 유리할 텐데."

이 의견에도 박태영은 동감이었다. 세상을 각박하게만 만드는 정책이 좋을 까닭이 없다.

박태영은 자기가 당한 일을 얘기할까 하다가 그만두었다.

"아아, 가슴이 답답해."

하고 중얼거리며 신용우는 원서동 쪽으로 걸어갔다.

내성적인 신용우가 그렇게 말을 많이 했다는 것은 이상했다. 동시에 박태영은 왠지 모르게 불안을 느꼈다. 내성적인 사람이 불만을 터뜨리면 무슨 행동을 할지 모르기 때문이었다.

박태영 등에 대한 학습은 언제 끝날지 몰랐다. 대전을 점령했다는 평양방송이 있은 지 5일이 넘었는데도 배치 명령을 내리지 않는 것을 보면, 그 지역은 아직도 전투 사태에 있는 것이 확실했다.

그러는 동안에도 중요한 일이 있었다.

7월 20일엔 맥아더의 작전 전망에 대한 성명이 있었다.

1. 한국전쟁은 제1단계를 넘어섰다.
2. 북한이 승리할 기회는 완전히 상실되었다.

3. 한국에 평화가 회복되고 한국의 주권이 확립될 때까지 유엔군은 계속 주둔할 것이며 한국을 도울 것이다.

이날 미 국무성의 대한백서가 발표되었다. 한국에 대한 소련의 정책을 비난하고 한국을 위해 계속 싸우겠다는 미국 정부의 의지를 재확인한 것을 요지로 했다.

이날 전주가 북한군에 점령되었다.
7월 22일 방송에 의하면, 딘 소장이 대전 지구에서 20일 이래 행방불명되었다고 했다.
7월 23일 북한군은 광주를 점령했다.
동시에 북한군은 중부 전선과 동해 전선에서도 진출이 현저했다.
그런데 왜 미국에선 38선 이북 진공론을 제기할까.
7월 26일 미군이 영동과 영주에서 철퇴하고 북한군이 남원과 여수를 점령했다고 하니, 전라남북도는 완전히 북한군의 장악하에 들어간 셈이다.

7월 27일 박태영은 통신사로부터 명령을 받았다.
8월 2일까지 대전에 도착해 대전 시당을 찾아가서 지시를 받으란 내용이었다. 대전 지사 책임자와 무전사는 이미 출발했다고 했다.
태영은 안희수를 찾아갔다. 그리고 단도직입적으로 말을 꺼냈다.
"내게 약혼한 여자가 있는데 대전으로 데리고 갈 수 없겠습니까?"
"전쟁에 나가면서 약혼녀를 데리고 가는 경우가 있소?"
하고 웃고 안희수가 덧붙였다.

"대전에 가면 통신사 일꾼들은 아마 합동 생활을 해야 될 거요. 당분간 월급 같은 것도 없을 터이니 가족 동반은 사실상 불가능하오."

"같이 살지 않아도 되고 생활은 그녀 혼자서 해나갈 수 있다면 같이 가도 되지 않겠습니까?"

"그렇다면야 무방하겠죠."

하고 안희수가 물었다.

"박 동무의 약혼녀는 지금 무슨 일을 하고 있지요?"

"학생입니다. 별로 하는 일이 없는 줄 압니다."

"학생이 왜 하는 일이 없겠소. 대학생이겠죠?"

"그렇습니다."

"그렇다면 학생 민청의 일이 있을 거요. 데리고 가고 싶거든 학생 민청의 허락을 받으시오."

"알겠습니다."

하고 나오려는데, 안희수가 태영을 잠깐 자리에 앉으라고 하고 물었다.

"박 동무, 신용우하고 같은 학교에 다녔다죠?"

"그렇습니다만."

"며칠 전부터 그 사람이 나오지 않습니다."

아닌 게 아니라 합동 학습이 끝나고 태영은 신용우를 본 적이 없었다.

"신용우는 전주로 가게 돼 있는데."

안희수는 난처한 얼굴을 했다.

"상부나 다른 기관에 알리면 문제가 크게 되니까 되도록이면 내부에서 수습하고 싶은데 무슨 방법이 없겠소?"

"신용우의 주소를 알면 내가 한번 찾아가보지요."

"어제 사람을 시켜 집에 찾아가게 했는데, 주소로 되어 있는 집이 텅 텅 비어 있더래요. 이웃에 물었더니 전쟁 이후 그 집엔 사람이 살지 않았다는군요."

"주소가 어딥니까?"

하고 명부를 보았더니, 신용우의 주소는 효자동으로 되어 있었다.

태영이 일전에 신용우와 헤어진 곳은 원서동 입구였다.

"내가 한번 찾아보겠습니다."

"그렇게 해주시오. 박 동무가 찾아내기만 하면 문제 제기를 않겠소."


닷새째 장마가 계속되었다.

박태영은 양산을 받쳐 쓰고 원서동 일대를 어슬렁어슬렁 걸었다.

대부분의 집은 문을 굳게 닫았고, 가끔 중년 이상의 부인들이 이 골목에서 나와 저 골목으로 빠지는 모습을 볼 수 있을 뿐, 무인의 거리나 다를 바 없었다.

비가 오는데도 멀리서 가까이서 비행기의 폭음이 들려왔다. 태영은 어젯밤 들은 미군의 단파 방송을 상기했다.

미군 폭격기가 평양, 원산, 함흥의 공장 지대를 맹폭 중이라고 했다. 출격한 미국, 호주의 비행기가 어제 하루만으로 3백 대가 넘었다고 하니, 비행기 한 대 없는 북한군이 어떻게 싸우는지 상상조차 할 수 없었다.

그런데도 경상남도 진주까지 북한군이 진격했고, 며칠 전 하동 지구 전투에서 한국 육·해·공군 사령관 채병덕 장군이 전사했다고 했다.

'쇳덩어리와 육탄의 전투.'

이런 말이 생각나기도 했다.

박태영은 이 골목 저 골목을 기웃거리다가 문이 반쯤 열려 있는 집을 발견했다. 혹시나 하고 그 집에 들어선 박태영은 거기 전개되어 있는 광경을 보고 아찔했다.

마루 위에 빈사 상태가 된 사람이 축 늘어져 있고, 그 옆에 늙은 할머니와 할아버지가 넋을 잃은 채 앉아 있었다.

"어떻게 된 겁니까."

태영은 조심스럽게 물었다.

"보면 알 게 아니오."

노인의 눈이 허공을 헤맸다.

"중병자인 모양인데 병원으로 데리고 가야지요."

태영이 자기가 업고 병원으로 가려고 말했다.

"이미 늦었소. 방금 숨이 끊어졌소."

노인이 한숨을 쉬었다.

"혹시 영감님의 아들입니까?"

노인은 고개를 저었다.

"우리 집 아랫방에 세 들어 있는 사람인데, 아까 피란처에서 돌아와 민청인가 하는 패들에게 당했다오."

"괜히 당했단 말입니까?"

"민청원들이 노력 동원으로 데리고 가려고 하니까 이 사람이 거절했죠. 가족들이 굶어 죽게 돼서 세간이라도 팔려고 온 사람을 어디로 데리고 가려 하느냐고 반대했더니 모두들 몽둥이를 들고 덤벼들어 이 모양으로 만들어놓았소."

"가족은 지금 어디 있는데요?"

"양수리 근처에 있다고만 들었소."

태영은 뭔가 돕고 싶었지만 엄두가 나지 않았다. 한동안 묵묵히 서 있다가 물었다.

"혹시 신용우란 사람 아십니까?"

"그런 사람 모르오."

태영은 할 수 없이 그 집에서 나와, 거리가 끝나고 산이 시작되는 곳까지 갔다. 공연한 짓인 줄 알면서도 그냥 돌아설 수가 없었던 것이다.

산을 반쯤 기어올랐다.

비가 멎어 전망이 트였다.

서울 시가가 눈물에 젖어 있는 느낌이었다.

태영은 설혹 신용우를 만난다고 해도 할 말이 없을 것이란 사실을 깨달았다. 신용우가

'통신사에 나가지 않겠다. 나는 숨어서 살 작정이다.'

라고 하면, 무슨 말로 타일러서 신용우를 통신사로 데리고 갈 수 있겠는가. 순순히 설득당해 통신사로 갈 사람이 무단 결석을 4, 5일이나 하겠는가.

치졸하건 설익었건 신용우는 철학도이다. 자기에게만이라도 충실하겠다는 것이 철학도의 면목이 아닌가. 내성적인 신용우는 지금쯤 죽음을 각오하고 있는지 몰랐다. 마음에도 없는 '위대하시고 영명하시고 애국자이신 김일성 장군께서······.' 따위의 문장을 꾸밀 인간이 아니다.

'그렇다면 나는 뭔가.'

박태영은 공화국의 승리에 한 가닥 기대를 걸고 있었다. 그 기대 때문에 때론 마음에도 없는 글을 쓸지 몰랐다.

'그러한 나를 신용우는 비겁한 놈이라고 하겠지. 그 경멸을 나는 견디어낼 수 있을까.'

박태영은 암담한 마음으로 발길을 돌렸다.

허망한 정열

박태영의 보고를 듣자 안희수는

"이 일을 어떻게 헌담."

하고 침통한 얼굴이 되더니 말했다.

"내 책임하에 비밀 학습을 받은 사람이 없어졌다면 이건 큰 사건입니다. 나는 정치 보위부와 당에 자기 비판서를 내고 처분을 기다려야 합니다."

"그처럼 중대한 문제입니까?"

"아마 정치 보위부는 나를 용서하지 않을 겁니다. 비밀 학습은 누구나 받을 수 있는 게 아니거든요. 이로써 나는 파멸입니다."

"전쟁 중이니 어쩌다 사람이 없어질 수도 안 있겠습니까? 임지로 가는 도중 비행기의 폭격을 맞을 수도 있을 테니까요."

안희수의 표정이 너무나 침통해서 태영이 해본 소린데, 안희수는 그 말에서 일루의 활로를 얻었는지 고개를 들고 말했다.

"박 동무, 비밀을 지킬 수 있겠소?"

"지켜드리지요."

태영이 힘주어 말했다.

"그럼 이렇게 합시다. 박 동무가 전주로 가주시오. 신용우는 대전으로 간 것으로 해둡시다."

"그렇게 해도 되겠습니까?"

"대전엔 인원이 많아, 한 사람쯤 빠져도 사업에 그다지 지장이 없을 겁니다. 그렇지만 전주의 사정은 그렇지 않습니다. 전주에서 신용우를 기다리고 있을 테니 박 동무가 가서 대신 왔다고 하면 될 거고, 대전에서 연락이 오면 박 동무 대신 신용우를 보냈다고 하면 어떻게 해결의 실마리를 찾을 수 있겠지요."

그러면서도 안희수는 얼굴에서 수색愁色이 떠나지 않았다.

전주로 가게 된 것이 좋은 일인지 나쁜 일인지 분간할 수 없었지만, 그 때문에 며칠 더 서울에서 머물 수 있게 된 것은 다행이었다.

오랜 장마가 걷히고 8월 1일엔 햇빛을 볼 수 있었는데, 더위가 절정을 향해 기어올랐다.

통신사에서 나온 박태영은 수송국민학교 앞을 지나다가 많은 사람들이 닫힌 교문 밖에 모여 있는 것을 보고 발을 멈췄다.

닫힌 교문 양쪽에 인민군 병사가 서서 접근하려는 사람들을 막았지만, 몰려든 사람들은 좀처럼 물러서려고 하지 않았다.

"무슨 일입니까?"

태영이 옆에 있는 노파에게 물었다.

"의용군으로 데리고 간대요."

하며 노파가 울먹거렸다.

"아들이 저 안에 있소?"

"있는지 없는지 모르겠어요. 사흘 전에 온데간데없어져서 찾아 나섰는데, 누군가가 의용군으로 끌려가지 않았을까 해서 와보았시유. 그런데 안으로 못 들어가게 하는구먼요."

노파는 얼굴이 땀과 눈물로 질퍽이 젖어 있었다.

"이름이 뭡니까? 아들 이름 말입니다."

"송홍구라고 해요."

"송홍구, 송홍구라. 그럼 할머니, 여게 그대로 서 계십시오. 내 안에 들어가 보고 올게요."

박태영은 군중의 틈을 비집고 보초 앞으로 가서 중앙 통신사의 신분증을 꺼내 보이고 말했다.

"취재하러 왔소."

보초 병사는 무표정한 얼굴로 통용문을 열어주었다.

교정 저만큼에 수백 명은 되어 보이는 장정들이 뙤약볕을 쐬며 웅크리고 앉아 있었다. 이미 선별 작업이 진행되고 있는지, 앞줄부터 차례차례 일어서서 교사 안으로 들어가고 있었다.

태영은 지휘자로 보이는 군관 앞으로 다가가서 중앙통신사에서 왔다고 하고,

"송홍구란 청년을 불러주십시오."

하고 부탁했다.

"그 사람을 왜 부르라는 거요?"

군관의 말투가 퉁명스러웠다.

박태영은 엉겁결에 말했다.

"그 사람은 무전 기술자입니다. 우리가 필요로 하는 사람입니다."

그러자 군관이 단으로 올라가서

"송홍구란 사람 있으면 나오라."

라고 세 번 되풀이했다.

"송홍구란 사람은 여기 없는 것 같소."

하더니 군관은

"교실에 들어간 사람 가운데 있을지 모르니 교실을 한번 둘러보시오."

하고 뜻밖에 친절한 말을 했다.

복도 쪽의 창이 열려 있어서 교실에 들어가지 않고도 장정들의 얼굴을 볼 수 있었다. 교실마다 책임자가 있었다. 책임자에게 양해를 구하고 태영이 직접 '송홍구'의 이름을 부르며 찾았다.

둘째 교실에 이르렀을 때였다.

"박 선배님."

하는 소리가 바로 유리창틀 아래서 났다. 누군가 하고 보았더니 안면이 있었다. 그러나 이름을 기억할 수 없었는데, 순간 그의 얼굴에서 옛날 중학교 시절의 동급생 주영중의 얼굴을 연상했다.

'주영중의 동생이로구나.'

박태영은 그에게 눈을 껌뻑여 신호를 보내고

"송홍구, 거게 있었구나."

하고 불러냈다.

책임자가

"이 사람이 송홍구요?"

하고 박태영에게 말했다.

"이 사람을 데리고 가려거든 바깥에 있는 군관 동무의 승낙을 받아요."

"송홍구, 조금 기다려."

하고 태영은 바깥으로 뛰어나가 아까의 그 군관에게 송홍구를 찾았다며, 그를 데리고 갈 수 있도록 허락해달라고 부탁했다.

군관은 태영의 신분증을 한 번 더 살펴보더니 호주머니에서 전표 같은 것을 꺼내 '송홍구를 무전 기술자로 차출한다. 의용군 징집책 양광모'라고 쓰고 묘한 사인을 하더니 그 전표를 태영에게 건넸다.

송홍구 아닌 송홍구를 데리고 나오며 나직이 물었다.

"너, 주영중 군의 동생이지?"

"예, 그렇습니다. 박 선배보다 3년 후배입니다. 수재로서 박 선배의 이름이 너무 높이 나 있어서 우리 후배들은 박 선배를 잘 기억하고 있습니다."

박태영은 주상중을 데리고 교문을 나섰다. 아까의 노파는 그냥 그 자리에 서 있었다.

"할머니 아들은 이곳에 없습니다."

수심에 잠긴 노파에게 이르고 태영은 주상중과 함께 중학동으로 빠졌다.

"자네 집이 어딘가?"

"누상동입니다. 그러나 집으로 갈 수 없어요. 또 붙들릴 테니까요."

"그럼 내 있는 곳으로 가자. 아까의 쪽지 잊지 말고 가지고 있어."

"예."

주상중의 말에 의하면, 주영중은 국군에 입대해 대대장으로 있었는데, 지금은 어디에 있는지 모르고 생사 여부도 모른다고 했다.

주영중은 중학교 시절 창씨 개명 명령이 있기도 전에 사쿠라이 노부오란 일본식 이름을 지어 뽐내던 단순한 성격의 학생이었다. 일본 학병으로 가서 갑종 간부 후보생으로 뽑혀 육군 소위로 임관되어 해방을 맞이했다. 해방 후 돌아와서 그때 창설된 국방 경비대에 입대했다. 일본군 장교가 한국군 장교로 변신한 것이다.

"자네가 한국군 장교의 동생이란 것을 알면 무사할 수 없지 않겠는가."

"그렇습니다."

"나는 내일모레 통신사 요원으로 전주로 간다. 무슨 꾀라도 내어갖고 같이 전주로 가자. 전주에 가서 숨어 있을 곳을 찾아보자."

"고맙습니다."

이런 말을 주고받으며 명륜동 집으로 갔다.

박태영은 안희수와의 비밀 협정을 미끼로 주상중과 김숙자의 통신사 요원증을 얻어낼 수 있었다.

이렇게 해서 세 사람이 전주까지의 5백 리 길을 걷기 시작한 것이 8월 4일.

그때까지 태영이 단파를 통해 청취한 전황은 다음과 같았다.

• 한국군은 계획적으로 16킬로미터에서 32킬로미터까지 후퇴해 낙동강 굴절부에서 미군 우익 부대와 합류했다.
• 한국군은 북한군의 포격을 받았으나 사기는 왕성해 총공격 명령을 대기 중이다.
• 북한군은 낙동강변 및 부산과의 거리 40마일 지점까지 진출.
• 미군 제24사단, 진주 동북 지방 점령. 북한군 4개 대대를 격퇴. 북한군의 손해는 사살 6백, 포로 18.
• 2척의 영국 군함이 북한의 유조 탱크, 공장, 철도, 부두에 함포 사격을 가해 큰 손실을 주었다.
• 미 극동 공군과 호주 공군의 출격 4백여 회, 함흥 화학 공장에 4백여 톤의 폭탄 투하.
• 미국 트루먼 대통령, 병력 제한 폐지 법안에 서명했다.
• 미국 정부는 유엔군이 한만 국경韓滿國境까지 진격할 뜻을 시사했다. 공격을 38선에서 멈추면 북한이 재침할 우려가 있다는 것이 이유이다.
• 일부 언론은 북한의 남침이 한국에 통일 정부를 수립하게 하는 계기가 되었다고 논평했다.
• 영국 국방성은 한국의 전투에 보내기 위한 의용병을 모집하겠다고 발표했다.

조선 중앙통신 전주 지사의 인적 구성은 다음과 같았다.

지사장　김상원

보도과장　이태

무선 통신사　고학진

기자　구영근

여기에 박태영이 끼인 것이다.

지사장 김상원은 전주 출신으로, 월북했다가 전쟁이 발발하자 평양에서 내려온, 당성이 강한 만큼 인간적으론 삭막한 성격의 소유자였다.

보도과장 이태는 서울에서 비합법 운동을 하다가 이번에 보도과장 임명을 받은 사람으로, 미남형에 속하고 교양도 꽤 있어 보였다. 성격이 퍽 유순하고 화술이 능란했다.

구영근 기자와 고학진 통신사는 이북 사람으로, 둘 다 성격이 괄괄했다.

박태영은 전주에 도착해서 이튿날부터 근교 농촌 취재에 나섰다.

그땐 현물세 징수에 관한 계몽 운동이 시작되어, 당 일꾼들의 활동 상황과 농부들의 반응을 취재하는 것이 목적이었다.

"지주들의 착취에 허덕이던 농민들이 비로소 자기 토지를 갖게 되었으니 얼마나 기쁠까. 그 기뻐하는 모습을 취재하면 되는 거죠."

지사장 김상원은 이렇게 말했으나 실태는 달랐다.

농지 개혁은 이승만 정권 시절에 시작되어, 대부분의 농민들은 이미 자기 몫의 토지를 가지고 있었고, 소출의 3할 정도를 매년 납부해 5년이 지나면 명실 공히 자기 토지를 갖게 되어 있었다. 그래서 공산당의 토지 개혁은 신선한 매력을 잃고, 이승만 시절엔 3할을 바쳐야 했던 것이 2할 5부를 바치면 된다는 사실도 따지고 보면 반가운 일이 아니었다. 이승만 시절의 세금은 소출의 3할이었지만 과세 대상의 평량이 훨씬 너그러웠다. 예를 들어 2백 평 한 두락의 수확이 다섯 섬이라면 넉 섬 반쯤으로 보아주었다. 그런데 공산당은 수확량을 웃돌도록 평량했다. 다섯 섬밖에 안 될 수확을 언제나 1할쯤 가산해서 책정했다. 그러니 공산당 치하의 25퍼센트가 이승만 시절의 30퍼센트보다 많게 되었다.

그뿐만 아니라 이승만 시절엔 논의 벼만을 과세 대상으로 하고 보리나 밀은 제외했는데, 공산당은 밀과 보리는 물론이고 조, 강냉이, 수수, 심지어는 논두렁에 심은 콩까지, 즉 모든 잡곡도 빼놓지 않고 수확량의 25퍼센트를 바치라는 것이었다.

박태영은 정읍井邑 근처 마을의 어느 노인과 단둘이 정자나무 그늘에서 얘기할 기회를 가졌다.

먼저 말을 건 사람은 박태영이었다.

"금년 농사는 어떻게 되겠습니까?"

"이대로 가면 풍년이 되겠지만……."

노인은 우물우물 말꼬리를 흐렸다.

"풍년이 되겠지만 어떻단 말씀입니까?"

태영은 담배를 노인에게 권했다.

"풍년이면 뭣 하겠소. 사람이 마구 죽어가는 판국에."

노인의 말엔 한숨이 섞여 있었다.

"그런 판국이라도 농사는 잘돼야 할 것 아닙니까?"

노인은 대답이 없었다.

태영은 노인이 자기를 잔뜩 경계하고 있다는 것을 눈치챘다. 아무도 믿지 못할 세상이 되어 있었던 것이다.

태영은 노인의 경계심을 풀 겸,

"아무래도 공산당이 너무하는 것 같애."

하고 중얼거렸다.

노인의 얼굴에 긴장이 돌았다.

태영이 말했다.

"현물세를 소출의 2할 5부나 바치라는 것은 아무래도 심해. 그나마 잡곡까지도 소출의 할부를 바치라고 하니 농민들이 견디어낼 수 있겠습니까?"

노인의 눈에 공포의 빛이 있었다. 주위를 두리번거렸다.

인근에 인기척이란 없고, 아득히 저쪽 산자락까지 푸른 수전水田이 펼쳐져 있을 뿐이었다. 동산에서 매미 소리가 요란했다.

"농민을 위한다는 공산당이 어찌 그럴 수 있을까."

태영이 혼잣말처럼 다시 한번 중얼거렸다.

"누가 들을라. 말조심하시오."

노인의 나직한 소리였다.

"여겐 아무도 없으니까 하는 소리 아닙니까."

"낮말은 새가 듣고 밤말은 쥐가 듣는다오."

태영은 부러 겁에 질린 듯한 표정을 짓고 전후좌우를 살펴보는 척했다.

그리고 물었다.

"영감님은 농사를 얼마나 하십니까?"

"여남은 마지기 짓소."

"대강 소출이 얼마나 되겠습니까?"

"평년작으로 벼 서른 섬쯤은 나지요."

"농지 대금 상환으로 매년 얼마를 냈습니까?"

"열 섬가량 냈소."

"그럼 살기가 군색하겠군요."

"그러나 보리 농사가 있고, 채소 농사가 있고, 닭과 돼지도 키우고 했으니까 그럭저럭 살 수 있었소."

"이승만 시절엔 한 해에 벼 열 섬만 내면 되었단 말입니까?"

"그렇진 않았소. 잡부금이란 게 있었소. 청년단비다, 수리 조합비다, 경찰 부조금이다 해서 받아가는 게 많았지. 그러나 우리 같은 가난한 농부가 낼 수 있는 돈이란 뻔하지."

"인민군이 온 후엔 어떻게 되겠소."

"아직 현물세란 걸 내보진 않았지만, 그들이 작정하는 것을 보니 가당찮을 것 같애유. 2할 5부라고 하지만 수확량을 웃돌도록 책정했으니 벼 열 섬은 내야 할 거고, 감자나 고구마, 보리도 수확량을 웃돌도록 매겨놓았으니까 대부분 가져갈 것이고, 돼지 한 마리, 닭 몇 마리도 바쳐야 할 거구."

하더니 노인은 한숨을 쉬고 또 한 번 주위를 두리번거렸다.

"그럼 대단한 부담이 되겠구려."

태영이 말을 끼웠다.

"이승만 시절의 갑절이나 내야 할 것 같소. 그런데 말유."

하고 노인은 덧붙였다.

"아직 익지도 않은 감을 세고, 밭에 가서 호박을 세더란 말요."

"감을 세어요?"

"감도 2할 5부, 호박도 2할 5부 내야 한다는 거요. 우린 그런 꼴 처음 봤소. 그런데다 사람들이 어떻게 빡빡한지 말도 못 해요. 참말 앞으로 살아갈 일이 막막하오."

"김일성 장군이 오죽 잘 보살펴주겠소."

태영이 냉소를 섞어 말했다.

"김일성 장군이?"

노인은 어이가 없다는 듯 웃더니 물었다.

"참, 당신은 무얼 하는 사람이오?"

"나는 통신사 기잡니다."

"통신사?"

"말하자면 신문 기자지요."

"북에서 왔수?"

"천만에요. 서울서 왔습니다."

"전쟁 전에도 신문 기자를 했소?"

"아닙니다. 의용군 피하려고 신문 기자가 됐죠."

태영은 노인을 안심시키기 위해 마음에도 없는 소릴 했다.

"신문 기자라면 세상 돌아가는 꼴을 잘 알겠구면. 전쟁은 지금 어떻게 되어가고 있소?"

"전라남북도, 충청남북도, 경상북도 일부, 경상남도 일부를 북한군이 점령한 모양입니다."

"그럼 마지막도 얼마 남지 않았겠구만."

"글쎄요. 그렇게 쉽게 될 것 같진 않습니다. 유엔군의 저항이 자꾸만 강해지는 모양이니까요."

노인은 말없이 그저 한숨만 쉬었다. 태영이 물었다.

"헌납미 운동은 어떻게 되어 있지요?"

"인민위원횐가 뭔가에서 김일성 장군에게 쌀을 헌납하라고 야단을 하지만, 현물세 내고 나면 식량할 것도 모자라는 판이니 선뜻 얼마를 내겠다고 할 수 있겠소."

"그럼 이 마을엔 헌납하는 사람이 없겠네요."

"몇 사람 있긴 해요."

"어떤 사람들인데요?"

"남쪽으로 피란 간 사람이 있는 집들이지."

"아들이나 형제가 대한민국 국군이나 경찰에 있는 집들은 어떻게 되었습니까?"

"그 사람들은 맞아 죽었거나 붙들려 갔거나 해서 마을에 있지 않소."

"영감님 가족 가운덴 탈을 당한 사람이 없습니까?"

"내 가족은 단출하니까 그런 일을 당하지 않았소만, 친척 가운덴 더러 있소."

태영은 한나절이나 이런저런 얘기를 주고받다가, 헌납미를 내려는 집이 어디에 있는가를 물어보고 일어섰다. 그리고 노인을 안심시키기 위해

"오늘 우리가 나눈 이야기는 아무에게나 하지 마십시오."

하고 그 자리를 떠났다.

찌는 듯 더운 날이었다.


태영이 대학 시절 독서회를 같이한 친구 가운데 최영덕이란 전주 출신이 있었다. 다행히 메모해둔 주소가 있었다. 최영덕의 집은 남문 밖에 있었는데, 최영덕은 서울에서 내려오지 않았고, 그의 노부모만이 집을 지키고 있었다.

태영이 아들의 친구라고 하자 노부모는 반겨주었다. 그 집에 주상중

을 맡겼다. 노부부는 최선을 다해보겠노라고 약속해주었다. 박태영은 주상중에 관해선 일단 마음을 놓을 수 있게 되었다.

박태영과 김숙자는 보도과장 이태의 각별한 배려로 합숙소에서 나와 어느 민청원 집 아랫방에 세들 수 있었다. 거기서 태영은 통신사에 출근하고, 김숙자는 그 동의 부녀동맹 일을 돕기로 했다.

그런데 태영은, 안심하고 단파 방송을 들을 수 없어서 답답했다. 통신사 요원이란 신분증이 있기 때문에 단파 라디오를 전주까지 가지고 오는 덴 지장이 없었지만, 한길과 엷은 벽을 격한 방에서 밤중에 영어 방송을 들을 순 없었다.

부득이 전황은 평양방송과 서울에서 보내오는 무전을 통해 확인할 수밖에 없었는데, 그 방송 내용이 과거 일본의 대본영 발표를 닮아, 사실 여부를 확인하기가 어려웠다.

북한군 총사령부의 발표대로라면, 북한군은 연전연승이고 유엔군은 전투마다 궤멸되고 있으니 벌써 부산을 점령하고도 남을 터인데, 그렇지 않은 것을 보면 전선은 어느 선에서 교착되어 있음이 분명했다.

박태영은 더러는 구영근과 함께, 더러는 단독으로 김일성에게 대한 인민의 충성스러운 행동을 취재하고 다녔으나, 당에 보낸 원고가 한 번도 돌아온 일이 없고, 『노동신문』이나 『인민보』에 게재된 일도 없었다.

어느덧 8월도 중순이 되었다.

8월 15일 해방 기념 축전이 서울에서 있었고, 전주를 비롯한 점령지 도시에서도 있었다.

그날 밤 지사장 김상원과 기자 구영근은 전주중학 교정에서 베풀어진 기념 축전에 참가하고, 보도과장 이태와 태영은 무전사와 함께 서울 방송을 듣고 있었다.

「김일성 장군의 노래」, 「스탈린 대원수의 노래」, 「인민 군대의 노래」가 울려퍼지더니, 이윽고 김일성의 연설이 있었다. 이어 시 낭독이 있었는데, 가장 인상적인 것은 이용악이란 시인의 작품이었다.

"원수의 가슴팍에 탱크를 굴리자."

가만히 듣고 있더니 이태가 중얼거렸다.

"시는 원래 평화를 노래하는 평화적인 것인 줄만 알았는데……."

그러자 무전사 고학진이 거칠게 받았다.

"보도과장 동무, 지금은 전쟁이 아닝기요. 시인도 전쟁에 복무하는 기라요."

"누가 그런 걸 모르나?"

"그런데 왜 보도과장 동무는 시는 평화적이라야 한다는 기요."

이렇게 시작해 드디어 두 사람 사이에 입다툼이 벌어졌다.

이태의 말은 어디까지나 논리적이었으나, 고학진의 말엔 감정적인 가시가 돋쳐 있었다. 고학진이 게거품까지 내뿜으며 되는 소리 안 되는 소리를 퍼부어대자 이태가 조용히 말했다.

"고 동무, 흥분하지 말어. 내가 하고 싶었던 말은 '원수의 가슴팍에 탱크를 굴리자는 말은 군대 사령관이 할 소리이고, 시인은 따지고 보면 서로 원수일 수 없는 사람들이 원수가 되어 싸워야 하니 얼마나 슬픈 일인가 하는 식으로 되어야 할 것이 아닌가. 그래야만 싸우는 가운데 서로 화해의 씨앗을 가꿀 수 있지 않은가.' 하는 것이었소. 전쟁은 화해를 목적으로 하는 것이 아닐까?"

"전쟁은 승리를 목적으로 하는 거요."

고학진의 말투는 여전히 거칠었다.

"승리의 목적이 뭐요? 화해가 아니겠소? 승리만으론 모자라고, 화해가 있어야만 전쟁의 비참을 보상할 수 있지 않겠소?"

이태의 말은 어디까지나 조용했다.

"그럼 보도과장 동무는 이용악의 시가 옳지 않다는 거요?"

"옳고 그르고가 문제가 아니라, 시란 원래 그런 것이 아닌가 하는 감상을 가져보았소. 그것뿐이오. 토론을 종결합시다."

하고 이태는 훌쩍 일어서더니 바깥으로 나가버렸다.

박태영은 이태의 말과 행동에 새삼스럽게 존경을 느꼈다.

8시의 종이 울리더니 평양방송의 뉴스 보도가 시작되었다.

오늘 빗속인데도 각지에서 해방을 기념하는 축전이 성대하게 개최되었다고 하고, 김일성의 연설 녹음을 방송한 뒤, 북한군 총사령부의 전과 발표를 보도했다.

"용맹한 인민 군대는 대구 서남쪽 20마일에 있는 낙동강 동쪽에 진출해 왜관을 점령했다."

그리고 대구 북쪽에 전차대가 침입해 대구 점령이 시간문제라고 아나운서가 열을 올렸다.

이어 아나운서는

"미국 부두 노동자 2백여 명이 조선 전선으로 가는 군수 물자 적재를 반대해 파업을 단행했다."

라고 사뭇 감동적인 어조로 말하고, 앞으로 이러한 사태가 미국 내에 번질 것이라며 흥분했다.

"8·15까지 부산을 해방시킨다더니, 대구도 아직 해방시키지 못했단 말인가."

하고 고학진이 혀를 차는 소릴 듣고 박태영은 바깥으로 나갔다.

밤이 칠흑인데 가랑비가 내리고 있었다. 다리를 반쯤 건넜을 때 검은 그림자가 있었다. 가까이 가보니 이태가 비를 맞고 서 있었다.

"비를 맞으면 감기 걸릴 텐데요."

태영이 말을 걸었다.

"박 동무요? 박 동무도 비를 맞고 있지 않소."

"감기쯤은 겁내지 않으니까요."

"나도 가랑비쯤은 겁내지 않소."

이태의 말은 부드러웠다.

"그런데 여기 서서 무엇을 하십니까."

"생각하고 있었소."

"뭣을 말입니까?"

"5년 전 오늘을 생각하고 있었소. 박 동무는 그때 어디 있었지요?"

"지리산에 있었습니다."

"지리산에서 뭣을 하고 있었소?"

"징병, 징용을 기피한 사람들과 함께 지냈지요."

"박 동무는 징병 기피자요?"

"그렇지요. 학병에 걸릴 뻔했으니까요."

"항일 사상이 철저하셨군."

"그렇지도 못했습니다."

"지리산에서 해방 소식을 들었으니 더욱 기뻤겠습니다."

"말할 수 없을 정도였지요."

"그 감격은 간 곳이 없고 동족상잔의 전쟁이 벌어졌으니 암담합니다."

태영은 보탤 말이 없었다.

이태의 말이 계속되었다.

"누가 이런 사태를 상상이나 했겠소. 참으로 불행한 나라요. 아무튼 빨리 마무리가 지어져야 할 텐데."

"이제 막 방송을 들었는데, 대구에 전차대가 돌입했답니다. 왜관을 점령하구요."

태영의 말을 듣고도 이태는 기뻐하는 기색이 없었다. 그래서 태영은 다시 말했다.

"어쨌든 부산만 점령하면 전쟁은 일단락될 것 아닙니까."

"그게 쉽겠소?"

"소련이 왕창 비행기를 공급해준다면……."

"박 동무, 그래갖고 전쟁이 끝날 것 같소?"

"어쨌든 한 고비는 넘기는 거죠."

"그게 아닐 거요. 소련이 비행기를 공급하면 3차대전이 됩니다."

"전선이 세계적으로 확대되면 그만큼 유리해지지 않겠습니까."

"천만의 말씀입니다. 원자 폭탄이 등장합니다. 그렇게 되면 이 반도 하나쯤 순식간에 없어집니다."

"소련 비행기가 날면 3차대전이 벌어지고, 미국 비행기는 날아도 3차대전이 안 된다는 건 이상하지 않습니까?"

"명색이 유엔군인걸요."

박태영은 이태가 사태를 훨씬 심각하게 파악하고 있다는 것을 느끼고 말했다.

"비를 맞고 이렇게 서 있을 것이 아니라 내 집으로 갑시다."

"옷이 흠뻑 젖은 채 남의 집에 어떻게 갈 수 있겠소."

"닦으면 되잖아요."

"숙자 씨가 계실 텐데요."

"숙자 씨는 옆방으로 보내면 됩니다. 방을 둘 쓰고 있으니까요."

"그래도……."

이태가 망설이자 박태영은

"긴히 할 얘기가 있습니다."

하고, 세들어 있는 집으로 이태를 데리고 갔다.

몸을 닦고 태영의 옷을 빌려 입고 이태가 물었다.

"긴한 얘기란 뭐요?"

"단파 라디오를 가지고 왔는데, 미국 방송이 잘 들립니다. 전황 보도는 미국 방송이 정확한 것 같애요."

"한국말로 방송합니까?"

"아니죠. 영어 방송입니다."

"박 동무는 영어 방송을 들을 수 있습니까?"

"그럭저럭 듣습니다. 지리산 시절부터 단파로 미국 방송을 들었으니까요."

"대단한 어학력을 가지셨군."

"그렇지도 못합니다."

"그래, 요즘 전황을 그들은 어떻게 보도하고 있습니까?"

"서울에선 들었는데, 전주에 와선 들을 수가 없었습니다."

"왜요?"

"그걸 듣다가 들키기라도 하면 어떻게 하게요."

"그 단파 라디오를 통신사에 갖다놓으시오. 듣고 싶을 땐 지사장 동무의 허가를 맡아 들을 수 있게요."

"허가할까요?"

"허가하지 않으면 듣지 말지요."

"보도과장의 허가만으론 안 될까요?"

"그건 어려울 겁니다."

"지사로 가지고 가기 전에 여게서 지금 한번 들어볼까요?"

"비도 오고 하니 낮은 소리로 한번 들어봅시다. 무슨 일이 나면 내가 책임지죠, 뭐."

하고 이태가 웃었다.

태영이 시계를 보고 있다가 단파 라디오의 스위치를 눌렀다.

한동안 잡음이 요란하더니 '여기는 오키나와'라는 소리가 분명해지고 이어 뉴스를 알렸다.

"적이 유엔군 전선 전역에 걸쳐 소규모 공격을 해왔으나 격퇴하고 유엔군은 현재의 진지를 확보 중이다.

유엔군 포병대는 대구 서남쪽 20킬로미터 지점의 적 진지에 맹공을 퍼부었다.

적이 왜관을 점령했다.

유엔 해군은 연안 도로의 차량을 포격해 교통을 차단했다.

유엔 해병대는 청진에 상륙해 터널을 폭파하고 무사히 귀환했다.

오늘 출동한 유엔군 비행기는 총 3백 대이다.

유엔 공군 F80, F51이 대구 북쪽에 침입하는 적 전차 부대를 공격 분쇄했다. 전차 7대, 트럭 42대, 기관차 1대, 화차 2대, 대포 13문을 파괴했다.

F51, 안동의 적 군사 시설에 6백 파운드의 직격탄을 명중시켰다.

B29, 지난 1개월 동안 원산, 흥남, 평양, 나진, 서울에 합계 7천 톤의 폭탄을 투하했다.

유엔 함재기, 사천 부근의 도로를 봉쇄했다.

B26, 진주 북쪽 대전 금천 간의 적 부대를 폭격했다.

유엔 공군의 F80, F51, 왜관 지구의 적을 폭격했다.

미군 제24사단장 처치 소장은 '적은 기필코 섬멸되고야 말 것'이라고 강조하고, 적의 저항은 패배의 공포에 사로잡힌 발작에 불과하다고 했다.

미국의 부두 노동자 2백 명이, 소련이 미국으로 싣고 온 25만 불 상당의 물자 양륙을 거부하는 파업을 단행했다. 2차대전 때의 출정병으로 구성된 이 부두노조 조합원은 그 물자의 양륙이 소련을 이롭게 한다고 판단했기 때문이다.

8월 3일과 15일 사이, 유엔군을 비방했다는 이유로 서독의 9개 신문이 정간 처분을 당했다……."

일일이 통역해주는 태영의 설명을 듣더니 이태가 뚜벅 말했다.

"그들의 보도는 아주 구체적이군."

"그렇습니다. 구체적일 뿐 아니라 아주 세밀합니다."

태영은, '아까 지사에서 들은 평양방송은 미국의 부두 노동자 2백 명이 조선 전선으로 가는 군수 물자 적재를 거부하는 파업을 일으켰다고 했는데, 소련 물자 양륙을 거부한 사실을 엉뚱하게 왜곡한 것 같다.'고 덧붙였다.

이태는 음울한 표정으로 입맛만 다시더니

"단파 라디오를 지사에 가지고 올 것 없이 집에다 두고 기술적으로 청취해서 중요한 보도가 있을 땐 내게 알려주시오."

하고 태영의 집에서 떠났다.

8월 17일엔 미군이 왜관을 탈환했다는 보도에 이어, 미 해병대가 통영에 진입한 북한군을 섬멸했다는 보도가 있었다. 동시에 모든 전선에 걸쳐 북한군의 압력이 현저하게 감소되었다는 미 국방성의 발표가 있었다.

의용군 모집 선풍이 전국을 휩쓸어 15, 6세의 소년까지 걸려들었다. 병정으로 쓸모가 없는 자는 노무자로 동원되었다. 전선에서 먼 전주인데도 황망한 기분이 감돌았다.

문화 공작대는 부녀자들을 동원해 노래를 가르치고, 민청원들은 반동 분자 척결로 눈에 핏발을 세우고, 토지 조사대는 감나무의 감, 밭의 깨알까지 헤아리려고 들고, 농촌 공작대는 헌납미 신청자를 독려하기 위해 밤잠을 잊었다.

미국이 '한국 통일이 유엔군의 지상 목적이니 북진은 불가피하다.'는 내용을 발표했을 때, 북한군의 대구 공략은 완전히 실패한 것으로 알려졌다. 북한군은 각처의 소규모 전투에서 유리한 결과를 만들기는 했으나 전세에 결정적인 영향을 미칠 수 없는 상황이 되었다.

단파 라디오를 통해 파악한 이와 같은 소식을 태영은 이태에게 알렸다.

눈을 껌뻑껌뻑할 뿐 잠자코 있더니 이태가 중얼거렸다.

"이러나저러나 어쩔 수 없는 일 아니오? 우리는 우리의 운명을 벗어날 수 없어."

하루 이틀 간격으로 비가 오다가 개다가 하는 일기가 되풀이되었다. 사람들은 모두 맥이 풀어져 되도록이면 게으름을 피우려고 하고, 사람의 접근을 피하려고 했다.

박태영도 이미 타성으로 움직이고 있었다. 감격도 감동도 자극도 없이, 그저 시간이 가니까 나날을 보낸다는 따분한 기분이 갑자기 불안으로 물들기도 했다.

김숙자는 이미 말을 잃고 있었다.

완전히 희망을 상실한 것이다.

8월 25일은 음력으로 7월 15일이었다.

무더위도 밤중을 지나자 덜해졌다. 잠을 이루지 못한 태영은 들창에 걸린 만월을 누운 채 바라보며 문득 프랑스에 가 있는 이규를 생각했다. 혁명가가 되기에 바빠 해외 유학을 거절한 자신이 얼마나 바보였던가를 새삼스럽게 후회해본들 무슨 소용이 있겠는가 싶어 눈물이 뺨을 적셨다.

'조국을 위해 내가 할 일이 무엇인가. 아무것도 없다.'

'인민을 위해 내가 할 일이 무엇인가. 아무것도 없다.'

'양심이 마비되어야만 당원 노릇을 할 수 있는 공산당이 과연 인민을 위하는 당인가. 아니다. 절대로 아니다.'

'나는 지금부터 어떻게 해야 민족을 위해, 나 자신을 위해 보람 있게 될 수 있을까. 모른다. 모르겠다.'

'대한민국이 승리하면 나는 다시 감옥에 들어가야 한다. 북한이 승리하면 이 모양 이 꼴로 허위의 늪에서 뒹굴어야 한다.'

'아아, 저 달. 저 달은 밝기도 하다. 인간이 백 살을 산다고 치면 만월을 1,200번 볼 수 있는 셈인데, 앞으로 나는 몇 번이나 만월을 볼 수 있을까······.'

어머니 생각이 났다.

아버지 생각이 났다.
할아버지 생각이 났다.
'모두 슬픈 사람들!'
태영이 눈물이 흐르는 대로 방치하고 누워 있는데
"태영 씨."
하고 이웃 방에서 소리가 있었다.
"숙자 씨도 잠이 오지 않는가 보지?"
"이제 막 잠에서 깼어요. 달이 좋죠?"
"응, 달이 좋아."
"괘관산 달이 생각나죠?"
"응, 생각나요."
"경도 아라시야마에서 본 만월 생각나요?"
"응, 생각나."
말이 끊어졌다.
개구리 우는 소리에 귀뚜라미 우는 소리가 섞였다.
다시 숙자의 말이 건너왔다.
"태영 씨."
"응?"
"우리, 결혼해요."
"왜 갑자기 그런 소릴 하지?"
"내일이 겁나요."
"내일이?"
"있을지 없을지 모르는 내일이 겁나요."
"……."

"언제 갑자기 없어질지 모르는 내일 아네요?"

"……."

"누구를 위한 순결이었을까요?"

"……."

"태영 씨."

"응?"

"우리, 결혼해요."

"우린 결혼한 거나 마찬가지 아냐?"

"마음만이 아닌 전부의 결혼 말예요."

"나는 전부 결혼했다고 생각하는데?"

"그것 가지곤 모자라요."

"마음먹기에 달렸지 않을까?"

"나는 태영 씨 아이를 갖고 싶어요. 그렇게 되면 이별이 없을 거예요. 나는 이별이 무서워요."

"……."

"왠지 불길한 예감이 들어요, 내일에라도 무슨 일이 나지 않을까 해서요."

"무슨 일이 있어도 우린 같이 있기로 했잖아."

"우리 마음만으론 어떻게 할 수 없는 사태가 생길 것만 같아요."

"……."

태영은 숙자가 한 말을 곰곰이 되씹어보았다. 어느덧 숙자가 느끼고 있는 그 불안에 감염된 듯 가슴이 떨렸다.

결혼하자고 하고 싶었다.

만일 정욕이 한 조각이라도 있었다면 그날 밤 안으로도 결혼이 가능

했겠지만, 태영은 어려서부터 가꾸어온 극단적인 스토이시즘禁欲主義
이 버릇처럼 되어 좀처럼 정열이 타오르지 않았다.
"태영 씨."
"응?"
"난 불안해요."
"나도 불안해."
"그러니까 결혼해요."
"……."
"그 방으로 갈까요?"
"안 돼."
"왜요?"
태영은 이태를 생각했다.
"내일 이태 씨에게 의논해보겠어."
"무슨 의논요?"
"우리의 결혼 문제."
"왜 그 사람에게?"
"그 사람을 주례로 모시고 싶어."
"그런 형식이 무슨 필요 있을까요?"
"형식이 아니라 내 마음이오. 우리의 결혼은 신성하지 않았어? 그 마음의 결합이. 그러니 의식도 신성해야 돼. 최소한도의 신성을 위해서 이태라는 분의 주례가 필요해."
한참 잠잠하더니 숙자의 말이 있었다.
"그렇게 하기로 해요."

9월 1일 금요일이었다.

날씨가 흐렸다. 이날 박태영과 김숙자는 전주 남문 밖에 있는 최용덕의 집을 빌려 조촐한 결혼식을 올렸다.

주례 이태는

"가시덤불에 뿌려진 씨앗이라도 의지와 성의와 정열로 해서 울울한 거목으로 자랄 수 있을 것이니, 신랑 박태영과 신부 김숙자는 나무를 가꾸듯 사랑을 소중하게 가꾸라."

라고 눈물 섞은 격려의 말을 했다.

이날 전황은—.
- 한국군 5479부대, 8127부대가 중부 전선에서 혁혁한 전과를 올렸다. 사살된 북한군은 1,192명.
- 낙동강과 남강의 교류 지점에서 유엔군이 북한군을 격퇴했다.
- 유엔군은 총반격전에 나섰다. 격파된 북한군 전차는 10대.
- 북한군, 영산에 돌입.
- 북한군, 함안을 다시 점령.
- 이날 출동한 유엔의 공군기 1,150대. 평양, 서울, 사리원, 신안주, 중화, 문산을 맹폭.

미국의 트루먼 대통령이 대외 정책을 발표했다.

1. 세계 평화를 위해 한국의 자유 통일을 달성하겠다는 목적 이외에 아무것도 없다.

2. 미국은 전쟁을 원하지 않지만 어떠한 침략자도 용서하지 않겠다.

이날부터 북한군의 패색이 짙어져갔다.

김숙자의 불안한 예감이 적중되었다. 사실 그들에게 내일 없는 날이 닥쳐오고 있었던 것이다.

남자와 여자의 사랑은 이미 정신적으로 통해 있었다 해도 결국은 육체적인 일치로써 완성되는 것일까. 그럴 때 칸서메이션(consummation: 완성, 극치, 첫날밤 치르기, 죽음, 종말)이란 영어는 기막힌 함축을 가진 말이 된다.

결혼한 후의 박태영은 눈빛이 달라졌다. 마음이 달라졌다. 사상이 달라졌다. 보다도 사람이 달라졌다.

박태영의 세계는 숙자를 중심으로 한 세계로 되어버렸다.

혁명은 망상이었다.

조국은 환상이었다.

김숙자를 지키는 일 이상의 신성한 의무는 없다는 상념마저 돋아났다.

사랑이 이처럼 귀하다는 것을 미처 모르고 지낸 스스로가 한심스럽기만 했다. 가능만 하다면 모든 정성을 다해 숙자와의 세계를 만들리라는 것이 박태영의 집념으로 되었다.

그러나 태영은 그런 마음속의 드라마를 숙자에게 털어놓지 않았다. 그럴 필요도 없었다. 숙자는 이심전심 태영의 변화를 알았고, 그 사랑을 확인했고, 하루바삐 태영의 아기를 갖고 싶은 열망을 갈증처럼 느꼈다.

그 갈증이 심할수록 숙자는 불안했다. 내일에라도, 아니 당장에라도 무슨 파국이 들이닥칠 것 같아 가슴이 두근거렸다.

태영은 당의 일, 통신사의 일엔 건성으로 움직였다. 숙자와의 사랑이란 프리즘을 통해서 볼 때 당도 통신사도, 아니 김일성도, 그보다 높은 곳에 있는 스탈린조차 우스꽝스러운 허수아비로 보였다.

그는 취재라는 명목으로 이곳저곳 쏘다닐 수 있는 것을 핑계 삼아 호젓한 곳을 찾아가 낮잠을 자기도 하고, 숙자와 미리 짜고 건지산乾止山과 완산完山의 골짜기에서 랑데부를 즐기기도 했다.

건지산에 갔을 때 나뭇잎 사이로 새어 떨어진 햇빛과 나무 그늘을 밟으며 박태영은 이런 말을 하기도 했다.

"다시 중학교부터 시작하고 싶어. 다시 한번 일본 대판에서 숙자를 만난 그때부터 시작하고 싶어."

"어떻게 할 건데?"

숙자의 얼굴이 일시 행복의 윤택으로 빛났다.

"그렇게 될 수만 있다면 나는 천문학을 공부하겠다. 몇백억 광년의 공간을 주제로 하고 순간을 사는 인생의 위상을 살펴보는 학생이 되겠어. 수백억 광년의 고독을 내 학구심으로 채워보겠어. 숙자를 내 유일한 세계로 하고, 인류가 아직 달성하지 못한 위업을 숙자에 대한 사랑의 정열로 이룩하겠어. 그리고 내 묘비명을 다음과 같이 새겨달라고 하겠다. '여기 천체의 비밀을 탐색해 그 애인에게 선물하려고 애썼던 자, 즉 김숙자를 위해 평생을 바친 박태영 잠들다.'"

"난 이제 아무것도 바랄 것이 없어요. 여자로 태어나 최고의 사랑을 얻었으니까요."

진실로 김숙자는 이 순간을 위해선 아무것도 아쉬울 것이 없다는 감격에 젖었다. 그러나 물어보지 않을 수 없었다.

"태영 씨는 과거를 그처럼 후회해요?"

"후회하진 않아. 다만 헛살았다는 인식만은 있어. 조국은 나에게 아무것도 바라지 않았어. 농민도 노동자도 내게 바란다고 하지 않았어.

괜히 나만 들떠 있었던 거야. 조국을 위하고 싶다는 정열은 지금도 있어. 그런데 조국은 내가 버러지처럼 죽어도 상관하지 않아. 농민과 노동자도 그래. 내가 그들을 위해 애썼다는 것을 알아주기라도 할까? 물론 나 자신이 알아달라고 하지도 않아. 그러나 나는 어떻게 하면 조국을 위하게 되는지, 무엇이 농민과 노동자를 위하게 되는지 알 수가 없어. 당이나 통신사가 내게 요구하는 것은 거짓말이고, 내 가슴속에 있는 말은 한마디도 못 하게 되어 있어. 나는 말짱 헛된 길만 걸어왔어. 한데 이제 와선 돌이킬 수도 없구나."

"아녜요. 우리에겐 시간이 있어요. 돌이킬 수 없다는 건 너무나 앞지른 자포자기예요. 그처럼 쉽게 포기하지 말아요. 나는 당신이 내 옆에 있는 것만으로도 이렇게 행복한걸요."

"나도 행복해. 숙자가 내 옆에 있으니까."

이런 말을 주고받으면서도 태영과 숙자는 불안했다. 그것은 본능적인 예감이었다.

두 사람은 숲속에 풀을 깔고 앉았다. 태영의 손은 숙자의 허리를 안고, 숙자의 손은 태영의 손 위에 있었다.

매미 소리가 요란했다. 가만히 들으면 그저 요란한 매미 소리에도 기복이 있고 장단이 있었다. 그들 나름대로 자연에 순종하는 노래를 부르는 것이다.

태영의 가슴속에 떠오르는 것이 있었다.

―반자연, 그것은 반생명이다.

박태영은 미국의 단파 방송을 듣는 것조차 포기해버렸다. 전쟁의 귀추가 이미 관심 밖의 일로 되어버린 것이다.

그런 방송을 들을 겨를이 있으면 숙자를 안아야 했다. 안고 있는 동안 두 사람 사이에 오가는 대화는 짤막했다.

"당신, 행복해?"

"응, 행복해."

"나도 그래."

"바라는 것은?"

"여기 내 옆에 이렇게 있지 않나."

"우린 이별이 없을 거예요."

"있을 까닭이 있나."

"아이만 가지면 돼요."

"왜?"

"당신이 내 속에 있는 거나 다름없으니까."

"숙자도 내 속에 있어. 내가 바로 숙자니까."

"그래요. 내가 당신이에요."

9월 15일. 그날 밤도 두 사람에겐 천국이었다.

황홀한 피로 속에서 태영이 이런 말을 했다.

"허망이란 걸 알아?"

"그게 뭔데요?"

"사람은 자기 하나를 지탱하면 그로써 족한 거라. 그 이상의 것, 그 이외의 것은 모두 허망이다."

"그래요, 바로 그거예요. 그런데 한 가지 알아둘 게 있어요."

"뭔데, 그게."

"'자기'라는 뜻."

"알아. 알고말고."

"뭘 알았다는 거예요."

"당신을 '자기'라고 할 때 내가 당신에게 묻어 있고, 나를 '자기'라고 할 때 당신이 내게 묻어 있고."

"기껏 묻어 있는 정돌까?"

"아차, 실수. 당신의 자기는 나 없인 존재할 수 없고, 나의 자기는 당신 없인 존재할 수 없고."

"어쩌면 내 마음과 그렇게 똑같지?"

"그러니까 이러고 있지 않은가. 행복하지 않은가."

박태영은 김숙자의 등을 가볍게 두드려주었다.

이윽고 숙자는 잠이 든 것 같았다.

귀뚜라미 소리가 숙자의 가벼운 숨소리를 누볐다. 태영은 그날 밤따라 잠을 이룰 수가 없었다.

'이 전쟁에 어떻게 살아남을까.'

이런 상념이 머리를 스쳤다. 숙자를 위해서, 오로지 숙자를 위해서 살아남아야만 하는 것이다.

생각이 이에 미치자 오랫동안 팽개쳐버린 단파 라디오가 선뜻 머리에 떠올랐다. 전황을 알고 싶어졌다. 보도과장 이태를 통해 입수한 리시버를 귀에 꽂고 다이얼을 조정하며 귀를 기울였다.

맨 처음 귓전을 울린 단어가 '인천'이었다. 태영은 신경을 곤두세웠다. 아나운서의 바쁘게 지껄여 넘기는 말은 ―.

"유엔군 해병대가 오늘 아침 인천에 상륙을 개시해 월미도를 탈환했습니다. 맥아더 사령관의 직접 지휘에 의해 감행된 이 상륙 작전에 참가한 주력 부대는 미 제1해병대와 제10군단이며, 상륙전 지휘자는 도일 소장입니다. 이 성공적인 상륙 작전을 위해 동원된 7개국 함선의 수는 261척, 그 내역은 다음과 같습니다. 미국 함선이 226척, 영국이 12척, 캐나다 5척, 오스트레일리아 2척, 뉴질랜드 2척, 프랑스 1척, 한국 함선은 15척. 유엔군의 인천 상륙은 완전히 적의 의표를 찌른 과감한 작전이며, 이로써 수도 서울의 탈환은 시간문제가 되었습니다. 서울을 중심으로 한 새 작전에 의해 북부와 남부의 적 세력이 완전히 분리되어, 남부 전선에 있어서의 적의 저항은 조만간 궤멸될 것으로 전망하고 있습니다. 워싱턴의 관측통에 의하면 한국전쟁은 최종 단계에 들어섰습니다. 미국의 조야는 이 성공적 작전을 감행한 맥아더 원수의 공로를 높이 치하해 축제 무드에 들떠 있습니다……."

이어 아나운서는 유엔군이 김포와 김포비행장을 점령하고 유엔군 일부가 군산에 상륙했다고 전했다.

그리고 마지막으로

"서울까지의 거리는 16킬로가 남았을 뿐입니다. 다음 곧 반가운 소식을 전하겠습니다."

하고 외쳤다.

태영은 자기도 모르게 일어나 앉아 있었다.

'승패는 이미 결정되었다.'

이런 소리가 가슴속에 있었다.

어안이 벙벙했다.

북한군의 패배를 슬퍼할 수도 없고 유엔군의 승리를 기뻐할 수도 없는 스스로의 처지에 절망을 느꼈다.

'내가 설 땅이 어디냐.'

'내게 남은 것이 뭣이냐.'

그러다가 태영은 정신을 차렸다.

'내가 설 땅은 김숙자의 곁이며, 내게 남아 있는 것은 김숙자다.'

'그렇다.'

태영은 다시 한번 다짐했다.

세상이 내일 끝나도 좋다.

'내겐 김숙자가 있다.'

진실로 죽음을 각오할 때 사람은 오히려 태연하다. 죽음을 겁내는 사람은 수백 번 죽어야 하고, 죽음을 겁내지 않는 사람은 꼭 한 번만 죽는다.

뭉게구름처럼 생각이 일었지만 구체적인 방안은 나타나지 않았다.

태영은 새벽이 되기를 기다려 남문 밖으로 주상중을 찾아갔다.

노부부를 끼운 자리에서 태영은 유엔군이 인천에 상륙했다는 소식을 전했다. 주상중의 얼굴이 반짝할 정도로 밝아지고, 노부부의 얼굴에도 화색이 돋아났다.

"그런 만큼."

하고 태영이 주상중과 노부부에게 타일렀다.

"이때가 가장 위험합니다. 결정적인 사실이 밝혀질 때까진 절대로 바깥 출입을 삼가야 해요. 주군, 자네는 철저하게 숨어. 숨도 크게 쉬지 말고 광 속에 숨어 있으란 말이다. 그러다가 인민군과 그 패거리가 없어졌다는 사실이 확인되면 고향을 찾아가는 거다. 영감님, 할머니, 이 사람을 끝까지 지켜주십시오."

태영은 숙자한테서 가지고 온 돈 천 원을 주상중에게 쥐어주며

"앞으로 내게 연락할 생각 말고 기회를 잘 포착해서 행동하라."

라는 말을 보탰다.

"형님은 어떻게 하실 겁니까?"

주상중이 울먹거렸다.

"내 걱정은 말아라. 지금은 남을 걱정할 수 있는 여유 있는 때가 아니다."

"형님은 제 걱정을 해주시지 않았습니까?"

"그건 당연한 거고."

"판국이 달라진다면 저도 형님 걱정 좀 합시다."

"주군이 걱정한다고 될 일이 아니다. 이미 주사위는 던져졌다. 그러나 나도 최선의 방법을 써서 살아남도록 노력하겠다."

태영은 다시 한번 노부부에게 주상중을 부탁하고 그 집에서 나왔다.

그 길로 태영은 통신사의 합숙소로 갔다.

"이렇게 빨리 무슨 일인가?"

고학진이 물었다.

"지난 밤 좋은 소식 없었소?"

박태영이 되물었다.

"간나 새끼들, 아직도 대구를 해방시키지 못한 것 같구만."

고학진이 뱉듯이 말했다.

"통신사에서 다시 만납시다."

하고 나오며 태영은 이태에게 눈짓했다. 이태가 나왔다. 두 사람이 나란히 통신사 쪽으로 걸었다.

"박 동무, 무슨 일 있었소?"

"중대한 일입니다."

하고 인가가 없는 곳까지 가서 태영은 나직이 말했다.

"미군이 인천에 상륙했어요."

"미군이 인천에?"

"그렇습니다."

"흔히 있었던 그런 것 아닌가요?"

"아닙니다. 결정적입니다. 김포비행장까지 점령하고, 서울과의 거리 16킬로까지 진출했다고 합니다. 맥아더가 직접 지휘하고 있다는구먼요. 적의 함선이 261척이나 인천 앞바다에 몰려들었다는데요."

이태의 얼굴이 핼쑥하게 되었다. 말이 없었다. 태영이 계속했다.

"미군은 군산에도 상륙했답니다."

이태는 역시 잠자코 있었다.

"전쟁이 끝장나는 거죠?"

"끝장은 멀었어."

이태의 말이 침울했다.

"내 짐작으론 끝장이 곧 날 것 같습니다. 남부 전선이 궤멸 직전에 있다고 했습니다."

"그래도 끝장은 안 날 거요. 중공이 있고 소련이 있으니까."

"소련이 덤벼들면 3차대전으로 번질 거라면서요?"

"사태가 그렇게 된다면 3차대전으로 번질 거란 각오를 해야겠소."

"머잖아 전주도 탈환되겠지요?"

"……."

"미군 방송은 서울 점령을 시간문제라고 하던데요."

"그래서 박 동무는 어떻게 하겠다는 거요?"

"형편이 그렇게 되었다는 얘기일 뿐입니다."

침묵한 채 두 사람은 걸었다.

통신사 건물을 10미터쯤 앞두고 이태가 발을 멈췄다. 태영이 따라섰다.

"박 동무, 엉뚱한 생각은 마시오. 우리는 이미 같은 배를 타버린 거요. 배가 침몰할 것이라고 해서 바다에 뛰어들어 본들 소용이 없소. 광풍노도 속에 뛰어들면 지레 죽을 뿐이오. 애국이니 사상이니 하는 건 묻지 말기로 하더라도, 같은 배를 탔다는 운명만은 어떻게 할 수 없지 않겠소. 선장 말을 들을 수밖에요. 죽더라도 뚜렷한 깃발 아래서 죽읍시다. 주인 없는 개처럼 죽진 맙시다. 알았소?"

이태는 얼굴이 이지러져 있었다.

"어떻게 되건 단파 방송은 똑똑히 들어두시오."

하고 이태는 태영보다 걸음을 빨리해 앞섰다.


• 유엔군이 서울에 진입한 것은 9월 19일. 이날 유엔군은 낙동강을 건너 왜관을 점령. 북한군은 서북쪽으로 퇴각. 미군 비행기 약 500대가 북한군의 퇴로를 차단했다.

• 9월 21일. 서울에서 시가전이 전개되었다. 북한군은 중부 전선에서 큰 타격을 받았다. 공산당원들은 서울로부터 탈주, 북상. 이날 한강교를 폭파한 책임을 물어 대한민국 육군 대령 최창식崔昌植의 총살형을 집행했다.


이 무렵부터 전주에 북한군 패잔병들이 나타나기 시작했다. 남루한 군복을 걸치고 허기진 얼굴을 한 어느 병사에게 박태영이 물었다.

"어디서 오는 길이오?"

"마산 전선에서 왔시다."

"전쟁이 어떻게 되는 거요?"

"말 마슈."

패잔병의 태반은 부상자였다. 그래도 걷는 것을 보니 경상자들이었다.

"중상자들은 어떻게 되었소?"

"버리고 왔시다."

전주 시당 부녀동맹, 인민위원회는 북한군 부상자들을 도우려고 광분했지만, 전세가 역전되자 시민이 대부분 어디론가 숨어버려 일손이 모자랐다.

9월 25일 전후로 하여 '서울 지사'와의 통신이 두절되고 말았다.

이날 '노동당 전주 시당'의 지시로 통신 시설을 오목梧木으로 옮겼다.

9월 26일. 인민군 최고 사령부로부터 비상 명령이 내려졌다.

"남반부의 모든 인민 군대와 기관원은 현재의 편제를 유지하고 일단 춘천에 집결하라."

중앙통신 전주 지사의 사원들은 노동당 전주 시당과 행동을 같이하라는 지시가 있었다.

그런데 대전이 이미 유엔군에 점령되어 북상은 가능한 일이 아니었다. 전주에 미군이 곧 들이닥칠 거라는 정보가 날아들었다. 우선 그 예봉을 피해야 했다. 통신사 직원들은 전주 시당과 함께 순창淳昌으로 떠나게 되었다.

틈을 보아 태영은 숙자에게 달려갔다. 숙자는 태영을 따라나설 채비를 하고 있었다.

"숙자, 당신은 남문 밖 최 영감 집에 가 있어. 지금은 일단 다른 사람들과 행동을 같이해야 하니까, 나는 도당과 함께 순창으로 가겠다. 거기서 기회를 보아 정세가 조금 잠잠하게 되면 돌아올 테니까 아무 데도 가지 말고 그 집에 꼭꼭 숨어 있어."

태영이 이렇게 말했으나 숙자는 듣지 않았다.

"우린 헤어지지 않기로 했잖아요. 같이 가요. 나는 같이 갈 거예요."

숙자가 울부짖었다.

"안 돼. 숙자는 여기 남아 있어야 해. 숙자는 원래 공산당을 싫어하지 않았는가. 싫은 사람들과 어찌 같이 있으려고 그래."

태영도 울먹거리며 말했다.

"공산당과 같이 있자는 게 아니라 태영 씨와 같이 있겠다는 거예요."

"안 돼. 그게 안 된단 말이다."

"그게 안 되면 태영 씨가 나와 같이 남아요. 같이 숨어 살아요."

"붙들리면 나는 죽어. 내가 죽길 바래?"

"순창으로 가면 무사할까요? 결코 무사할 수 없을 거예요. 이곳에 남아 있다가 하 선생에게 연락하면 무슨 방법이 생길 거예요."

이렇게 숙자도 버티었다.

"그러나 나는 가야 한다. 내가 빠지면 전주의 집들을 죄다 뒤져서라도 날 찾아내고 말 거다. 그러니 내가 여기 남는다는 건 이쪽저쪽 다 위험한 짓이다."

"그러니까 내가 따라가겠다는 거예요."

"안 돼. 그건 안 돼."

하고 태영은 숙자 앞에 무릎을 꿇었다.

"어쩌면 숙자 뱃속에 우리들 아이가 있을지 모르잖아? 그 아이를 위해 숙자는 안전지대에 있어야 해. 어쩌면 좋은 세상을 볼 수 있을지도 모르는 그 아이를 위험 속에 몰아넣을 순 없지 않은가. 오늘 우리의 이별이 아무리 참고 견디기 힘들더라도 그 아이를 위해 참아주구려. 숙자, 그 아이는 우리의 희망이 아닌가. 내가 비록 죽더라도 그 아이를 통해 나는 사는 것으로 되지 않겠는가. 당신이 나를 따라오면 그 희망마저 없어지지 않는가. 그러니 나를 안심시켜줘. 우리의 희망이 안전한 곳에 있다고 생각되면 나는 안심할 수 있을 거다. 다시 만날 수 있도록 최선의 지혜를 짜낼 수도 있을 거다. 숙자! 우리들의 아이를 위해 당신은 여게 남아 있어야 한다……."

숙자는 태영의 가슴팍에 매달리면서 울음을 터뜨렸다.

한참 후 박태영은 매달린 숙자를 떼어놓고 일어섰다.

"틀림없이 숙자는 우리의 아이를 가지고 있다. 그 아이를 잘 키워. 아이를 보러 나는 반드시 돌아온다. 숙자 곁으로 돌아온다."

태영이 숙자에게 남긴 최후의 말이었다.

헌 상여틀 같은 트럭이 짐짝처럼 사람들을 가득 태우고 그래도 탈 없이 달렸다. 순창에 도착한 것은 9월 28일 오후 네 시였다.

울퉁불퉁한 험로를 달리는 트럭 위에서 태영은 뒤에 두고 온 숙자에게 정신이 쏠려 아무것도 본 것이 없고 생각한 것이 없었던 스스로를 발견했다.

트럭에서 내려 다음의 지시를 기다리는 동안 태영은 동산 위 풀밭을 찾아 혼자 가서 앉았다.

"여게 있었구먼."

하고 이태가 옆에 와 앉았다.

이태의 얼굴은 수척해 민망할 정도였다.

"숙자 씬 어떻게 됐소?"

이태의 질문이었다.

"두고 왔습니다."

"데리고 올 줄 알았는데."

이태가 중얼거렸다.

"앞으로 어떻게 될지 몰라 데리고 올 수 있어야죠."

"허긴 그래."

이태는 한숨을 쉬었다.

"웬 한숨입니까?"

태영이 물었다.

"백인숙白仁淑 씨는 떠났소."

이태가 혼잣말처럼 한 말이었다.

"어디로요?"

"인민군 부상병들을 따라가버렸소."

"자발적으로요?"

"명령이었소, 당의."

이태의 눈이 먼 곳을 향했다.

 백인숙은 전주 부녀동맹의 맹원이었다. 서울에서 대학에 다니다가 전쟁이 나자 고향인 전주로 내려왔다. 북한군이 전주를 점령한 후 부녀동맹에 가담했다. 부녀동맹 일로 통신사에 드나드는 동안 이태와 가깝게 지내게 되었다.

 눈이 크고 얼굴빛이 밝고 희었다. 활달한 성격이었다. 한마디로 매력적인 아가씨였다. 이태도 그녀도 문학을 좋아하고 소양이 있고 보니, 두 사람 사이에 사랑이 움튼 것 같았다.

 전쟁 중에도 사랑의 꽃은 핀다. 이태는 백인숙 씨로 인해 사는 보람을 느끼기 시작했는지 모른다. 그런데 그 백인숙 씨와 헤어졌으니 허전한 마음이 될 수밖에 없었으리라.

"백인숙 씨도 이쪽으로 왔더라면 좋았을 텐데."

태영이 이태를 대변하는 심정으로 중얼거렸다.

높고 낮은 산봉우리 사이에 끼인 좁은 분지여서 해가 빨리 저물었다. 으스스 한기가 느껴졌다. 어둠이 급히 깔리듯 하더니 동쪽 산봉우리들 사이에서 달이 솟아났다. 둥근 쟁반의 한 모서리가 살짝 떨어져나간 듯한 모양으로 처량한 빛을 가진 달이었다.

달은 사람을 감상적으로 만든다.

진격하는 병사들에게도, 패주하는 병사들에게도, 중상으로 신음하는 병사들에게도, 이제 막 숨을 거둔 병사들에게도, 저 달은 골고루 비치겠지만, 달빛의 의미는 각각 다를 것이다. 태영의 마음은 김숙자에게로 날았다.

"음력 8월 17일의 달이군."

신음하듯 이태가 말했다.

"시심이 동합니까?"

태영이 쾌활한 척 꾸몄다.

"너무나 절박하면 시는 도망쳐버린다오."

이태의 쓸쓸한 대답이었다.

"절박한 가운데서 여유를 찾아내는 게 시심 아니겠습니까?"

그러나 이렇게 말하는 태영의 마음도 황량하기 짝이 없었다.

"글쎄요."

하고 생각하는 빛이더니 이태가 뚜벅 말했다.

"달엔 위안이 있어요."

그리고 덧붙였다.

"슬픈 사람을 더욱더 슬프게 하고, 눈물을 더 많이 흘리게 하고, 한숨을 더 짙게 하고……."

차츰 달빛은 카랑한 도를 더해갔다. 골짜기의 어둠을 더욱 짙게 하고 들판에 유광幽光을 깔았다. 처연하다는 말밖에 준비하지 못한 태영의 가슴속에 그 밤의 달빛은 깊게 새겨졌다.

"집합."

동산 아래에서 외치는 소리가 들려왔다.

"간부 회의가 이제야 끝난 모양이군."

하고 이태가 일어섰다.

"지금부터 어디로 가는 겁니까?"

따라 일어서며 태영이 물었다.

"알 게 뭡니까. 시키는 대로, 가자는 대로 가면 그만 아니겠소."

성난 듯한 이태의 목소리였다.

'누가 시킬까. 누가 가자고 할까.'

이 상념에 이어 태영의 가슴에 속삭이는 말이 있었다.

'운명이다.'

1950년 9월 29일.

전라북도 순창군 구림면 여분산 기슭의 골짜기에 '조선노동당 전라북도당 유격대 사령부'가 설치되었다. 사령관은 전라북도 도당 위원장 방준표方俊杓였다.

박태영이 들은 바에 의하면, 방준표는 대구 출신으로 해방을 전후해 대구에서 인쇄 직공 노릇을 했으며, 해방 후 공산당에 입당해 10월폭동 등 사건의 주역 노릇을 하다가 월북, 모스크바 대학에 유학한 이른바 엘리트 당원이었다. 나이는 35세가량이라고 했다.

허망한 정열 237

전북 유격대는 쌍치, 구림, 칠보, 운암, 팔덕, 태인, 덕치, 강진, 청웅 등 각 면의 당원, 민청원, 여맹원 3백 명으로 구성되었다. 얼마 후 인민군 패잔병 백여 명이 여분산으로 들어왔다. 북쪽으로 가는 퇴로가 막힌 것이다. 이들을 '기포 병단'機砲兵團이라고 부르게 하고 전북 도당의 직속 하에 두었다.

유격대는 10명씩으로 나눠 1조로 만들고 각각 초막을 지었다. 여순 반란사건 이래의 빨치산들이 각각 조장이 되었다. 이들은 '구빨치'라고 불리며 존경의 대상이 되어 있었던 것이다. 이태와 박태영은 공孔 동무란 구빨치가 조장이 되어 있는 조에 배치되었다.

공 동무는 극히 말이 적은 사람으로, 무엇을 생각하는지 알 수가 없었다. 처음으로 조원들이 얼굴들을 합쳤을 때에도

"내 성은 공가니까 공 동무라고만 불러요. 앞으로 일이 많겠지만 마음을 합쳐나가면 별로 어렵지 않을 거요."

라고 한 것이 그가 인사말이라고 한 것 전부였다.

9월 30일부터 훈련이 시작되었다. 교관은 구빨치들이었다. 교관의 대표격이 된 사람은 최규용이라고 했는데, 한국군에 있었을 때의 계급은 하사라고 들었다.

"빨치산은 신념을 갖고 사는 기라. 그러나 아무리 신념이 있어도 근기와 기술 없인 안 되는 거라."

서론은 이것뿐이었고 대뜸 훈련으로 들어갔다. 각 조의 조장이 조교가 되었다.

처음엔 달리는 방법을 훈련했다. 숨을 딱 끊고 달릴 수 있는 데까지 달리는, 비유컨대 100미터 경주 연습 같은 것인데, 짐을 잔뜩 지고 달리는 게 보통의 경주와 달랐다.

기록을 만들기 위해 달리는 게 아니고 살아남기 위해서 달리는 거니까, 젖먹던 때의 힘까지 다 내야 했다. 이 훈련은 화선 돌파를 위한 훈련이었다. 포위되기 직전, 자리를 옮기지 않으면 당장 파멸당하게 되는 순간을 위해서 익혀두어야 하는 기술이었다.

숨을 죽이고 달리는 연습을 몇 차례 되풀이시키더니,

"그러나 빨치산의 가장 중요한 요령은 지형 지물을 이용해 적에게 발견되지 않게 하는 것이다."

하고, 바위 틈과 나무 뒤, 풀 속 등에 은신하는 방법을 가르쳤다. 나뭇가지와 풀잎으로 위장하는 방법도 가르쳤다. 산비탈을 기는 방법, 벼랑에서 뒹구는 방법 등 갖가지가 있었다.

"하늘이 무너져도 솟아날 구멍이 있다는 것, 끝까지 포기하지 않는다는 것, 이것이 빨치산의 근기이다."

최규용은 이어 적을 공격하는 방법을 가르쳤는데,

"이건 자기의 판단으로 싸우지 않으면 안 될 때의 얘기고, 전투에 있어선 상부의 작전 지휘에 따라야 할 것이니, 그때그때의 지시에 충실하면 된다."

라고 했다.

훈련은 낮과 밤을 가리지 않고 계속되었다. 게다가 밤엔 학습이란 게 있었다. 김일성의 연설을 해석하는 것이 주된 학습이었다.

당연히 수면 부족이 되었다. 강의하는 동안 조는 사람이 있으면 질책이 가혹했다.

"졸음을 견디는 것이 빨치산의 가장 중요한 수양이다."

라고 했다.

아무튼 가장 중요한 것이 너무나 많았는데, 그 가운데서도 특별히 가장 중요한 것이 있었다.

"빨치산은 거동에 있어서 절대로 소리를 내면 안 된다."

"빨치산은 취사를 할 경우에나 다른 어떤 경우에도 연기를 내면 안 된다."

"빨치산은 행군하는 데 있어서 절대로 능선을 타면 안 된다."

"이상을 빨치산 삼대 금기라고 한다."

사람을 죽이는 방법도 가르쳤다. 후미진 곳에서 이편은 발견되지 않고 적을 발견했을 땐 총으로 쏘면 안 된다. 매우 가까운 거리이면 곤봉으로 머리를 내리치는 게 상책이고, 곤봉이 없는 경우엔 총의 개머리판을 이용할 수도 있는데, 가장 간단한 방법은 총검으로 단숨에 등을 찌르는 것이다. 팔의 힘에 자신이 있고 동작이 날쌘 사람은 뒤에서 덤벼들어 상대방의 목을 졸라 질식시키는 방법을 쓸 수도 있지만, 자칫 실수할 경우가 있으니 조심할 필요가 있다.

상대방을 죽이지 않으면 이편이 죽으니 이런 교습은 당연하다고 하겠으나, 진지한 얼굴을 하고 시늉까지 보여주며 살인법을 가르치는 사람을 보고, 그 살인법을 경청하는 무리들을 보자 태영은

'아아, 이런 곳에까지 내가 와 있구나.'

하는 탄식이 가스처럼 가슴속에 차오르는 것을 느꼈다.

그런데 태영의 그런 기분을 알아차리기나 한 것처럼 어느 날 밤 살인법을 가르치던 사람이 이런 말을 했다.

"우리가 이렇게 살인법을 연구하고 있다는 사실에 대해서 멋쩍게 생각하면 안 된다. 원수들은 우리를 죽이기 위해 지금 이 순간에도 갖가지 방법을 꾸며대고 있다는 사실을 잊으면 안 된다."

10월로 넘어서서 초순이 되었다.

대한민국 경찰대가 인근의 면에 들어와 치안을 회복하고 있다는 정보가 들어왔다.

'여분산 골짜기에서 우리들은 독 안에 든 쥐처럼 될 것인가.'

이런 불안이 급조된 빨치산들의 가슴에 퍼지기 시작할 무렵, 돌연 하나의 사건이 생겼다.

조선노동당 전북 도당 선동과장 심병택이 탈출을 기도하다가 체포된 것이다.

그 소식은 삽시간에 퍼졌다. 처리 문제를 놓고 간부 회의가 열리고 있다고도 했다.

이튿날 새벽녘이었다. 박태영을 흔들어 깨우는 사람이 있었.

이태였다.

"박 동무, 일어나소. 본부로부터 호출 명령을 받았소."

잠에서 덜 깬 몽롱한 의식으로 태영은 이태를 따라 유격대 본부로 향했다. 유격대 본부는, 수십 개 늘어서 있는 초막이 깊은 골짜기로 이어진 맨 마지막에 있었다. 그 위치는 대강 알고 있었지만 박태영이 그곳에 가보는 것은 처음이었다.

의식이 밝아졌을 무렵 태영이 물었다.

"무슨 일일까요?"

"나도 모르겠소. 가보면 알겠지요."

본부 초막 입구에 중년의 사나이가 서 있다가 통신사에서 왔다고 하니

"따라오시오."

하고 앞장을 섰다.

이태와 박태영은 말없이 그의 뒤를 따랐다.

한 고비 돌았을 때 골짜기의 사면斜面 나무들 사이에 7, 8명이 모여 있었다. 이태 일행이 가까이 가자

"당신들은 기자지요?"

하고 누군가가 물었다.

"그렇습니다."

이태가 대답하자,

"지금 신성한 당을 배신하고, 따라서 공화국에 반역한 죄인 심병택을 처형할 것이니, 후일을 위해 기록을 남기도록 하시오."

하는 말이 한 사람의 입에서 나왔다.

태영이 보니 심병택은 근처 소나무에 꽁꽁 묶여 있었다. 얼굴을 숙이고 있어 표정을 살필 순 없었다.

나직한 말들이 오갔다.

한 사람이 그 소나무 곁으로 가더니 심병택의 포박을 풀었다. 그리고 심병택을 일으켜 세웠다.

"삽을 들어."

하는 명령이 있었다.

심병택이 삽을 들었다.

"네가 서 있는 그 자리를 파."

심병택이 덜덜 떨리는 손으로 삽을 움직였으나 흙은 얼마 파이지 않았다.

"모두들 거들어줘요."

하는 말이 있었다.

서너 사람이 우르르 달려가서 흙을 파기 시작했다. 무거운 침묵이 아침 안갯빛으로 골짜기를 누르고 있었다. 아무도 말하는 사람이 없었다.

삽이 흙에 닿는 소리만이 사뿐사뿐 교차되었다.

이윽고 제법 깊은 구덩이가 파졌다.

"이 정도면 되겠지."

중얼거리듯 하는 소리와

"됐어, 그 정도면."

하는 소리가 있었다.

"여게 꿇어앉아."

심병택에게 한 소리였으나, 심병택은 우두커니 얼빠진 눈으로 사람들을 보고 서 있었다.

"앉아, 빨리."

그러자

"날 살려주오. 살려주기만 하면 무슨 일이든 시키는 대로 할게요. 이승만의 목을 베어오라고 하면 당장 가서 목을 베어올게요. 날 살려만 주시오."

하고 심병택이 엎드려 빌기 시작했다. 고개를 제쳐 이마를 땅에 대길 수십 번을 하고, 어린애처럼 양손을 합쳐 비벼대기도 했다.

"어쩌다 잠깐 마음을 잘못 먹은 겁니다요. 살려주셔요. 공화국을 위해, 김일성 수령을 위해 생명을 바치겠어요. 날 살려만 주시오."

"공화국을 위해 생명을 바칠 각오가 있으면 그로써 됐다. 저자를 끌어다놓아."

몇 사람이 달려들어 심병택을 이제 막 파놓은 구덩이 옆으로 끌고 가서 앉혔다. 한 사람이 구덩이를 사이에 두고 심병택의 정면에 섰다. 두루마리를 꺼내 들었다.

"신성한 당을 배신하고 조선민주주의인민공화국에 반역한 심병택에게 사형을 선고하고 이를 집행한다. 1950년 10월 5일 조선노동당 전라북도 위원장 겸 유격대 사령관 방준표."

그것을 읽은 사람은 방준표의 대리인이었다. 방준표는 무표정한 얼굴로 저쪽에 서 있었다.

한 사람이 심병택의 뒤에 다가서더니 권총을 꺼내어 장전했다. '찰각' 하는 소리가 뜻밖에도 높았다.

"탄환이 아까워."

방준표의 입에서 나온 말이었다.

"죽창을 가져와."

죽창은 이미 준비되어 있었다.

한 사람이 죽창을 집어들었다. 권총을 꺼내든 사람도 권총을 도로 케이스에 넣고 죽창을 집어들었다.

그때 햇빛이 안개를 뚫고 선명한 조명을 보냈다.

"찔럿!"

일격에 구덩이로 굴러 떨어진 심병택을 향해 몇 개의 죽창이 바쁘게 움직였다.

"이놈들아!"

하는 저주의 소리가 구덩이에서 나왔다.

"흙으로 덮어."

몇 개의 삽이 흙을 퍼넣었다. 이윽고 구덩이를 완전히 메웠다. 모여 있던 사나이들이 흙을 밟기 시작했다.

묵묵히 그 광경을 지켜보고 있다가 방준표는 몸을 돌려 골짜기의 비탈길을 내려가기 시작했다.

한 사람이 날쌔게 그 뒤를 쫓았다.

그날 오후 세 시.

이 산 저 산의 요소요소에 배치된 유격대 보초들을 '기포 병단'의 군졸로 대체하더니, 유격대 전원을 초막 취락의 중앙이 되어 있는 빈 터에 모았다. 사령관 방준표의 훈시가 있다는 것이었다.

이윽고 방준표가 조금 높다랗게 마련된 단 위에 올라섰다. 모택동복이라고 불리는 카키색 천의 옷을 단정히 입고 있었다. 눈이 유난히 반짝이고, 네모진 턱에 고집이 보였다.

박수 소리가 일자, 그는 가볍게 손을 들어 박수 소리를 끝내게 하고 말했다.

"동무들! 여러분께 할 말이 있소."

높지 않은 소리였으나 맑은 공기 속에서 또렷또렷 울렸다.

"이미 알고 있겠지만 오늘 아침 아주 불행한 일이 있었소. 우리 도당의 선동과장 일을 맡아보던 심병택에게 사형을 선고하고 집행했소. 여러분은 궁금할 것이오. 고생을 하며 함께 일해온 동무에게 약간의 잘못이 있었기로서니 그런 극형으로 처리할 수가 있을까 하고. 그래서 내가 여러분께 이야기를 하려는 것이오. 적을 앞에 두고 일선에서 도망치는 자는 옛날이나 지금이나 세계 어디에서나 사형으로 다스리는 것이 관례로 되어 있소. 이 관례는 우리 인민공화국에 있어서도 예외가 아니오. 그러나 나는 그런 관례만으로 심병택에게 사형을 선고한 것은 아니오.

관대한 처분이 있어도 좋을 것이란 생각도 했소. 죽이기까지 할 필요는 없다는 생각도 했소. 개과천선의 기회를 주어도 좋다는 생각도 했소. 사형을 집행하더라도 좀더 유예를 두고 집행할 수도 있었소. 그런데 나는 그렇게 하지 않고 당장 처치하는 방법을 선택했소. 그 이유를 나는 여러분께 밝히려는 것이고, 그렇게 하여 여러분의 납득을 얻고자

하는 것이오.

만일 그의 처단을 늦추었다고 합시다. 그동안 여러분의 마음에 동요가 생길 것이오. 조직에서 도망하려는 자가 있었다는 그 사실 때문에 여러분 마음에 도망에 관한 관념이 생길 것이고, 잇따라 그 가능성을 살피는 마음이 될 것이고, 친한 자들끼리 의논해보고 싶은 유혹이 생겨날 것이오. 전체가 그렇게 될 것이란 추측은 안 하겠소. 극히 적은 부분에서만이라도 그런 현상이 있을 수 있으리란 것이 사령관인 나의 짐작이었소. 그래서 '도망'이란 관념이 돋아나기 전에, 그 가능성을 검토하는 마음이 생겨나기 전에 그 '도망'이란 관념을 근원적으로 없애버려야겠다고 느꼈소. 심병택이 어떤 유예 속에 있다는 사실은, 도망이란 관념의 유예 속에 있다는 뜻이나 다를 바가 없소. 그래서 일거에 여유를 두지 않고 그를 처치한 것이오. 이것이 유예를 두지 않고 그를 처치한 이유요.

개과천선을 시키면 얼마나 좋겠소. 한데 지금은 평화시가 아니고 전시요. 우리들에겐 그럴 여가도 없고 그럴 형편도 아니오. 게다가 개과천선은 그다지 쉬운 일이 아니오. 간단하게 확인될 수 있는 일도 아니오. 그래서 개과천선의 방법을 포기한 것이오. 개과천선을 택하지 않은 또 하나의 이유는, 그의 기회주의적 성품이 보통의 수단으로는 치유될 수 없을 정도로 이미 고질화되고 악성화되었다고 판단했기 때문이오.

그리고 관대하게 처분하려면 어떻게 하겠소. 사형 다음은 무기형이오. 무기형이면 우리는 이 여분산에 감옥을 지어야 하오. 나는 그 가능성이 전연 없다고 판단했소, 가령 10년형, 5년형으로 감형한다고 합시다. 그래도 사정은 마찬가지 아니겠소. 그렇다고 조직에서 이탈해 도망치려는 자를 그냥 방면해줄 수야 없지 않겠소. 이것이 그를 관대하게 처리할 수 없었던 이유요.

여러분! 우리는 빨치산입니다. 원했건 원하지 않았건 이것이 우리의 오늘날 처집니다. 빨치산이란 현재의 이 조직만으로 싸워 이겨야 하는 고독한 전투원이란 뜻이오. 우리가 의지해야 할 것은 우리의 이 조직뿐이오. 무기도 우리의 손으로 조달해야 하고, 식량과 피복도 우리의 손으로 조달해야 하오. 우리, 우리의 조직 외엔 어떠한 도움도 없는 상황이 우리의 형편이오. 물론 우리에겐 동맹이 없지 않소. 평양도 있고 중국도 있고 소비에트 연방도 있소. 그러나 그건 먼 곳에 있소. 지금 우리에게 당장 급한 문제에 관해선 기대할 바가 전연 없소.

결국 우리의 생명은 우리의 조직이며, 우리의 조직을 공고히 하는 것은 최후의 승리는 우리에게 있다는 신념이 있기 때문이오. 조직을 공고히 하기 위해선 조직의 규율을 철저하게 지켜야겠다는 복종의 자각이 필요하오. 조직이 우리의 생명이라면, 그 조직을 공고히 할 수 있는 규율이 바로 우리의 생명이 되는 거요. 그러니까 규율을 파괴하는 자는 우리의 생명을 파괴하는 자이며, 곧 우리의 원수요.

심병택은 우리 유격대가 발족된 이후 최초로 생겨난 반역자요. 나는 그가 우리 유격대의 마지막 반역자이길 바라오.

우리는 오늘 아침 우리 내부의 적을 처치했고, 우리의 급무는 우리 마음속의 적을 퇴치하는 데 있소. 마지막으로 말하겠소. 왜 심병택에게 사형을 선고하고 지체 없이 집행했는가. 그 이유는 바로 여러분을 위해서요.

동무들! 최후의 승리를 차지할 그날까지 우리의 몸과 마음과 희망과 동경, 그리고 모든 꿈을 그 목적을 위해서 바칩시다. 빨치산은 그 정열의 집중으로 해서 영광스러운 것이오. 조선민주주의인민공화국 만세."

주변에서 박수 소리가 폭발했다. 박태영은 뒤늦게 박수를 쳤다. 불과 5, 6분의 연설이었는데, 태영은 긴 꿈에서 깨어난 듯한 기분이었다.

방준표의 말엔 군더더기가 하나도 없었다. 원고는 물론이고 메모도 없이 한 말인데도 빈틈없이 짜인 문장 같았다. 과장된 몸짓도, 지나친 표현도 없었다. 그런데도 나름대로 정연한 논리가 있었다.

태영은 평생 그런 말을 들어보지 못했다고 느꼈다. 더욱이 기분이 카랑했던 것은, 북쪽에서 온 사람이면서도 으레 들먹이는 김일성과 스탈린에 대해 한마디 언급도 없을 뿐 아니라, 듣는 사람들을 선동하기 위해 꾸민 듯한 내용도 없기 때문이었다.

그런데 다른 대원들은 방준표의 말을 감동적으로 납득할 수 없었던 듯, 저녁 식사 때엔 연설에 관한 이야기가 전연 없었다. 사형당한 심병택에 관한 얘기만 있었다.

태영은 아침에 본 그 처형의 광경이 눈앞에 어른거려 거의 밥맛을 잃었다. 죽창에 수없이 찔리긴 했으나, 결국은 생매장을 당한 거나 다름이 없지 않을까 싶었다. 심병택의 죄가 명백하다고 해도, 그를 처형한 사람들의 잔인성은 문제될 수 있다는 생각도 들었다.

하나의 결론만은 뚜렷했다.

—의지가 약한 사람은 공산당에 끼이면 안 된다.


식사가 끝난 후 야간 학습이 시작되기 전까지의 시간을 이용해 태영은 개울로 내려갔다. 빨아야 할 세탁물이 있어서였다.

개울엔 이미 먼저 내려와 세탁하는 사람들이 있었다. 태영은 적당한 곳으로 비집고 들어갔다.

그때 바로 옆에서

"동무의 고향은 어디요?"

하는 소리가 있었다.

어둑어둑한 속에서도 그 소리의 임자가 이웃 초막에 있는 사람이란 것을 알았다.

"함양이오."

"혹시 박태영 씨 아닙니까?"

"그렇소. 그런데 어찌……?"

"나는 진주중학을 나왔습니다. 박 동무는 나보다 두 학년 위였습니다."

"그래요?"

"긴가민가해서 한번 물어보려고 했는데 쑥스럽기도 해서……."

"고향은?"

"산청입니다."

"북쪽에서 내려왔소?"

"아닙니다."

"그럼?"

"대학에 다니고 있었습니다."

"어느 대학인데요?"

"Y대학입니다."

"과는?"

"영문과입니다."

"그런데 어떻게 여기로 오게 되었소?"

"의용군으로 자진 입대했습니다. 낙동강 전선에 배치되었는데, 전투도 해보지 못하고 이곳으로 오게 되었습니다."

"Y대학 영문과면, 아니 진주중학 출신이라면 주상중 군을 알겠네요."

"아다마다요. 그 녀석은 반동이랄 것까진 없지만 어찌나 소심한 기회주의자인지 상대할 수도 없었어요. 한데 박 동무는 그를 어떻게 아십니까?"

"수송국민학교에서 우연히 만났소. 의용군으로 뽑혀 와 그곳에 수용되어 있었소."

태영은 그 외의 얘기는 생략했다.

"그럼 그 녀석 의용군으로 갔겠네요?"

"아마 그렇게 되었을 거요."

"그런 따위를 의용군에 집어넣었으니……."

그는 냉소를 섞었다.

"참, 동무의 이름이 뭐요?"

"권영식이라고 합니다."

"건투하시오."

"고맙습니다. 박 선배와 같이 지내게 될 줄이야. 정말 꿈 같습니다. 중학교 다닐 때 박 선배는 우리의 우상이었으니까요."

"우상? 터무니없는 말씀이군."

"굉장한 수재인데다 항일 정신이 열렬한 선배를 그 당시 찾아볼 수 있었겠습니까. 우리들이 존경할 수밖에요."

"그런 소릴 들으니 부끄럽소."

"박 선배는 일제 때 지리산에서 빨치산을 하셨다면서요?"

"누가 그럽디까?"

"우리들 사이에 쫙 퍼져 있는 얘깁니다."

"지리산에 숨어 있었다뿐이지, 파르티잔이란 과장된 표현이오."

"겸손의 말씀. 앞으로 많은 지도 바라겠습니다."

하고 권영식은 먼저 실례한다면서 떠났다.

그날 밤의 학습은 평양에서 내려왔다는 정치위원 강길상의 유물사관 강의였다. 그런데 내용이 유치해서 실소를 터뜨려야 할 지경이었다.

강길상에 의하면, 유물사관은 변증법조차 용납되지 않는 일종의 절대사관으로 되어 있었다.

유물사관이 사관으로서 발언권과 위치를 갖자면 비유물사관과의 변증법적 관계까지도 용인하는 바탕에서 비로소 가능하고, 공산주의적 인식이 그만큼 발달해 있어야만 현대라고 하는 시대 사정에 순응하고 시대 사정을 이끌어가는 사관이 될 수 있다고 믿고 있는 박태영으로선, 강길산의 설명으로 된 유물사관은 동맥경화에 걸린 환자가 백 미터 경주에 나선 꼴로밖에 되지 않았다.

질문하라는 시간이 있었지만 박태영은 질문할 흥미조차 잃었다. 내일을 모르는 각박한 정세 속에 앉아 유물사관을 강의하는 건, 화산의 분화구 근처에 꽃을 심자는 것이 아닌가.

그날 밤의 일이다.

후닥닥 소리에 태영은 잠에서 깨었다. 어둠 속이었지만 옆에 누워 있던 이태가 일어나 앉아 있다는 것을 곧 알 수 있었다.

"이 선생, 어떻게 된 거요?"

태영이 소리를 죽여 물었다."

"아니오, 아니오, 아무 일도 아니오."

하고 이태는 초막 밖으로 나갔다.

태영은 가만있을 수가 없어 따라나갔다.

"소변 보러 나왔는데 왜 그러시오."

이태의 말이었다.

변소로 지정된 곳으로 가서 박태영도 소변을 보았다.

하늘에 별이 찬란했다.

돌아오는 길에 이태가 뚜벅 말했다.

"좋잖은 꿈을 꾸었어."

"무슨 꿈을 꾸었소?"

"내일 얘기하리다."

하고 이태는 그 이상 말하려 하지 많았다.

이태가 초막 안으로 들어간 뒤에도 태영은 한참 서서 별을 보았다.

―별이란 뭐냐.

―단순한 물질이다.

―단순하진 않겠지만 요컨대 물질이다.

―그 물질의 집합이 신비로운 경관을 이룬다는 건 왜일까.

―신비를 느낀다는 건 정신의 미망 때문일까, 정신의 쇠약 때문일까.

―아니다. 신비를 느낀다는 것은 정신의 건강을 말하는지도 모른다.

마음속으로 이런 대화를 하면서 태영은 천문학에 관한 갈증을 다시금 느꼈다. 김숙자의 모습이 떠올랐다.

삼간 초옥이라도 좋다 싶을 때 태영의 뇌리에 고향의 집이 떠올랐다.

판잣집이라도 좋다 싶을 때 부산에 있었던 노동식의 집이 뇌리에 떠올랐다.

군데군데 빈대 핏자국이 있는 방이라도 좋다 싶을 땐 일본 대판의 옛날 하숙집이 뇌리에 떠올랐다.

그러한 집, 그러한 방에서 어느 별과의 광년을 계산하고 있는 태영의 옆에 어린애는 잠들어 있고 김숙자는 뜨개질을 하고 있다면!

박태영은 그 애절한 상상에 눈물을 흘렸다. 눈물에 어린 별들은 더 아름다웠다.

산골짜기의 적막 위에, 파르티잔의 수면 위에, 별들의 찬란한 침묵은 엄숙한 외포畏怖가 아닐 수 없었다. 그 별들의 침묵 아래 어느 곳엔가 있을 김숙자를 향해 기도라도 하고 싶은 충동을 박태영은 가까스로 억눌렀다.

이튿날 아침 개울에서 세수를 하고 돌아오며 이태가 한 꿈 얘기는 —.
"심병택이 흙을 뚫고 대가리를 쑤욱 내밀었어. 피투성이에 흙이 섞인 무서운 형상이었어. 무엇 때문에 어떻게 내가 그 구덩이 앞까지 갔는지 몰라. 심병택이 '이놈들아.' 하고 소리를 지르고 나더러 빨리 흙을 거둬내라고 호통을 쳤어. 내가 비켜서려고 하니까, 쑤욱 그자의 손이 내 목덜미를 향해 뻗어오는 게 아닌가. 그때 깜짝 놀라 후닥닥 일어나 앉은 거요."

태영은 이태의 얼굴에서 아직 사라지지 않은 듯한 공포의 흔적을 보며 가슴속에서 한숨지었다.

'아아, 이 사람도 병들기 쉬운 감수성을 가졌구나.'

10월도 중순을 넘어설 무렵, 박태영은 전체적인 전황이 어떻게 되어 있는지 모르고 지냈다. 그리고 알아봐도 소용없기도 해서 궁금증을 느끼지도 않았다.

박태영의 심상이 어떻게 되었건, 전쟁은 새로운 국면을 보이며 진행되고 있었다.

• 한국군 3사단이 38선을 돌파한 것은 10월 1일.

• 북한 외상 박헌영이 '미 제국주의의 섬멸을 위해선 중국 인민의 협력이 있어야겠다.'고 중공의 주은래에게 호소문을 보낸 것은 10월 5일.

• 국군 3사단이 통천을 탈환하고 원산과의 거리 48킬로미터 지점까지 진출한 것은 10월 6일.

• 10월 6일 북한 5사단 부단장이 국군에 귀순.

• 10월 6일 유엔 사령부가 발표한 바에 의하면, 지난 3일간에 포로가 된 북한군의 수는 1만 4천 28명.

• 10월 7일엔 영국의 육전대가 함경도 경성鏡城에 상륙.

• 이날 미국군이 처음으로 38선을 넘어 북진 개시. 하오 5시 14분.

• 대한민국 국군, 원산을 완전 점령 10월 10일.

• 미군 제1기갑 사단, 이북의 백천白川 점령. 이어 10월 12일 한포 점령.

• 10월 14일엔 트루먼 대통령과 맥아더의 회담이 '웨이크'섬에서 있었다. 이날 미국 정부는 '북한 통치 계획안'을 맥아더 장군에게 제시했다.

그 내용은

"유엔 한국 위원회와 한국인 자신이 통일을 이룩할 때까지 맥아더 장군이 북한을 통치한다. 북한의 병사와 일반 공산당원을 제외하고 전범자를 가려내어 심판해야 한다."

• 북한 측에 의해 살육된 서울 시민의 발견된 시체는 2,489구.

• 10월 17일, 한국군 함흥 점령.

• 평양 포위 40마일로 압축.

• 북한군 평양 철수 개시.

사태가 이와 같은데 평양방송은 유엔의 항복 권고에 아랑곳없이 '최후의 일각까지 싸울 것이며, 승리는 우리에게 있다.'고 외치기만 했다. 여분산 유격대 사령부에서 전황을 어느 정도 파악하고 있었는지는 모른다.

"자기가 맡은 지역에서 최선을 다하라."

이런 무전이 들어온 모양이었다.

도당에선 현물세를 거둬들이기에 바빴다.

그러는 동안 여분산 지구를 둘러싼 정세가 아연 긴장을 더해갔다. 대한민국 경찰대가 들어와서 질서를 세우는 동시에 수복 지구를 확대해갔기 때문이다. 한국의 수복 지구가 확대되면 이른바 유격대가 의존할 수 있는 해방 지구가 줄어든다. 해방 지구가 줄어들기 전에 가능한 한 많은 현물세를 받아놓아야겠다는 것이 전북 도당과 유격대의 방침이었다.

긴박한 정세에 대응하기 위해 조 단위의 편성을 군대 조직으로 개편했다. 대대, 중대, 소대, 분대로 나누게 되어, 이때까지의 조가 분대로 되었다.

이 개편에 따라 이태는 4중대 2소대장이 되었다. 박태영은 이태를 보좌하는 직책을 맡았다.

10월 18일 출동 명령이 있었다. 이태와 박태영이 속한 4중대는 야간을 이용해 임실任實과 오수獒樹의 중간 지점에 있는 고갯목인 봉천리에 매복하고 있다가 이튿날 새벽 이동하는 경찰대를 습격해 7명을 죽이고 3명을 생포했다. 생포된 3명을 장문화張文化 부중대장副中隊長이 돌로 쳐서 죽였다.

그 상황이 너무 잔인해서 박태영은 소대장 이태에게

"상부에 연락해 앞으론 저런 잔학 행위가 없도록 해야 하지 않겠습니까."

라고 말해보지 않을 수 없었다.

"우리도 생포되면 저런 꼴이 될지 모르오."

라고 하고도 이태는

"무슨 방책이 있긴 있어야겠소."

하며 고개를 돌렸다.

아닌 게 아니라 빨치산의 잔학한 행위는 남한의 군경들을 크게 자극했고, 따라서 군경들의 빨치산에 대한 보복 행위도 가혹하게 되었다. 이를테면 피아간의 잔학 행위는 상승 작용으로 악질화되어갔다.

다음 날 부흥리富興里에서 군경과의 백열전白熱戰이 있었다. 간신히 군경의 포위를 벗어났을 때 지池 소년이 없어진 것을 발견했다. 지 소년은 4중대 1소대에 속해 있던 17세의 소년이었다.

부흥리에서 2킬로미터쯤 떨어진 골짜기에서 쉬고 있을 때 피투성이가 된 지 소년이 나타났다. 모두들 달려가 그를 부축해서 일단 지혈을 하고, 간호병이 그의 넓적다리에 꽂혀 있는 파편을 핀셋으로 집어냈다.

그러고 있을 때 장문화 부중대장이 와서 지 소년에게 물었다

"어떻게 된 거냐?"

"수류탄이 터지는 소리를 듣고 정신없이 엎드려 있었는데, 군경들이 나를 죽은 줄 알고 그냥 지나쳐버렸습니다. 그들이 가고 난 뒤 정신을 차리고 간신히 기어왔습니다."

그러자 장문화는

"지 동무의 총은 어디에 있느냐?"

하고 물었다.

"정신을 차렸을 땐 이미 총이 없어져 있었습니다."

"뭐라구?"

장문화의 눈이 위로 치켜올라갔다.

"무기를 군경에게 바친 게로군."

"바친 게 아닙니다."

"결과적으로 바친 거나 마찬가지 아닌가."

"……."

이때 이태가

"지 동무는 부상을 당해 지금 대단히 고통스러울 겁니다. 사문은 이따가 해도 되지 않겠습니까?"

하고 끼어들었다.

"이건 실로 중대한 문제요."

장문화는 그 자리를 떠나면서 지 소년을 흘겨보았다.

중대가 아지트로 돌아온 후 장문화는 지 소년에 대한 책벌 문제를 제기하고,

"빨치산의 규율 엄수와 경각심을 높이기 위해 총살해야 한다."

라고 주장했다.

다른 간부들은 입을 열지 않았다.

"그 총 한 자루 때문에 우리 동무가 몇이나 죽을지 상상해보시오. 동시에 우리 처지로서 소총 하나 잃는다는 것이 얼마나 큰 손해인가를 상상해보시오. 병사의 생명은 총이 아닌가. 그 총을 포기한다는 것은 스스로 생명을 포기한 거나 다름없소. 보다도 철의 규칙을 어긴 대죄란 사실을 잊어선 안 되오. 마땅히 총살감이오."

장문화의 열변에 누구도 감히 반대하지 못했다. 지 소년 총살이 결정될 상황에 이르렀다.

"그럼 지 동무의 총살에 이의가 없는 것으로 보겠소."

장문화가 이렇게 다졌을 때 이태가 입을 열었다.

"빨치산이 무기를 버린 행위는 용서할 수 없소. 그리고 규율은 엄격해야 하오. 그러나 지 동무가 어떤 상황에서 무기를 버리게 되었나 하는 정상은 마땅히 참작되어야 한다고 나는 생각합니다. 근거리에서 수류탄이 작열하면 폭풍이 일게 됩니다. 누구나 정신을 잃게 됩니다. 더구나 지 동무는 대퇴부에 심한 상처를 입지 않았습니까. 아무리 총을 단단히 쥐고 있어도 폭풍 때문에 총이 날아가버립니다. 의식이 상실된 순간에 발생한 일인데 어떻게 책임 추궁을 할 수 있단 말입니까. 만일 지 동무가 뚜렷한 의식을 갖고 있으면서 총을 버렸다면 책벌을 받아야 당연하고, 그 책벌이 총살이 될 수도 있겠지만, 지 동무의 경우는 그런 것이 아닙니다. 설사 책벌을 전연 모면하기 어렵다고 해도 총살은 지나치다고 생각합니다."

이태의 말에 장문화는 극도로 흥분했다.

"빨치산의 활동이 온정론으로 가능할 것 같소?"

"나는 온정론을 편 것이 아니라 상황 설명을 한 것입니다."

"상황은 어떻게라도 설명할 수 있는 거요."

"어떻게라도 설명할 수 있다면 지 동무에게 유리한 상황 설명을 취해야 하지 않겠소."

"그 따위는 소부르주아의 궤변일 수밖에 없소. 문제는 상황 설명에 있는 것이 아니라 결과에 있소. 상황 설명 백 가지를 한다고 해도 잃어버린 총을 있게 할 순 없지 않겠소."

"동기에 있어서 용서할 수 있으면 결과를 불문에 부칠 수 있다고 나는 생각하오."

"당신의 생각만으로 규율을 좌우할 순 없소."

"나는 단 한 사람이라도 우리의 동지를 아끼자는 겁니다. 규율은 극형만으로 유지되는 건 아니라고 봅니다. 전우애도 규율을 유지하는 데 극히 필요하다고 생각합니다."

"전우애가 당신에게만 있는 것으로 아시오? 나는 전우애로 지 동무의 총살을 주장하오. 그 총 한 자루 때문에 우리 동무가 몇이나 상할지 그걸 한번 가정해보시오."

"이미 일은 지나간 겁니다. 그리고 그건 지 동무의 과실이랄 수가 없습니다. 전투 중에 있을 수 있는 불가피한 과실입니다. 그 불가피한 과실을 총살로 벌한다는 것은 잘못이라고 생각하고, 나는 지 동무를 처단하자는 주장에 단호히 반대합니다."

"이 동무."

하고 장문화가 노기를 섞어 말했다.

"소대장 동무는 부중대장인 나의 명령에 복종하지 않겠단 말이지?"

"이 문제는 명령으로 결정될 성질의 것이 아닙니다."

이태와 장문화의 토론이 길어지자, 이 사람 저 사람으로부터 의견이 나왔다. 그 의견들은 대체로 이태를 지지하는 방향을 취하고 있었다.

"그럼 좋소. 이 문제는 사령관 동무의 결정에 맡깁시다."

그 무렵 방준표 사령관은 본거를 회문산回文山으로 옮겨놓고 있었다.

이튿날 방 사령관으로부터 회시가 왔다.

그 회시로 지 소년은 총살을 면하게 되었다.

이태가 오매불망하던 백인숙 간호원이 유격대 본부에 배속되었다. 부상병을 따라가다가 북진이 불가능하게 되어 돌아온 것이다.

11월 초 순창읍을 습격하는 작전이 있었다. 목적은 월동 대책을 세우기 위한 물자의 확보와 제2전선 강화를 위한 위력의 과시에 있었다.

유격대의 총병력으로 감행된 이 작전은 계획의 사전 누설로 순창읍에 들어가기 직전에 군경 부대를 만나 일대 난전 끝에 많은 사상자를 내고 철수하고 말았다. 이날 밤 태영이 소속된 소대는 강행으로 회문산 어귀에 있는 성미산成美山에 도착했다.

회문산은 해발 7백여 미터의 장군봉과 회문봉으로 이루어진 난공불락을 자랑할 만한 지형이며 장엄한 성새를 방불케 하는 곳이었다.

4중대는 회문산 동쪽 진입로인 일중리日中里 무인 마을에 본거를 두고 봉천리와 오수 사이에 있는 전화선과 철도를 각각 2백 미터 끊는 임무를 맡고 있었는데, 임무를 마치고 덕계리에서 휴식을 취하고 있을 때 군경의 역습을 받았다. 그래서 일중리로부터 회문산 안에 있는 시내 마을로 중대 본부를 옮겼다.

이 무렵 전투 단위의 호칭 변경이 있었다. 중대를 '병단'兵團으로 고쳐 부르게 된 것이다. 박암이 이끄는 제1중대는 '벼락 병단', 왜가리(별명)가 이끄는 제2중대는 '번개 병단', 제3중대는 '기포 병단', 제4중대, 즉 이태와 태영이 소속된 중대는 '독수리 병단'이 되었다. 사령은 맹봉孟鳳.

벼락 병단은 회문산 남쪽 정면을 지키고, 번개 병단은 동쪽 정면인 여분산을 지키고, 독수리 병단은 서북쪽을 지키고, 기포 병단은 예비대로서 외곽이 무너졌을 때 회문, 장군 양 봉우리를 지키게 되어 있었다. 각 병단의 병력은 백 명 내외. 이밖에 임실부대가 있었다.

회문산을 공격 목표로 하고 경찰대의 포위가 증강되고 있다는 정보가 속속 날아들었다.

이러한 상황 속에서도 유격대 사령부는 노령학원蘆嶺學院이란 교육 기관을 설치했다. 정치와 군사에 관한 교육을 통해 빨치산을 민족의 간부로 만들겠다는 것이 그 기관을 설치한 목적이었다.

그런데 그 뜻은 보다 깊은 데 있었다.

빨치산이 결코 낙오된 패잔병의 집단이 아니고 당당한 전투 단위에 속한 전사들이란 자각을 잊지 않게 하기 위한 수단이며, 빨치산은 단순한 화적이나 반도叛徒가 아닌 뚜렷한 목적 의식을 가진 애국자의 집단이란 것을 깨닫게 하는 수단이며, 어떠한 경우라도 인민의 선두에 서 있는 민족의 간부라는 자부를 가르치기 위한 수단이었던 것이다.

노령학원의 간부진엔 '중앙 민청'의 부위원장을 지낸 오원석吳元錫 같은 고위 간부를 비롯해서 평양 강동학원江東學院 출신들이 있었다.

각 병단에서 10명씩 차출해 10일 동안 단기 교육을 시키는데, 그동안엔 예비대 신분이 되어 전투에 참가하지 않아도 되었다.

박태영은 제2기생으로 노령학원 과정을 마쳤다. 얻은 것이라곤 하나도 없었다. 그러나 공산주의에 대해 느낀 것은 많았다.

노령학원 강사들이 이른바 엘리트 공산주의자를 대표한다면 공산주의의 장래가 극히 비관스럽다는 것이 태영이 그곳에서 얻은 가장 심각한 감상이었다.

그들은 공산주의자들에겐 모든 것이 허용된다는 논법으로 일관했다. 지방 양민들의 재산을 약탈하는 것도 공산주의를 돕는 일이니 합리화되고, 공산주의를 반대한다는 것만으로도 죽일 수 있는 죄목이 된다는 것이었다.

그들에 의하면 공산주의는 천상천하의 유일한 진리일 뿐 아니라, 모든 특권, 생살여탈의 권리까지 포함한 절대권의 소유자였다.

박태영의 견식은 '공산주의란 인민을 골고루 복되게 할 수 있는 정치적 수단'이란 정도에 머물고 있었는데, 노령학원 강사들은 공산주의를 신봉하기 위해선 인민 따위는 공산주의 노선에서 이탈했다고 인정만 된다면 한꺼번에 수만 명을 불태워 죽여도 무방한 것처럼 논리를 비약시켰던 것이다.

오늘의 생사를 가늠하지 못하는 환경이 그들을 광신자로 만들었는지 모른다고 이해하려고 해도 박태영은 그들의 논리가 납득되질 않았다.

"비상 사태에 있어선 전술적 사상이 모든 사상의 우위에 선다."
라는 것까진 납득할 수 있었지만, 그 독단을 원칙화하고 항구화하려는 경향은 위험천만한 것이다.

하기야 소련이 그 모양으로 되어 있다.

'프롤레타리아 독재'는 어디까지나 전술적 사상인데, 그 전술적 사상이 오늘날엔 영구적으로 경화되어 다른 사상이 접근할 수 없는 벽이 되어버리지 않았는가.

노령학원에서 병단으로 돌아간 태영이 만나자마자 이태에게 제기한 문제가 바로 이것이었다.

이태는 우울한 표정으로 듣고 있더니

"이제 와선 도리가 없지 않소. 이론 투쟁은 앞날로 미루고 우리가 살아남을 연구나 합시다. 살아남으려면 전투에 익숙해져야 하오. 박 동무는 너무 생각이 많소."
하고 태영의 어깨를 쳤다.

독수리 병단은 백련산白蓮山으로 근거를 옮기라는 명령이 내려진 것은 11월 하순이었다. 백련산은 회문산에서 마주 바라보는 곳에 있었다.

백련산의 중방이란 곳에 독수리 병단은 본부를 두었다.

본부를 옮기고 얼마 후 이른바 청웅 작전靑雄作戰이 있었다. 이 작전의 목적은, 당시 청웅에 몰려들고 있는 대한민국 군경 부대를 모래재 이북으로 몰아내는 데 있었다. 군경 부대를 청웅에 그냥 둔다는 것은 회문산 지구 일대를 불안하게 만드는 요인이 되었었다.

사령부의 지시에 의해 독수리 병단, 기포 병단, 그리고 임실부대가 합동으로 작전에 참가했다. 맹봉 사령이 총지휘자가 되었다. 맹봉은 춘천고등학교 출신으로, 학생 시절에 축구 선수였다는 건장한 체구의 소유자이며, 대담한 작전 지휘로 이미 유명해져 있었다.

청웅 작전을 위한 병력은 독수리 병단 56명, 기포 병단 80명, 임실부대 30명, 도합 180명이었다.

이윽고 청웅에서 공방전이 벌어졌다. 그런데 임실부대는 군경의 증원 부대가 임실 쪽에서 오는 것을 보고 도주해버리고, 독수리 병단과 기포 병단은 기를 쓰고 싸우다가 배후에 기습을 받았다.

뿔뿔이 무너져 백련산으로 돌아왔다. 이 전투에서 이태는 전신 여러 곳에 파편상을 입었다.

이때부터 군경 부대의 압력이 날로 강화되었다. 군경 부대는 빨치산을 소탕하기 위해 연일 공격을 거듭했다. 청웅전투에서 빨치산의 전력을 짐작하고 얕잡아보게 된 것이다.

빨치산은 군경 부대의 공격에 쫓겨, 회문산 지구 이 골짜기 저 골짜기로 도망쳐 다녔다. 군경들은 이미 시체가 되어버린 빨치산을 빈번히 보게 되었다. 시체가 뒹굴고 있으면 시체의 옷 속주머니에 손을 넣어 보았다. 거기에서 놋숟가락 부러진 것이 나오면 그건 빨치산이었다. 그 무렵 놋숟가락 부러진 것을 당증으로 지니고 다녔던 것이다.

허망한 정열

날짜의 의식 없이 시간이 흘렀다.

겨울이 닥쳐와 있었다.

회문산에 첫눈이 내렸다.

첫눈과 함께 군경 부대가 빨치산들의 회문산 주저항선으로 몰려들었다. 유격대 사령부는 회문산 안시내에 있었는데, 전투는 그 아래 미륵정에서 시작되었다. 유격대의 주력은 벼락 병단이고, 노령학원의 학생대가 이에 가세했다.

그러나 우수한 군경의 화력과 압도적인 수를 당해내지 못해, 유격대는 안시내 쪽으로 후퇴했다. 이때 이태는 아직 아물지 않은 상처 때문에 전투에 참가하지 못하고 일중리 쪽으로 피신했다. 태영이 이태를 다시 만나게 되는 것은 1개월쯤 후이다.

12월에 들자 중공군이 국경을 넘어 들어왔다는 소식이 퍼졌다. 이 소식으로 유격대는 흥분의 도가니가 되었다. 평양이 함락되고 유엔군이 압록강까지 진출했다는 소식이 있은 지 얼마 되지 않은 때여서, 유격대원들은 다시금 '최후의 승리'에 대한 희망을 갖게 되었다.

그러나 그 희망과 감격은 다시 시작된 군경 부대의 공격 앞에 오래 유지될 수 없었다.

1950년이 저물어갈 무렵이었다.

몹시도 추운 날이었다. 다시 청웅을 공격할 계획 아래 독수리 병단은 모래재에 매복해 다음 명령을 기다리라는 지시를 받았다. 병단 아지트가 있는 곳에서 모래재까진 30리 거리였다. 박태영 등은 이른 저녁을 먹고 행군을 시작했다. 행군에 앞서 수냉식水冷式 경기관총엔 부동액 대신 소주를 넣고, 경기 BAR는 아주까리 기름으로 정밀 청소를 했다.

밤 10시에 모래재에 도착했다. 젖은 바지가 얼어붙어 뼈까지 얼어붙는 듯한 강추위에 벌벌 떨고 있는데, 계획에 무슨 착오가 있었던지 다섯 시간 만에 철수 명령이 내려졌다. 그러나 그로써 무사한 것은 아니었다. 며칠 뒤 군경 부대가 약담봉으로 쳐들어와 격전이 있었다.

결국 청웅 공격은 십여 차례 시도했으나 한 번도 목적을 이루지 못하고 많은 희생만 냈다.

이태가 독수리 병단으로 돌아왔다. 태영과 이태는 서로 부둥켜안고 눈물을 흘렸다. 태영에게 있어서 이태는 육친 이상이었다. 언제나 이태와 같이 있으면 안심이 되었다.

이태는 그동안 약담봉 물구리 아지트에서 상처를 치료했다고 했다. 완전히 나았느냐는 질문에 그는

"세상에 완전한 치유가 있을 수 있겠소."

하고 웃었다. 그런데 그 웃음이 근래에 보기 드문 따뜻한 웃음이어서, 무슨 좋은 일이 있었느냐고 태영이 물었다.

"기쁜 일이 있으면 슬픈 일이 있게 마련 아니겠소. 그런데 나는 좋은 추억거리를 얻은 것 같소."

하고, 둘이만 있을 수 있는 조용한 시간에 얘기하겠노라고 했다.

수일 후 태영은 이태로부터 그동안 있었던 일에 관한 얘기를 들었다. 파르티잔이란 지옥 속에 핀 아름다운 꽃에 비할 수 있는 로맨스였다. 다음은 이태의 얘기다. 그러니 '나'라는 사람은 이태를 가리킨다.

첫눈이 내리는 날 나는 전신에 파편상을 입고 바위 틈에 쓰러졌소. 정신을 차렸을 때 연락병인 전田 동무가 옆에 있었소.

이곳저곳의 상처를 헝겊으로 동여매고 전 동무의 부축을 받으며 일 중리 쪽으로 내려갔지. 저녁 무렵에 월치마을에 도착, 병단 본부에 신고하고 그곳에 있는 의무실로 들어갔소. 그 의무실엔 환자가 나 말고 두 명 있었소. 병단이 보급 투쟁을 나가고 나니 월치마을은 텅 빈 것처럼 되어버렸소. 이튿날 아침에 깨어보니 월치마을은 군경들의 포위 속에 들어가 있었소. 세수하러 나간 김이란 동무는 군경의 총검에 찔려 죽었소. 이건 뒤에야 안 일이오. 군경들은 마을에 불을 지르기 시작했소. 연기와 불길이 마을을 덮어, 우리는 앉아서 타 죽든지 바깥으로 뛰쳐나가 군경의 총에 맞아 죽든지 해야 할 판이 되었소. 결국 탈출을 기도할 수밖에 없었는데, 중환자의 처치가 곤란하게 되었소. 할 수 없이 중환자를 끌어내어 돌담 밑에 숨겨놓았소. 그리고 내가 엄호 사격을 하는 틈에 백인숙이 탈출하고, 백인숙이 수류탄을 터뜨리면 그 틈에 내가 탈출하는 계략을 써서, 기적적으로 위기를 벗어났소. 나는 백인숙의 어깨에 의지해 가실부락 뒷산을 돌아 원통산 중턱까지 가서 양지바른 곳을 골라 누웠소. 어제 온 첫눈은 카랑한 날씨에 거짓말처럼 녹아 있었고, 풀도 말라 있었소. 따스한 햇볕에 어느덧 나는 잠이 들었소. 깨어보니 겨울 해가 회문산 마루에 걸려 있는데, 백인숙은 카빈총을 들고 망을 보고 있었소. 그때 올려다본 내 눈에 비친 백인숙은 신성한 천사 같았소. 어머니를 만난 기분이었소. 그 고귀한 모습을 어떻게 표현하면 좋을까. 나는 이 세상에서 가장 아름다운 여성, 가장 고귀한 여성을 발견했소.

"군관 동무, 그러고 있으니까 꼭 어린애 같아요."

백인숙이 미소를 띠고 한 말이었소.

"어린애가 되었으면 좋겠소."

내가 이렇게 말했더니 백인숙은

"참 이상해요. 아까 월치마을을 탈출할 땐 성난 호랑이 같더니……."
하고 웃음을 머금었소.

밤이 되어서야 양지마을로 내려갔지요. 그곳에 임실부대가 있다는 것을 알았기 때문이오.

임실부대도 보급 투쟁을 나가, 마을이 비어 있습디다. 어느 빈방으로 들어가 둘이서 담요 조각 하나를 같이 덮고 나란히 누워 밤새껏 얘기를 나눴지. 나는 대학생 시절 얘기를 하고, 백인숙은 여학생 시절 얘기를 하고……. 옛날 영화를 본 얘기도 나왔는데, 백인숙이

"유고의 빨치산 활동은 꽤 시적으로 느껴졌는데, 우리 빨치산은 어째서 이처럼 비낭만적일까요."
하는 바람에 되게 웃었소. 그때 나는 이렇게 말했소.

"백인숙 동무랑 나랑 월치마을을 탈출해 이곳에 이렇게 누워 있는 장면을 영화로 만들면 기막힌 영화가 될 것이오."

"군관 동무는 게리 쿠퍼를 닮았으니까 멋지게 되겠지만, 나는 못 나서……."
하고 백인숙이 말꼬리를 흐렸어요. 그래 내가 말했지.

"유고의 그 영화에 나오는 데보라 카쯤은 백인숙 동무와 비교하면 아무것도 아니라오."

이건 과장이 아니고 내 진심에서 우러난 말이었소.

이런 얘기 저런 얘기로 꼬박 밤을 새우고 새벽녘에야 잠깐 눈을 붙였을까?

그날 밤 임실부대는 독수리 병단과 합세해 청웅을 칠 참이었는데, 보루에 접근하기 직전 어느 동무의 오발로 작전이 무위로 끝났을 뿐만 아

니라, 강력한 반격을 받아 양지마을까지 포기하고 약담봉까지 밀려 올라갔소.

그때 벼락 병단이 미륵정을 빼앗기고 안시내로 후퇴하고 있었는데, 거기서 독수리 병단의 위치를 확인하게 되었지요. 백인숙은 히여터의 후방 병원으로 가기로 돼 있었어요. 우리는, 히여터로 가는 길과 독수리 병단이 있다는 물우리勿憂里로 가는 길이 갈라지는 무부리까지 동행하게 되었소.

눈이 내리기 시작해서, 일중리 한길가 빈집에서 눈을 피해 가기로 하고 그 집으로 들어갔죠. 백인숙이 나의 상처를 마지막으로 치료해주겠다고 하더군요. 치료가 끝나자 백인숙은

"이제 헤어지면 누가 상처를 치료해드리죠?"

하고 울먹거렸소.

"그보다도 인숙 동무가 빨래해주겠다고 했는데 그 기회가 결국 없어졌군요."

뭉클해진 가슴을 억누르려고 내가 한 말이었소. 백인숙은 내 무릎에 엎드려 어깨를 들먹거렸소.

"전쟁이 끝나면 우리 다시 만날 수 있을까요?"

백인숙은 헤어지는 기념으로 조각 담요를 주겠다고 했소. 그러나 나는 그걸 받을 수가 없었소.

"앞으로 더 추워질 테니 당신이 그냥 가지고 있소."

라고 했지요.

한데 백인숙을 그냥 떠나보낼 수가 없습디다. 자기도 뭔가 받고 싶은 눈치였구요. 그래 배낭에서 종이를 꺼내 내가 좋아하는 바이런의 시를 썼지요.

'그대는 나와 운명을 달리하는 까닭에 내 마음 불타올라도 어이할 바 없구나. 다만 바라노니, 그대의 가슴에 평온이 깃드소서.

눈 내리는 날 섬진강 상류 기슭에서 백인숙 동무를 보내며, 이태.'

백인숙은 그 글귀를 한참 동안 들여다보고 있었소. 그러나 그러고만 있을 순 없지 않겠소.

"자, 갑시다."

라고 했지. 인숙은 드디어 울음을 터뜨리고 말았소. 우는 인숙을 안고 나는 차라리 화석이 되어버렸으면 했소.

이윽고 눈보라 속을 걷기 시작해 무부리에 도착했소. 거기서 히여터까지 강줄기를 타고 20리를 더 가야 하오. 아무도 없는 무인지경인데, 눈보라 때문에 군경의 눈에 띄지 않는 것이 다행이었지. 무부리에서 우리는 헤어졌소. 할 수 있는 말이래야 '부디 몸조심하라.'는 말. 나는 눈 속으로 사라져가는 인숙을 보이지 않을 때까지 지켜보았소…….

여기까지 말하고 이태는

"나는 평생의 사랑을 그 짧은 시간에 다해버린 것 같애."

하고 쓸쓸하게 웃었다.

그런데 이태의 얼굴에 나타나 있는 어떤 충족감은 그 사랑의 반영일 것이다. 박태영은 마음으로부터 그들의 사랑을 축복하고 싶었다. 다시 만날 기회가 있어, 평화 속에서 행복의 꽃을 피울 수 있는 날이 오면 얼마나 좋을까.

태영은 김숙자를 생각하고 마음속으로 울었다.

그런데 이태가 백인숙에게 적어준 그 바이런의 시가 문제가 되었다.

15차 청웅 공격이 감행되어 독수리 병단이 많은 사상자를 내고 기진맥진 아지트로 돌아온 이튿날 아침, 장문화 부중대장이 병단의 간부들을 불러모았다.

그 자리에서 장문화는

"이태 동무와 간호원 백인숙 동무의 관계를 말하시오."

하고 이태에게 추궁했다.

"백인숙과 나는 별다른 관계가 없소. 환자로서 그녀로부터 치료를 받았을 뿐이오."

"그게 정말이오?"

"그렇소."

"그럼 이게 뭐요."

하고 장문화가 종이 쪽지를 꺼내놓았다. 그것은 이태가 백인숙에게 준 바이런의 시가 적혀 있는 쪽지였다.

장문화는, 후방 병원에 들렀을 때 백인숙이 자랑삼아 읽어주는 시를 듣고, 그게 누가 쓴 것이냐고 따져 탈취해온 것이라고 밝히고 물었다.

"바이런은 반동 시인 아니오?"

"반동인지 아닌지는 모르겠소. 볼셰비키는 아닐 것입니다."

"좋소. 문제는 어째서 추잡한 연애시를 간호병에게 써주었느냐 이거요. 이런 시기에 그따위 짓을 했다는 건 조국과 인민에게 과오를 범한 것이라고 생각하지 않소?"

이태는 대답하지 않았다.

"당연히 책벌이 있어야 한다."

장문화는 흥분했다.

이때 맹봉 사령이 입을 열었다.

"과오라도 그건 대단한 과오라고 할 수 없소. 게다가 이태 동무는 자기 의무를 충실하게 수행한 사람이오. 앞으론 삼가기로 하고 그 문제는 없었던 것으로 하시오."

결국 그 문제는 흐지부지되고 말았지만, 오늘의 생명을 모르는 나날을 지내며 그런 일을 문제 삼는다는 것이 태영은 불쾌했다.

바로 그 이튿날, 무이산 공격을 하다가 역습을 당해 독수리 병단이 퇴각할 무렵, 본대 또한 기습을 당해 장문화 부중대장과 대원 6명이 전사했다. 걸핏하면 조국과 인민을 내세워 잔인할 정도로 동료들을 몰아세우던 장문화의 전사는 착잡한 감회를 대원들로 하여금 갖게 했다.

그러나 그런 감상에 오래 빠져 있을 수는 없었다. 동계 지서東溪支署 공격 작전이 있은 뒤 독수리 병단은 회문산 동남쪽 용골산龍骨山에 거점을 두었다. 강력한 군경의 공격 때문에 용골산의 거점을 지탱하지 못하고 원통산 줄기에 옮아 붙었다. 유엔군의 비행기가 연일 회문산을 강타했다. 그러는 동안, 기관총의 부동액으로 쓸 소주를 마시고 곯아떨어진 4명이 군경에 발견되어 사살된 사건이 있었다.

그리고 보니 3개월 전 여분산을 떠난 이태의 소대 16명은 전사, 전상, 소환 등으로 줄어 7명을 남기게 되었다.

해가 바뀌어 1951년 1월 초순, 유격대 사령부로부터 이태에게 소환령이 내려졌다.

전북 도당 유격대 사령부는 장군봉 투구바위로 오르는 계곡에 있었다. 이태는 대숲이 우거진 마을 대수말을 지나 사령부로 올라갔다. 사령부 근처에 가니, 시내를 사이에 두고 양쪽 비탈에 여분산에서 지은 것과 같은 초막들이 늘어서 있었다. 『수호지』나 『임꺽정전』에 나오는 산적들의 산채를 방불케 하는 인상이었다.

사령부에 가보니 이태는 통신 요원으로 소환된 것이었다. 초막 가운데 하나가 '전북 도당 유격 사령부 통신과'로 되어 있는 중앙통신 전북 지사였다. 그 초막을 찾아가니 김상원 지사장을 비롯해 구영근, 고학진, 신영균 등이 그대로 있어 모두들 반겨주었다. 변한 것은 안安이란 소녀 동무가 끼여 있다는 사실뿐이었다.

이태를 소환한 사정은 다음과 같았다. 여분산에서 쓰던 축전기는 한 달 동안 쓰고 나니 못 쓰게 되었다. 그래서 유격대가 구해온 자동차 축전기를 쓰고 있었는데, 그것도 다 되어 지금은 시냇물을 이용해 수력발전으로 수신을 하고 있었다. 그런데 수신 장소가 사령부와 너무나 가까워, 송수신 중 사령부의 위치가 노출될 위험이 생겼다. 그래서 약간 거리를 두어 송수신을 위한 분소를 둘 계획인데, 그 분소의 책임자로서 이태가 필요하게 된 것이다. 말하자면 그곳에 있는 세 사람의 수신은 오수誤受투성이여서 기술자를 필요로 했다는 것이었다.

이태는 지형을 살핀 결과 분소의 위치를 황계촌黃溪村으로 정했다. 황계촌은 여분산과 장군봉 사이의 분지에 자리 잡은 비교적 유복한 산촌이었다. 거기서 대수말까지가 5리, 남쪽 10리 거리에 배터리 부락이 보였다. 왜가리 동무가 지휘하는 번개 병단은 여분산의 서남을 지키고 있었다.

분소의 직원은 이태와 무전사 고학진, 필생筆生 안 소녀 3명이고, 신영균은 지사와 분소를 왕래하며 무전기를 보수하고 물자를 보급하고 통신을 전달하는 역할, 구영근은 지사에서 이태가 보낸 기사를 정리해 통신을 발행하는 역할을 맡았다.

충분한 기재가 있을 까닭이 없었다. 그런데도 물레방아를 돌려 발전해 무전기를 작동한다는 것은 기적에 가까운 일이었다. 아무튼 수신은 곧 되었으나 송신은 되지 않았다. 송신을 해도 발전기의 출력이 모자라서인지 상대편으로부터 반응이 없었다. 비록 서울 지사, 평양 본사와 교신이 된다고 해도 군대나 경찰이 엿들을 위험이 있어서 수신에만 힘썼다.

그런 까닭에 평양발 보도만은 매일 받을 수 있고, 한국 경찰의 통신도 엿들을 수 있어, 매일 유격대 통신을 발행하게 되었다.

이태는 1950년 12월 21일, 만포진滿浦鎭 별오리別午里 노동당 대회에서 채택된 8개항 비판, 빨치산에 대한 제2전선 형성과 강화에 관한 지령, 김무정金武亭에 대한 군사 재판, 강원도 도당 위원장 임춘추, 민족보위성 부상 김일, 사단장 김한중, 최강 등에 대한 책벌, 민청과 여맹의 개편 소식, 인민군 제10사단의 태백산 진격, 안동 진출 등의 보도를 받아 사령부에 보고했다.

이 일은 실로 이태가 아니면 거의 불가능하다고 할 수 있었다. 수신이 된다고 하나, 전기와 무전기의 결함으로 무전사 고학진이 받은 무전은 빈칸투성이었다. 들리는 글자가 있고 들리지 않은 글자가 있기 때문이었다. 그러니 이태는 그 빈칸투성이의 통신을 퀴즈 풀이를 하듯 끼워 맞추고 풀이해야만 했다. 그런데 그 일이 보통 난사가 아니었다. 구영근 기자는 그런 일에 전연 자신이 없었다.

이태가 암호를 해독하듯이 해놓으면 안 소녀가 정서해서 선 요원 편線要員便으로 지사에 보내는데, 그렇게 하려니 자연 안 소녀와 친해질 수밖에 없었다. 안 소녀도 이태에게 각별한 호의를 보였다.

어느 날 무전기를 수리하러 온 신영균이 불쑥 말했다.

"과장 동무, 안 동무와 너무 친하게 지내지 마소. 지사장 신경질이 자꾸 심해지니까.”

"신 동무, 그게 무슨 말이오?"

라고 했으나 이태는 가슴이 뜨끔했다. 전에 백인숙과의 일 때문에 혼난 적이 있기 때문이었다.

이태는 앞으로 조심해야겠다고 마음속으로 다졌다. 그러나 밤 12시까지 고학진이 받아놓은 전문을 머리를 싸매고 푸는 동안엔 고학진과 안 소녀는 깊이 잠에 빠져들게 마련인데, 이태의 눈은 가끔 잠자는 안 소녀의 얼굴에서 머물곤 했다.

잠자는 소녀의 모습은 천사의 모습과 다름이 없었다. 이 소녀의 앞날에 과연 행복한 날이 올까 생각하면 마음이 무거워졌다.

그런데 황계촌에서의 생활은 용골산에서 지낸 적과 비교하면 지옥과 천당의 차이만큼이나 되었다. 아무리 전문 풀기가 어렵다고 해도, 추위와 굶주림 속에서 포탄을 피해 우왕좌왕해야 하는 처지에 비하면 바로 극락이었다. 게다가 안 소녀 같은 천사가 옆에 있고 보면…….

그러나 그 생활은 오래갈 수 없었다.

어느 날, 이태가 우연히 장군봉 쪽으로 눈을 돌렸을 때, 히여터 쪽 고개에 봇짐을 꾸려 지고 넘어오는 남녀의 무리들이 보였다.

히여터에 있던 후방 부대가 군경 토벌대의 공격을 받아 후퇴하는 것이 확실했다. 가장 안전한 지대라고 치던 히여터가 위험하다면 황계촌에도 머잖아 폭풍이 불어닥칠 것이 명백했다.

이태는 여차하면 후퇴할 수 있도록 장비를 꾸려놓고 사태를 주시하기로 했다.

그날 밤 후퇴해온 부대에서 소를 잡는다는 소식이 있었다. 고학진이 가서 쇠고기 여남은 근을 얻어왔다. 그 쇠고기를 굽기도 하고 국을 끓

이기도 하여 막 먹으려고 할 때 문이 열렸다. 그리고 어떤 여인이

"이태 동무!"

하고 외마디소리를 외치더니 이태의 무릎 위에 쓰러지듯 얼굴을 파묻었다.

백인숙이었다. 병원도 같이 후퇴해온 것이다. 이태는 반가움이 한량없었지만, 고학진과 안 소녀의 눈앞이어서 어쩔 줄을 몰랐다.

어안이 벙벙하다는 표정으로 있던 안 소녀가 여인에게 한마디 쏘았다.

"동무, 그 태도가 뭐요? 좀 삼가시오."

고학진은 빙글빙글 웃기만 했다.

안 소녀와 백인숙은 전부터 아는 사이인지, 백인숙이

"안 동무, 너무 반가워서 그만……."

하고 변명했다.

"그럼 내가 너무했나?"

하고 안 소녀는 곧 쾌활한 표정으로 돌아가 백인숙을 위해 자리를 마련했다.

네 사람의 회식이 되었다.

백인숙은 히여터의 마지막 광경을 들려주었다. 군경의 대부대가 덤벼드는 바람에 자칫 몰살당할 뻔했다는 얘기였다. 이태는 용골산에서 겪은 이야기를 했다. 전사한 사람들의 이름을 꼽으며 일일이 사연을 설명했다.

그렇게 되니 자연 자리는 부드러워졌다. 백인숙이 물었다.

"박태영 동무는 어디에 있지요?"

"독수리에 있어."

"나는 전북 지사가 다 모인 줄 알았는데."

"나는 기술자로서 필요하니까 뽑혀 온 거요. 전투 부대 인원을 함부로 차출시킬 순 없지."

"박 동무가 꽤나 섭섭했겠군요."

"섭섭했겠지. 여분산에서 16명이 출발했는데, 내가 소환될 땐 7명이 남았어. 내가 떠나버렸으니까 독수리인 내 소대는 6명이 되어버렸지. 지금쯤 다른 소대와 합류했을 거요."

밤이 이슥하게 깊었다.

고학진이 수신하기 시작했다.

백인숙이 세 사람을 번갈아보더니 물었다.

"나 여기서 같이 자도 될까요?"

"병원 일은?"

이태가 물었다.

"병원 일은 바쁘지 않아요."

고학진과 안 소녀는 반대하지 않았다.

백인숙은 통신문을 정리하는 이태의 무릎을 베고 누웠다.

고학진은 벌써 코를 곯고 있었다. 안 소녀는 이태와 백인숙의 얘기에 끼어들었다.

백인숙은 벽에 걸린 이태의 방한모를 가리키며 빼앗긴 바이런의 시 얘기를 하고,

"그 대신 저걸 선물로 주면, 나는 내가 가지고 다니는 만년필을 드리겠어요."

라고 했다.

그러자 안 소녀가 볼멘소릴 했다.

"제게도 뭐 하나 줘요. 백 동무만 예뻐하지 말구."

이태는 '이 엉뚱한 곳에서 무슨 염복인가.' 싶어 속으로 웃었다.

백인숙과 단둘의 시간을 갖지 못하는 것이 안타까웠지만, 회포는 풀 수 있었다. 새벽이 가까워져서야 이태는 백인숙에게 손을 잡힌 채 잠들었다.

잠든 지 한 시간도 못 되었을 때였다.

요란한 총성에 네 사람은 한꺼번에 잠에서 깼다.

히여터에서 오는 고개 근처에서 전투가 시작된 것이다. 토벌군은 당장 황계촌으로 밀어닥칠 것 같았다. 백인숙은 이태의 방한모를 눌러 쓰고 병원 부대의 숙영지를 향해 뛰어갔다.

이태는 통신 장비를 고학진, 안 소녀와 나눠 지고 장군봉 비탈을 얼마쯤 올라가서 정세를 살폈다. 황계촌엔 토벌군이 벌써 들이닥쳐 있었다.

이태는 장군봉의 투구바위를 향해 걸음을 서둘렀다. 도중에 부상병 일단을 만났다. 그들이 주고받는 말에 의하면, 회문봉은 이미 함락되고, 토벌군은 장군봉을 향해 진격하고 있으며, 중부 능선의 여군 부대는 장군봉으로 오는 토벌군을 막으려다 전멸했다는 것이었다.

토벌군의 주력은 국군 제11사단으로, 이에 경찰이 합세했는데, 병력이 2만에 가깝다고 했다.

장군봉이 떨어지면 대수말의 사령부가 견디어낼 도리가 없다. 지금쯤 사령부는 쑥밭이 되었을지 몰랐다. 외따로 떨어져 있는 용골산의 독수리는 어떻게 되었을까. 2만의 토벌군에 천 명도 안 되는 유격대가 어떻게 대항할 수 있을 것인가. 복잡한 상념이 머릿속에서 소용돌이쳤다. 이태는 힘을 다해 투구바위의 보루를 향해 가파른 비탈길을 기어올랐다.

"2만이 넘는 국군 부대와 경찰 부대의 포위를 뚫고 천 명 미만의 유격대가 회문산에서 빠져나온 광경은 아마 세계의 어느 전사戰史에서도 찾아볼 수 없을 것이다."

이렇게 박태영이 훗날 회상한 그날—.

통신 장비를 짊어진 이태와 고학진, 안 소녀는 빗발치는 탄환 속을 누벼 드디어 투구바위 둘레의 사각지대에 도착할 수 있었다.

투구바위 둘레에 파놓은 참호 속은 비참을 극하고 있었다. 수많은 부상자들이 빗물로 흥건한 호 속에서 뒹굴어, 피와 흙탕물이 범벅이 돼 피비린내가 코를 찌르고 모두 귀신의 모습이었다.

중부 능선은 시퍼렇게 국군 부대가 뒤덮고 있었다. 피아 간의 거리가 너무나 가까웠다. 전투대원들은 발부리에 차이는 부상자들 사이를 오가며 국군 부대를 향해 눈에 불을 켜고 총을 쏘아대고 수류탄을 던졌다. 전멸이 경각에 있는 것 같았다. 만일 포격이라도 있었더라면 이태 등이 올라간 사각지대도 쓸모없이 되었을 텐데 포격이 없어 다행이었다. 이태와 고학준, 안 소녀는 피비린내를 풍기는 부상자들 사이에 끼여 있어야만 했다. 무거운 짐을 지고 있는데다가 억수같이 쏟아지는 비 때문에 움직일 수 없었던 것이다.

황계촌을 점령한 토벌대가 이태가 있는 방향으로 밀고 올라오기 시작했다. 그렇게 되어 투구바위의 보루는 사면으로 완전히 포위되었다. 사각 지대라고 생각한 곳도 기관총의 사정 거리 안에 들게 되었다.

그런데 투구바위의 보루는 함락되지 않았다. 절체절명의 각오가 되어 있기 때문이었다. 수류탄과 돌격으로 공격군을 번번이 물리쳤다.

지루한 하루가 지나고 어둠이 깔릴 무렵, 노령학원 골짜기로부터 독수리 병단과 벼락 병단이 중부 능선을 향해 측면 공격을 퍼부었다. 공격군이 주춤하는 것 같았다. 황계촌 쪽에서도 요란한 총성이 울렸다. 여분산에 자리 잡고 있던 벼락 병단이 사령부를 구출하기 위해 달려온 것이다. 사령부 지휘 계통은 아직도 기능을 발휘하는 것이 분명했다.

어둠이 짙어졌다. 유격대의 공격이 치열해졌다. 밤은 언제나 빨치산에게 유리했다. 야습은 곧 빨치산의 장기였다. 토벌군은 서서히 포위망을 조금 후퇴시켰다.

이태는 그 기회를 놓칠 수 없었다. 고학진과 안 소녀를 데리고 태수 말을 향해 골짜기를 더듬어 내려갔다. 사령부의 초막들은 그대로 있었다. 통신사에선 발전 시설을 철거해 짊어질 수 있도록 꾸려놓고 명령을 대기하고 있었다.

"무사했군."

"별일 없습니다."

"좋았어."

이런 말들이 잠깐 오갔으나 초막 안의 공기는 침통했다.

투구바위 수비대의 분전 감투로 오늘 밤엔 그럭저럭 무사하겠지만 내일이 문제였다. 날이 새기만 하면 토벌군이 벌떼처럼 덤빌 것이다. 다시 하루를 어떻게 지탱할 수 있을 것인가.

비가 억수같이 쏟아지기 시작했다.

사령부로 갔던 김 지사장이 돌아왔다. 긴장된 얼굴이었다.

"오늘 밤 안으로 회문산을 탈출하기로 결정이 내려졌다."

하고 이어 간단한 설명을 했다.

전 군을 둘로 나눈다. 하나는 사령부를 중심으로 독수리, 벼락이 주축이 되어 소백산맥을 향해 동행東行하고, 하나는 왜가리 동무가 번개 병단을 주축으로 지휘해 변산반도를 향해 서행西行한다. 통신사는 사령부와 함께 동쪽으로 가게 되었다…….

문제는 부상병들이었다.

쌀 몇 줌씩을 그들에게 나눠주고, 솔가지를 꺾어 그들의 몸을 가려주었다. 살아남으면 선線을 찾아 복귀하라는 지시와 함께 선을 찾는 요령을 가르쳤다. 공연한 짓들이었다. 죽이지 못하니까 그냥 버리고 가는 것이었다. 행군하는 도중에도 부상자가 생기면 그런 식으로 했다. 별 도리가 없었다. 그런 까닭에 접전이 벌어지면 대다수의 빨치산이 몸을 사리는 경향이 생겼다.

동행군의 수는 약 4백 명. 서행군의 수는 약 3백 명. 대수말에서 부대 편성이 있었다.

칠흑 같은 밤에 비가 계속 내렸다. 덕택에 은밀이 보장되었다.

통신사 일행은 어느 농가의 마당에서 행군 대열을 기다리고 있었다.

어둠 속에서도 이태는 낯익은 병원 부대원이 지나가는 것을 발견하고 물었다.

"병원은 어떻게 되었소?"

"병원도 이분해서 동서로 가게 되었소."

"백인숙 동무는 어느 쪽입니까?"

"서쪽입니다."

이태의 가슴이 쿵 소리를 냈다.

"지금 어디에 있습니까?"

"서쪽 부대는 이미 출발했습니다."

라는 말을 남기고 위생병은 어둠 속으로 사라졌다.

1951년 3월 2일 자정.

전라북도 유격대는 세찬 비와 어둠 속을 이용해 미륵정 계곡에서 빠져나갔다. 앞 사람과의 거리는 4보. 4백 명이 4보 간격을 지니면 선두와 후미는 1킬로미터 거리로 뻗는다.

회문산을 빠져나가는 빨치산의 가슴엔 한량없는 감회가 솟았다. 지난 반년 동안 그곳이 그들에게 있어선 어머니의 품 안과 같았던 것이다.

회문산은 죽은 듯 잠잠하고, 빨치산의 대열에선 기침 소리 하나 나지 않았다. 들리는 건 빗소리, 보이는 건 어둠 속에서도 윤곽을 더듬을 수 있는 산봉우리들!

후세의 역사에 나제羅濟의 옛이야기처럼 남을 것인가, 물거품처럼 꺼져 없어질 것인가. 이러나저러나 이 피맺힌 죽음의 기록이 무엇 때문에, 무엇을 위해서 필요한가.

그 시간 박태영은 장군봉을 끝까지 지키는 수비대에 끼여 있었는데, 수비 병력이 마지막으로 미륵정 계곡을 탈출할 무렵엔 비가 개고 하늘에 별이 보이기 시작했다.

기적처럼 회문산을 탈출한 것이다.

만일 지휘부의 결단이 한두 시간만 늦었더라도 회문산은 아비규환의 피바다가 될 뻔했다. 아니, 이미 피바다가 되었지만 보다 처참한 광경이 나타났을 것이다.

비와 어둠 덕택, 마지막까지 남아 저항의 기세를 보인 수비대의 전략과 기민한 지휘 능력 덕택에 동서 양대와 함께 안시내 대수말 부녀자를 포함한 주민들까지 죽음의 아가리에서 탈출한 기적을 만들 수 있었다.

동이 틀 무렵엔 70리 길을 이미 주파하고 전라 본선을 넘어 소백산맥의 지맥인 임실, 장수의 경계선 오봉산 기슭에 도착했다.

회문산이 텅 비어버렸다는 사실을 알고, 토벌군은 이튿날부터 맹추격을 시작했다. 소백산 깊숙한 곳으로 들어가기 전에 전북 유격대를 섬멸할 의도였다.

이태와 박태영이 속한 동행군은 진안 성수산聖壽山과 선각산仙角山 사이의 신암리 분지에 아지트를 잡기까지 수없이 토벌군의 공격을 받았다. 그뿐만 아니라 신암리 아지트가 위험하게 되었다. 성수산을 넘어 성수리 계곡에 자리를 잡았다. 토벌군은 거기까지 밀고 들어왔다. 도리가 없어 팔공산八公山으로 옮겼다. 그 혼란 동안에 통신대는 흐트러져 버렸다. 이태는 지사장과 고학진 등을 찾아 헤맸으나 행방을 알 수 없었다.

팔공산 어느 암자에서 점검해보니, 회문산을 출발한 4백 명의 동행군이 3백 명으로 줄어 있었다. 살아남은 3백 명을 모아놓고 방준표 사령은 다음과 같은 연설을 했다.

"동무들이 회문산에서 여기까지 감행한 동천東遷은, 중국공산군이 서금으로부터 시작한 장정에 비교할 만하다. 한마디로 여러분은 영웅들이다. 나는 이러한 영웅들과 같이 있다는 것을 자랑으로 생각한다. 도중에 쓰러진 동무들도 영웅들이다. 한을 머금고 중도에 쓰러진 그 영웅들의 한을 풀어주기 위해서라도 우리는 최선, 최고를 다해야 한다. 끝까지 최후의 승리에 대한 신념을 잊지 말라. 영웅들이여, 용기를 내라!"

이미 모든 감수성이 메말라 있었지만 박태영은 이 연설에 감동했다. 위대한 스탈린, 영명한 김일성 장군 등 군더더기 같은 말이 일체 생략되었기 때문이었다.

그런데 팔공산은 너무 단조로운 산이어서 공수 양면으로 불리하다는 판단을 내려, 다시 성수산 물푸리에 아지트를 잡았다. 더 깊은 곳으로 들어가지 않은 것은 춘궁기의 보급 투쟁에 대비하기 위해서였다.

사람은 총탄에 맞아서만 죽는 것이 아니다. 굶어도 죽는다. 굶어 죽지도 않고 총탄도 피할 수 있는 자리의 선택이란 그다지 쉽지 않다.

토벌대의 공격이 한동안 잠잠했다. 유격대는 군단을 27부대, 36부대, 478부대로 3분했다. 27부대는 대부분 비무장 대원으로 보급 투쟁 요원이고, 36부대는 독수리와 본부 병단, 478부대는 벼락과 기포 병단을 개칭한 것인데, 각 부대의 인원은 백 명 내외였다.

27부대엔 나이 든 사람이 많았다. 구영근 기자가 문화부 사령으로 임명되고, 구영근의 추천으로 이태가 문화부 중대장으로 임명되었다. 이로써 조선중앙통신 전주 지사는 해산되었다. 1951년 3월 중순경이었다.

이 개편이 유머러스하다는 것은, 부대의 이름으로 노름꾼의 이른바 '끗발'을 채택했다는 사실이다. 27, 36, 그리고 478도 노름꾼들이 가장 좋아하는 '가보'가 된다.

통신사마저 해체된 판국이니, 세상이 어떻게 돌아가는지 알 수가 없었다.

그 무렵의 전황과 국제 정세는 대강 다음과 같았다.

• 3월 13일 전 전선에서 적은 유엔군과의 접전을 끊고 후퇴를 개시했다.

• 동부 지구의 적은 전면적으로 철퇴했다.

• 미군 제7사단이 장평을 점령했다.

• 한국 해군은 황해도 연백 해안을 급습해 괴뢰군을 패주시키고, 구호를 요청하는 애국 청년 백여 명을 구출했다.

• 미 제5공군 F86 제트기가 신의주 상공에서 소제 미그 제트기 15대와 교전, 1대를 파손, 나머지는 국경 밖으로 도주, 이편의 손해는 없었다.

3월 14일.
• 미 전차 부대, 홍천 통과, 38선까지 진출했다.
• 서울을 재탈환했다.
1. 국군 제1사단의 5개 정찰대가 한강을 건너 서울에 들어갔는데, 적이 전연 보이지 않아 하오 9시 15분 중앙청에 태극기를 걸고 돌아왔다.
2. 적의 서울 포기는 3월 7일, 미국 제3사단이 서울 측면으로 깊숙이 진출했기 때문이다.
• 유엔 지상군, 적 1,500명 살상. 생포 265명.
• 북한 괴뢰 정권, 유엔군이 서울에서 7만 5천 명을 투옥하고 1만 명을 사살했다는 허위 보고서를 소련을 통해 유엔에 제출했다.

3월 15일.
• 미 제2사단, 용두리 북쪽에서 북괴군과 백병전, 적 사살 6백, 생포 8명.
• 서울 소탕 완료.
• 유엔 공군, 연 782기 출격. 야간에 적 차량 450대 발견, 30대 이상 파괴.
• 유엔 지상군, 적 1,580명 사상, 생포 201명.
• 그리스, 대한 군대 증파 결정.
• 트루먼 대통령, 38선 돌파는 현지 사령관이 결정할 문제라고 언명.

성수산 아지트에도 봄이 찾아들고 있었다.

토벌대를 되도록 자극하지 말라는 방침이어서, 태영이 속한 전투 부대 대원들은 이곳저곳 고갯마루 근처에 매복해 보초 근무를 하는 외엔 별로 할 일이 없었다.

그 대신 보급 부대에 속한 이태 등은, 밤엔 바쁘게 서둘고 낮엔 자야 했다. 3백 명을 먹여 살리는 것이 쉬울 까닭이 없었다.

가끔 태영이 속한 36부대가 이태가 속한 27부대를 호위해서 출동한 적이 있었다.

호위 부대가 정찰원을 보내 대상 마을에 이상이 없다는 것을 확인하면 보급 부대가 마을에 잠입하고, 호위 부대는 마을 외곽을 지켰다.

3월도 내일모레 끝나는 날 밤, 이태의 부대가 장수리 가까운 어느 마을로 원정 갔다. 그때의 호위 부대는 태영이 속한 36부대였다. 그 마을은 군청 소재지가 가까운 제법 유복한 마을이었다. 게다가 그런 곳까지 빨치산이 나타나리라고 생각하지 않았는지 경비가 전연 없는 것과 마찬가지였다.

근처의 동산에 숨어 있다가 자정이 넘어서야 마을에 접근했다. 항상 하는 식대로 전투 부대는 마을 외곽에 둘러서서 경비하고, 27부대는 마을 안으로 잠입했다.

별다른 이상이 없는 한 보급 투쟁 시간은 두 시간이었다. 그 두 시간이 끝나면 보급대원들은 각기 무언가를 둘러메기도 하고, 부락민들에게 짐을 지우기도 하고 마을을 나선다. 전원이 무사하다는 것을 확인하고 나서야 경비 부대는 움직인다.

한 시간쯤 걸으면 아지트로 돌아갈 수 있는 지점에 이르러 짐을 벗게 하여 마을 사람들을 돌려보냈다.

거기서 전투 부대원들도 얼마간의 짐을 나눠 지게 되는데(물론 뒤에서 추적하는 기미가 없을 때), 태영은 싱글벙글하는 이태의 얼굴을 보았다. 태영이 나직이 물었다.

"뭐, 좋은 일이 있었수?"

"내일 얘기할게, 짬이 있거든 내 막사로 와요."

이튿날은 태영이 비번이었다. 보급 투쟁 경비를 담당한 다음 날은 쉬게 되어 있었다. 보급 부대원도 마찬가지였다. 무슨 좋은 일이 있다고 해도 태영은 호기심이 동할 까닭이 없었다. 몸과 마음이 함께 지쳐, 무슨 일에도 흥미를 잃었던 것이다. 시간이 있으면 멍청하게 앉아, 바로 자기 옆에서 포탄을 맞아 걸레 조각처럼 되어버린 친구를 생각하곤 했다.

그런데 그날은 이상하게도 이태와 같이 있고 싶었다.

이태의 막사는 관목이 우수수 자라 있는 개울가에 있었다. 이제 막 점심 식사를 끝냈다며 이태는 태영을 데리고 관목 숲 저쪽에 있는 양지바른 곳으로 갔다.

마른 풀밭에 퍼져 앉아

"완전히 봄이군."

하고 이태가 눈을 좁혔다.

태영은 잠자코 있었다.

"봄이 왔다는데 왜 말이 없소?"

이태가 태영을 돌아보았다.

"봄이 왔대서 어쩌란 말이오. 봄 같지 않은 봄인데……."

하고 태영은 얼굴을 찌푸렸다.

"그렇기도 하지. 옛날 왕소군王昭君이란 사람의 시에도 있지. '호지胡地에 무화초無花草하니 춘래불사춘春來不似春'이라구."

이태의 얼굴엔 구김이 없었다.

"존경하겠어."

태영이 뚜벅 말했다.

"그게 무슨 말이오?"

"이러한 환경 속에서도 화창한 마음을 지닌다는 것은 존경할 만하잖아요."

"남의 속 모르는 소리 마슈."

잠깐의 침묵 끝에 태영이 물었다.

"백인숙 씨 생각 안 나세요?"

"왜 안 나겠소. 변산반도 쪽으로 갔다는데 무사한지 몰라."

하고 이태는 아지랑이 속에서 가물거리는 서쪽 산으로 고개를 돌렸다.

"김상원 지사장과 고학진 동무는 어떻게 되었을까요?"

"어딘가 산속에서 방황하고 있을지 모르지. 군경에 붙들렸을지도 모르고. 제일 마음에 걸리는 사람은 안 소녀다. 팔공산으로 도망칠 때 행방을 잃어버렸는데, 혹시 총에 맞고 벼랑으로 굴러 떨어지지나 않았는지 몰라."

다시 침묵이 있은 후 이태가 물었다.

"박 동무는 기적 같은 사나이야. 그 숱한 전투가 있었는데도 부상 한 번 안 당했으니 말요."

"나도 이상하게 생각합니다. 투구바위에선 꼭 죽는 줄 알았는데."

"그럼 동무는 회문산 마지막 순간에 투구바위에 있었단 말요?"

"그렇소. 우리 독수리가 마지막 수비를 맡고 있었으니까."

"나도 그때 투구바위의 호 속에 있었는데."

"어느 쪽에요?"

허망한 정열 287

"서쪽의 사각지대. 중상자들이 물이 찬 호 속에서 뒹굴고 있었소."

"나는 동쪽에 있었소. 대한민국 국군과 정면으로 대치해 있었지요. 이름을 부르면 들릴 만한 거리였소. 만일 그때 국군이 들이닥쳤더라면 그냥 박살이 났을 텐데 무슨 까닭인지 공격을 멈추더먼. 박격포 몇 발이면 끝장났을 텐데 말요."

"수비대의 저항이 완강했으니까 국군이 서툴게 덤벼들지 못했을 거요."

"4중대장 아시죠? 천千이란 사람, 미남으로 생긴 사람 말요. 이태 씨가 소환된 후 중대장이 되었는데, 중기관총을 정면으로 맞아 얼굴의 반이 날아가버렸소. 그 사람을 호 속에 그냥 두고 떠났는데, 지금도 마음에 걸려요. 그런 몰골을 하고서도 나더러 어떻게든 살아 있으라고 중얼거리더먼요."

박태영은 목이 콱 막히는 것 같아 말을 잇지 못했다.

"그 호 속에 중상자가 적어도 수십 명은 있었을 텐데."

하고 이태도 한숨을 쉬었다.

유엔 비행기가 상공을 지나갔다. 반짝거리는 날개의 은빛이 멀리서도 눈부셨다. B29였다. 태영은 헤아려보았다.

하나, 둘, 셋······.

17대의 편대였다.

태영의 관심엔 아랑곳없이 폭음과 더불어 날아가버렸다.

"어느 곳에 폭탄을 쏟을지."

태영이 중얼거렸다.

침울해진 공기를 없애려는 듯 이태가 밝은 웃음을 띠고

"내 어젯밤 겪은 얘기하겠소."

하고 이야기를 시작했다.

어젯밤 보급 투쟁을 나간 이태는 마을 한가운데쯤에 자리 잡고 있는, 밤눈으로도 부유해 뵈는 집으로 담장을 넘어 들어가 마루로 올라가 어느 방 문 앞에 섰다.

순간 뒷문을 열고 달아나는 발소리 같은 것을 듣고 방문을 홱 열었다. 인기척은 없고 분 냄새가 와락 코를 찔렀다. 불을 켰다. 호롱불 빛으로 보니 이불이 깔려 있고, 이불 속에서 뭔가가 꿈틀거리는 느낌이었다.

"누구야? 누가 있어?"

낮게 소리를 지르며 총을 겨누었다. 그때 이불깃이 들렸다. 얼굴이 내밀어졌다. 갓 스물이 되었을까 말까 한 젊은 여인인데, 시골 여자답지 않은 세련된 구석이 있었다. 미인이었다.

"일어나 앉아요."

이태의 말이 명령조가 되었다.

그러나 여자는 일어나지 않고 발치에 벗어놓은 옷을 더듬는 모양이었다. 와락 심술 같은 것이 일어 총끝으로 옷을 멀찌감치 밀어버렸다. 그때에야 여자는 할 수 없다는 듯 몸을 일으켜 앉았다. 가슴을 손으로 가렸다. 실오라기 하나 걸치지 않은 알몸이었다. 손으로 가린 사이에 노출되어 있는 유방의 우윳빛 구릉이 다시없이 자극적이었다. 옆에 놓인 베개와 이불의 무늬로 보아 신부 방임이 틀림없었다.

"언제 시집왔소?"

"두 달 됐어라우."

"남편은 오늘 몇 시에 돌아왔어?"

"조금 전에 돌아왔어라우."

"그럼 막 재미를 보려는 참이었구먼."

여인은 그런 가운데서도 눈을 아래로 깔고 방긋 웃었다. 망할 것 같으니……. 이태는 괜히 욕정이 끓어오르는 것을 느꼈다.

"일어서봐."

"살려주시오이."

"살려줄게 일어서봐. 그리고 네 손으로 이불을 개봐."

여자는 어쩔 줄을 몰랐다.

"이불 밑에 총이나 뭐나 감춰둔 게 없어?"

"그런 것 없어라우."

하고 여인은 다리를 꼬고 일어섰다. 그리고 이불을 젖혀 보였다. 그 찰나, 아랫배의 검은 부분이 눈에 띄었다. 조금 전 남성에 의해 달아올랐던 여체. 여인은 다리를 웅크리고 어색하게 앉았다. 이태는 야릇한 마음의 혼란을 가까스로 수습하고 바깥으로 나와버렸다.

이야기를 끝내고 이태는 태영의 눈치를 보았다.

"그쯤 하고 나온 게 참 잘됐소."

태영이 말했다.

"코뮤니스트에 휴머니스트를 자처하는 사람이 어떻게 짐승이 될 수 있겠소."

그럴듯한 이태의 말이었지만 태영은 씁쓸했다. 파르티잔은 이미 짐승이 되어 있는 사람들이 아닌가. 배고픔을 면하기 위해 강도 이상의 짓을 할 수 있다면, 그 이하로 어떻게 짐승이 된단 말인가. 그리고 앞으로 완전히 짐승이 되는 길만이 파르티잔이 살아남을 수 있는 길인지 모르지 않는가.

하지만 태영은 이태를 이해할 수 있었다. 이태는 그 신부 방에서 한 짓을 보다 위악적으로 말했으면 말했지, 사실은 이태 자신이 당황해 괜한 말을 몇 마디 지껄이고 튀어나왔을지 몰랐다. 그러나 태영은 익살을 부렸다.

"신부 방에 함부로 뛰어든 것 자체가 짐승이 하는 짓 아닐까요?"

"누가 신부 방인 줄 알았나, 뭐?"

"신부 방 아니면 아무 방에라도 뛰어들 수 있는가요?"

"보급 투쟁 아니오."

"압니다, 그건."

태영은 웃었다. 그리고 덧붙였다.

"노령학원 강사님들이 말하던데요. 공산주의를 위해선 무슨 짓을 해도 좋다구. 그런데 과연 우리들이 하는 짓이 공산주의를 위한 짓인지."

"너무 심각하게 생각하지 맙시다."

이태는 관목 숲에서 나뭇가지 하나를 꺾어 코끝에 댔다.

"이 동무, 심각한 문제가 아니라 상식 문제 아닙니까. 우리는 과연 인민을 위해서 일하고 있을까요. 인민들을 괴롭히기만 하는 게 지금의 현실 아니오? 먼 훗날 인민공화국이 승리하면 잘살게 해줄 테니까 지금은 견디어라 하는 말도 모르는 바 아닙니다. 그런데 지금 잔뜩 그들을 괴롭혀놓고 보상할 기회가 없게 되면 어떻게 하지요?"

"그건 나도 생각해보았소. 그러나 도리가 없지 않소. 우선 이겨놓고 보아야 할 것 아니오. 보상할 기회가 있도록 하기 위해서라도 이겨야지요."

이태의 말이 천만 번 지당하다고 생각하면서도 태영은 마음이 갈래갈래 엇갈렸다. 하지만 그 마음의 갈래를 전부 설명할 순 없었다.

태영은 화제를 바꿨다.

"그런데 이 동무, 어젯밤 그 얘기는 왜 하신 겁니까?"

"날 책망하는 거요?"

이태의 얼굴에 불쾌한 빛이 돌았다.

"아닙니다, 아닙니다."

태영은 부정했다. 진정 그런 뜻으로 한 말이 아니기 때문이었다.

이태는 표정을 누그러뜨리고

"박 동무, 그 얘기는 누구에겐가 안 할 수 없더란 말이오. 신방에 뛰어든 빨치산! 얼마나 기막힌 장면이오. 나는 그 일로 해서 갑자기 유쾌해졌었소. 어느 놈은 생사의 분기선에서 방황하고 있는데, 어느 놈은 원앙침 베고 봉황새가 그려진 이불 속에서 여체를 즐기고 있더라는 사실! 사람들이 모조리 불행하진 않더란 인식은 정말 나를 유쾌하게 했소. '사람이란 모두 자기 운명대로 사는 것이다.'라는 데 따른 체관. 나는 도통한 기분이 되었단 말이오."

이태의 말엔 철학이 있었다.

"그 색시를 나도 한번 보고 싶군."

자기도 모르게 태영이 한 말이었다.

"아마 다신 그 동네에 갈 수 없을 거요. 빨치산이라고 해서 누구나 그런 경치를 볼 수 있을 것 같소?"

이태는 소리를 죽이면서 웃었다.

성수산도 안식처가 될 수 없었다.

4월에 들자 군경 합동 토벌대가 다시 대공세를 취했다.

성수산 제1봉, 제2봉을 지키고 있던 478부대가 심한 타격을 받았다.

회문산 시절의 용맹은 간 곳이 없고, 487부대는 거의 궤멸 상태가 되었다. 무엇보다도 박격포의 위력을 견디어낼 재간이 없었다.

퇴각할 수밖에 없었다.

장수리 5리 남쪽에 있는 개정교 부근에서 장계읍과 남원읍을 잇는 기동로機動路를 강행 돌파하고 사두봉蛇頭峯으로 건너뛴 후론 본격적인 첩첩 준령이 시작되었다.

그 준령을 넘고 넘어 장안산에 이르렀다. 토벌대의 추격이 맹렬했다. 자꾸만 산속으로 밀려갔다. 그러다보니 보급 투쟁이 어려워졌다. 보급 임무를 맡은 27부대는 경상도까지 진출해서 보급 투쟁을 해야 했다.

이윽고 장안산에서 백운산으로 갔다. 백운산 계곡은 10리쯤으로, 빨치산의 근거지로선 안성맞춤이었다. 그런데 근처에 인가가 없어 보급 문제가 최대의 난문제가 되었다. 이미 말한 바와 같이 몸을 숨기는 덴 편리하더라도 먹지 않으면 죽을 수밖에 없었다.

게다가 그 지역에 전염병이 만연했다. 빨치산들에게 전염병은 토벌대 다음으로 무서운 적이었다. 육십령을 가로질러 동북쪽에 있는 덕유산으로 이동했다. 덕유산은 전라북도의 장수, 무주, 경상남도의 함양, 거창 등 네 군에 걸쳐 지맥을 부챗살처럼 펼쳐놓은, 주봉이 해발 1,500미터인 높은 산이다. 전북 유격대 사령부는 그 북쪽에 아지트를 잡았다.

전북 도당은 그 후 전라, 경상 도경을 이곳저곳 이동했지만, 도당의 아지트를 경상도 쪽으로 옮긴 적은 없었다. 참고로 말하면, 충남 도당은 충청남도 이외의 곳에서 보급 투쟁을 할 수 없어 도토리만 주워 먹고 다닌다고 해서 도토리부대란 별명이 있었다. 그뿐 아니라 궤멸될 때까지 충남과의 경계선 바깥으로 나가지 않았다고 한다. 중앙당의 지시가 남의 도행정 구역을 침범하면 안 된다고 되어 있었던 것이다.

덕유산은 바위투성이여서 초막을 지을 수 없었다. 전염되는 파라티푸스 때문에 초막 생활은 위험하기도 했다. 백여 명의 파라티푸스 환자가 바위틈 이곳저곳에 산재한 광경은 영화「벤허」의 문둥병 환자들 장면을 방불케 했다.

수십 번의 전투에도 찰과상 하나 입지 않은 박태영이 이 병에 걸렸다. 넝마주이 같은 환자들 틈에 끼여 노천 야영지에 드러누워야 하는 신세가 된 것이다.

40도 가까운 열이 10일 동안이나 계속되었다. 산청 출신인 권영식도 같은 병에 걸려 태영과 나란히 누워 있게 되었다. 열이 조금 내렸을 무렵인 어느 날 권영식이 이런 말을 했다.

"만일 내가 죽거든 말입니다, 꼭 한 번 산청 단계로 가서 내 누이동생을 만나주시오. 국민학교 교사를 하며 어머니를 모시고 있지요. 우린 단둘의 오누이입니다. 참으로 착한 누이지요. 이름은 영미라고 해요. 누이를 만나거든 제발 이름을 고치라고 해주세요. 영국의 '영', 미국의 '미'거든요. 세상에 그럴 수가 있습니까. 도대체 영미가 뭡니까. 나는 그게 마음에 걸려요. 그 착한 아이의 이름이 영미라니······."

태영은 권영식의 그 말을 열 때문일 것이라고 생각했다. 그래서 이런 말을 했다.

"당신 누이동생의 이름 '영'과 '미'는 영국, 미국과 아무런 상관이 없어. 시레비 같은 놈들이 적당하게 글자를 갖다 붙인 거요. 그걸 갖고 신경을 쓴다면 대인이 될 수 없소."

그러나

"기분 문제 아닙니까. 영국과 미국에 홀딱 반해 지은 이름일 것이라고 추측할 수 있지 않겠소."

하고 권영식은 또 당부를 했다.

태영이 말했다.

"당신이 죽고 내가 살아남는다고 어떻게 보장할 수 있겠소. 그리고 파라티푸스로 사람이 죽진 않소."

그러자 권영식이 흥분했다.

"박 선배님, 모르는 소리 마십시오. 파라티푸스로 죽는단 얘기가 아닙니다. 지금 곧 부대의 이동이 있다고 합시다. 나는 도저히 걸을 수가 없어요. 대소변을 보러 일어나지도 못하는걸요. 그렇게 되면 죽이고 가든지 버려두고 가든지 할 게 아닙니까? 나는 그걸 말한 겁니다."

결국 권영식이 걱정하는 건 바로 그거였다. 태영이 그럴 까닭이 없다고 하자, 권영식은 장군봉을 철수할 때, 위경련으로 신음하는 동료를 버리고 왔다는 얘기를 했다.

"지금도 그 사람의 얼굴이 떠오르면 잠을 자지 못해요."

박태영은

"만일 부대가 이곳을 떠나는 일이 있으면 내가 권군을 업고 가겠소. 절대로 걱정하지 마시오."

하고 타일렀다.

그러자 권영식은 잠에 빠져들었다.

열병에 들뜬 잠꼬대 같은 말이었던 것이다.

태영과 권영식의 병이 소강 상태가 되었을 때 출발 명령이 내려졌다. 목적지는 백운산이라고 했다.

권영식은 478이고 박태영은 36이었지만, 아직 병이 쾌유되지 않았다는 핑계를 대어 두 사람은 같이 행군하기로 했다.

그것이 계기가 되어 박태영과 권영식은 막역한 친구가 되었다. 사귀어보고 박태영은 놀랐다. 권영식은 만만치 않은 당성의 소유자였다.

노령학원에서 받은 교훈을 그대로 신봉하고 있었다. 즉,

"공산주의를 위해선 무슨 일이든 가능하다."

라는 것이었다.

권영식은 신발이 떨어진 동료를 위해 자기 신발을 서슴없이 벗어주었고, 식량이 부족하면 자기는 굶으면서도 동료에게 나눠주는 성격의 소유자였다.

태영은 드디어 권영식의 당성을 배우는 것이 파르티잔으로서 살아남는 길이란 것을 터득하게까지 되었다.

젊음은 기적을 낳기도 한다.

백운산에 도착했을 땐 둘 다 병이 치유되었을 뿐 아니라 왕성하게 원기를 회복하고 있었다.

백운산은 5월이었다.

만산이 신록으로 치장되어 있었다.

그러나 보급 투쟁이 갑절로 어려워진데다가 춘궁기를 맞이했다. 며칠을 두 줌씩 주는 벼알의 껍데기를 까 먹으며 지낼 수밖에 없었다.

그런 사이에도 행복은 있었다.

백운산에 도착한 며칠 후 이태가 태영을 막사로 찾아와서 한다는 소리가

"박 동무, 백인숙 동무 소식을 들었어."

"어떻게?"

"선 요원 송 동무가 왔다갔소. 백인숙이 송 동무에게, 내게 안부 전하라고 하더래요."

그 말만 하고 이태는 총총히 돌아갔다.

확실히 사랑은 사람을 행복하게 하는 것 같았다.

6월이 중순으로 접어든 때였다.

'남부 해방 상승부대'가 태백산을 타고 이곳 백운산으로 온다는 소

문이 퍼졌다.

며칠 후 과연 '조선 인민 유격대 승리사단'이 덕유산에 도착하고, 그 선발대가 백운산에 왔다.

보충병을 인수하러 왔다는 것이었다.

그 가운데 이태, 박태영, 권영식이 끼였다.

그 무렵의 전황과 국제 정세는 다음과 같았다.

5월 22일.
- 유엔군, 전 전선에 걸쳐 2마일 전진.
- 중공군, 청평의 교두보를 포기하고 북쪽으로 후퇴.
- 적, 서울 북쪽 15킬로미터 지점에서 저항 강화.

5월 23일.
- 적, 전선에서 일제 후퇴 개시.
- 중공군, 미 제2사단 우측에서 공격 유지.
- 유엔군, 중부 전선에서 반격해 한계寒溪 탈환.
- 적, 서부 전선에서 당황히 후퇴 중.

5월 24일.
- 유엔군 총공격 개시. 적의 저항 거의 없음.
- 유엔군, 중부 전선에서 38선 돌파.
- 유엔군, 고랑포 통과, 근처에서 소탕 작전 전개.
- 원산 항구의 유엔 함대, 어뢰 부설 중인 적선 집중 공격.
- 적의 대공 포화, 미 수송기 3기 격추.

5월 25일.
- 국군, 홍천·인제 도로 급진격.
- 유엔군, 춘천 서북쪽에서 38선 돌파.
- 춘천, 화천에서 적 퇴각 중.
- 밴플리트 장군, 38선 시찰.
- 유엔 3인 조정 위원회 스웨덴 대표는 한국동란의 평화적 해결을 위한 교섭에 응할 용의가 있다는 소련의 메시지를 접수했다고 언명했다.

'승리사단'은 덕유산 서남쪽 사면斜面에서 숙영하고 있었다. 그곳은 가파른 비탈이고 붉은 흙이 드러나 있어서, 빗물이 솔밭 사이로 개울처럼 흘렀다.

전북부대에서 전속되어온 60명은 개울처럼 물이 흐르는 곳을 피해 앉아 배치를 기다렸다. 기다리고 있는 그들의 몰골은 말이 아니었다. 빨치산이라기보다 거지의 집단이었다. 입고 있는 옷은 찢기기도 하고 헐기도 하여 넝마와 다름없었고, 얼굴들은 영양 실조에 걸린 환자들의 몰골이었다. 그러나 대원들이 전속자들을 보는 눈빛은 부드러웠다. 신병을 맞이한 첫날의 고참들처럼 친절하기도 했다.

전속되어온 보충병들은 15명씩으로 나뉘어 각 구분대에 배치되었다. 전북 유격대 시절의 직위는 전혀 불문에 부치고 똑같이 평대원으로 보충된 것이다. 태영과 권영식은 아무렇지도 않았으나, 줄곧 간부로 대접받아온 이태는 뜻밖이었을 것이다.

다행히도 이태, 박태영, 권영식은 같은 구분대에 배치되었다. 구분대의 이름은 '서울부대'이고, 구분대장은 김금철이란 전라도 출신이었다. 김금철은 여순반란사건을 일으킨 국군 상사 출신이었다.

구분대장이면 연대장 격이었다.

김금철 연대장은 보충병 15명을 모아놓고 훈시를 했다. 전라도 사투리가 억센 훈시였다.

"여러분을 만나니께 반가우이. 우리, 앞으로 잘 지내보드라우. 그런디 용모를 단정히 하란 말시. 물은 얼마든지 있응깨 세수들을 하란 말시. 가위도 있응깨 서로 이발도 하구 말시. 동무들에게도 곧 무장이 지급되겠지만, 용모가 어지러우면 정신이 이완돼서 전투력에 영향이 있을 뿐 아니라, 만일 적중에서 전사하는 경우가 있드래도 군경 아이들한티 산짐승 같은 인상을 주어서야 쓰갔느냐 이 말시. 그렁깨 겨울에는 눈으로라도 세수를 해야 쓰는 거시. 마, 옛날에는 수염이 텁수룩해야 호걸이라 했는디, 지금은 깎은 서방님처럼 말쑥해야만 진짜 용사란 말시."

뒤에 차츰 알게 되었지만, 아닌 게 아니라 용모와 전투력은 언제나 정비례했다. 사기가 저상된 빨치산은 차림새나 용모가 어지러웠고, 용모나 모습이 깔끔한 부대는 전투에도 강했다. 물론 결과가 원인이 되기도 한다.

굶주렸던 보충병들은 이곳에서 배불리 먹을 수 있고, 군복도 제대로 얻어 입을 수 있고, 면도하고 머리도 깎고 하여 서로 몰라볼 정도가 되었다. 특히 백인숙으로부터 '게리 쿠퍼'를 닮았다는 평을 받을 만큼 미남인 이태는 미남으로서의 면목을 이곳에서 비로소 찾을 수 있었다.

승리사단에선 '조직'이니 '사업'이니 하는 어휘를 쓰지 않고, 취사를 당번제로 하여, 신분에 있어서의 상하 차별이 없었다. 그러나 규율에 있어선 상하의 구별이 엄했다. 그런 점, 전북 유격대와 분위기가 달랐다. 정규군의 내무반을 닮았다고 할까.

이틀 동안 쉬라는 지시가 있었다.

그동안 박태영 등은 '승리사단'에 관한 갖가지 얘기를, 원래부터 있던 대원들에게서 들을 수 있었다.

그 얘기들을 요약하면 ―.

그 군단의 정식 명칭은 '조선 인민 유격대 독립 제4지대'라고 했다. 이 이름은 1950년 11월, 북한에서 편성될 당시 그들의 이른바 '중앙'으로부터 받은 것이다. 그러나 통칭은 '조선 인민 유격대 남부군'이라고 했다.

이 남부군의 기간이 된 것이 승리사단이고, 남부군은 '혁명 지대', '인민 여단', 각 지방 부대를 통합한 연합 부대 등을 통괄하고 있었다.

남부군이 편성된 곳은 북한의 '후평'이었다. 후평에서 태백산맥을 타고 남하했는데, 편성 당시의 승리사단장은 여순반란군 출신인 이진범이고, 남부군 사령은 이현상이었다. 이현상은 남한에 있는 유격대 전체를 통솔할 권한을 가지고 있었고, 중급 이하의 각종 훈장을 줄 수 있는 권한도 가지고 있었다. 이현상의 조직상 직접 상위자는 '남조선 인민 유격대 총사령관'의 직함을 가진 이승엽이었다.

남부군의 중심은 6·25 전 지리산에서 빨치산 노릇을 하던 여순반란군의 잔도들이며, 그밖의 인원은 6·25 당시 남한에 파견되었던 정치 공작대원, 민청·여맹·인민위원회 등 각 기관과 사회 단체에서 부역한 자, 그리고 근소하긴 하지만 소위 의용군으로 인민군을 따라 월북한 자들이었다.

후평을 출발할 때의 남부군의 장비는 보잘것없었다. 그러나 사기는 왕성했던 모양이다. 속리산까지 왔을 땐 운반을 하지 못해 잉여 무기를 군데군데 매장할 정도로 무기와 피복을 노획했다.

그들은 눈보라와 혹한 속에서 많은 동사자를 내면서 소백산맥을 넘어 1950년 12월에 충북과 강원의 접경 지대인 영월, 원주, 단양 등지에 출몰, 미군 및 군경 부대들과 도처에서 충돌했다. 그리고 차츰 세력을 확대시켜 보은 관평이란 마을에 도착, 그곳을 거점으로 3개월 동안 머물렀다.

이곳에서 5월 초순 승리사단은 '관일', '홍복' 두 부대 40명으로 돌격대를 편성해 청주를 기습, 형무소를 부수고 수감 중인 부역자 일부를 규합하는 데 성공했다.

그리고 다시 속리산으로 이동, 충북 유격대와 합세해 약탈을 했다. 그러나 국군 화랑부대와 전투 경찰대의 맹렬한 공격을 받아 곤경에 빠지게 되었다. 게다가 전염병이 만연했다. 남부군은 거기서 600명의 병력을 잃었다.

이때 남부군 안에선, 북으로 가서 휴양한 다음 인원과 장비를 재정비해 다시 남침하는 것이 어떻겠느냐는 의견이 비등했다. 그런데 이현상이

"북으로 가는 것만이 살길이 아니다. 남진해 지리산까지 가면 그곳에서 살길을 찾을 수 있다."

라고 일동을 설득해 남침을 계속, 지금 덕유산에 와 있다는 것이었다.

박태영은 그 얘기를 듣고 석연치 않은 점이 한두 가지가 아니라고 생각했다. 첫째, 아무런 장비도 없이 출동 명령을 내렸다는 것이 석연하지 않고, 둘째, 보급로는 물론 중앙과 연락할 방법을 강구해놓지도 않고 남침을 결정한 이현상의 태도가 석연하지 않았다.

일제 때나 해방 직후 박태영이 알고 있는 이현상은 결코 무모한 짓을 할 사람이 아니었다. 돌다리도 두드려보고야 건너는 사람이었다.

이현상을 만나보고 싶은 마음이 갈증처럼 일었지만, 일개 군졸로서 최고 사령을 만나고 싶다는 말을 입 밖에 낼 수가 없어 구대원에게
"지금 이현상 사령은 어디에 계십니까?"
하고 물었다.
"인민 여단과 함께 가야산 방면에 가 계실 거요."
하는 대답이었다.

6월에 들어섰다. 보충병 중 30명이 전에 백운산에 왔던 연락원에게 인솔되어 무주 무풍장 근처에 매장해둔 무기와 탄약을 가지러 갔다. 박태영이 그 일행에 끼였다. 무주 구천동 어느 나지막한 능선의 풀밭에 백여 정의 소총과 탄약이 묻혀 있었다.

인솔자인 연락원은 그 다수의 무기를 노획하게 된 경위를 약간 과장된 표현을 써가며 설명했다.

그 전투에서 많은 포로를 잡았으나 석방해줬다는 얘기에 곁들여 연락원은 이런 말도 했다.

"정처없이 이동해야 하는 빨치산들에겐 포로 관리가 큰 문제란 말요. 수안보전투에선 미군 포로를 몇 잡았는데 끌고 다닐 도리가 있어야지. 그래 그냥 돌려보냈더니 그들로부터 정보가 새어 막대한 손해를 입었소. 그 후부턴 소수의 포로는 그 자리에서 처단해버리게 되었소."

무기를 운반해오는 데 이틀이 걸렸다. 보충병 60명이 무장을 갖추게 되었다.

그것을 계기로 육십령 고개 전라도 쪽 어귀인 명덕 분지明德盆地에 대한 공략전이 시작되었다.

명덕 분지는 북쪽으론 덕유산, 동남쪽으론 소백산맥, 서쪽으론 백화

산白華山이 둘러쳐져 있는 전형적인 분지이다. 그 안에 명적, 오동, 삼봉 등 3개 리가 있고, 면적이 꽤 넓고 인구도 상당하며 물산도 비교적 풍부한 곳이었다.

그런데 육십령 고개의 국도가 가로지른데다가 교통의 요충인 장계읍이 서쪽 협로로부터 불과 5리도 못 되는 거리에 있었다. 이것이 빨치산 편에선 작전하는 데 난점이었다.

작전에 앞서 김복흥 사단장이 보충 대원들만 따로 정렬시켜놓고 훈시했다. 사단장 김복흥도 여순반란군 하사 출신으로 빨치산 사이에 용명이 높이 나 있었다. 아직 20대를 넘기지 못한 것으로 보이는 김복흥 사단장은 그 용명에 어울리지 않게 깔끔한 미남이었다. 어딘지 여성적인 데가 있고, 내성적인 성격일 것이란 인상을 주었다.

그의 훈시는 짤막했다.

"이번 작전에 동무들은 직접 참가하지 않는다. 동무들은 따라다니며 선배 동무들이 어떻게 싸우는지 똑똑히 보아두란 말이다. 말하자면 견학이다."

백주 공격을 하려는 것이었다.

아침밥을 든든히 먹고 구분대별로 정렬하고 있는데 난데없이 총성이 한 발 울렸다. 이어

"오발."

"오발이다."

하는 소리가 있었다.

오발한 사람은 키가 작은 사나이였다. 청주형무소에서 탈출해 승리 사단의 일원이 된 대원 가운데 하나였다.

그는 차렷자세로 어깨를 움츠리고 서서 김금철 연대장의 기합을 받았다.

"너, 실탄 2백 발 알지?"

"옛."

오발 한 번 하면, 다음 전투 때 무슨 수를 써서라도 실탄 2백 발을 뺏어 와야 한다는 게 승리사단의 징계 규칙이었다. 너무 무리를 하다가 죽을 수도 있겠지만, 즉결 처분보다는 나은 방법이 아닐까 싶었다.

"자아식, 너무 까불더니만 인제 녹았다."

대원들이 킬킬 웃었다.

박태영은 그 장난스럽기도 한, 화기애애한 분위기가 싫지 않았다.

전북 유격대에선 누가 실수만 하면 삽시간에 냉혹한 공기가 싹 돌았는데, 승리사단의 서울부대에선 그런 일이 없었다.

승리사단엔 4구분대가 있었다. 서울부대, 대구부대, 전주부대, 여수부대였다. 한 구분대의 대원은 30명 정도였다. 그런데 연대 또는 구분대라고 불렀으니, 누가 들으면 웃기는 애기라고 할 것이다.

웃기는 것은 구분대만이 아니었다. 승리사단 자체가 그랬다. 승리사단이 덕유산에 왔을 때의 병력은 130명이었다. 그걸 2백 명으로 하기 위해 전북 유격대로부터 60명을 보충했다.

그러니 명덕 분지를 공격할 때의 승리사단의 총병력은 기껏 2백 명 정도였다.

명덕 작전엔 전북 유격대 산하의 '720'이란 신편 부대가 지원 참가했다. 신편 부대의 이름이 720이라는 말을 듣고 태영이 옆에 있는 이태를 보고

"왜 하필 720일까."

하고 웃었다.

"720이면 가보 아닌가."

이태도 웃었다.

"아무래도 방준표 사령관은 짓고땡 노름에 집착이 있는 것 같애."

이건 권영식이 한 말이었다.

720부대는 남부군을 따라다니며 전투를 거들어주는 대신 노획 무기나 탄약을 나누어 받기 위한 목적으로 전북 도당 사령부가 새로 편성한 부대였다. 편성 규모는 약 80명. 지리산 어귀까지 따라와서 이삭 줍듯이 무기와 탄약을 얻어 전북 도당에 보내곤 했다.

서울부대의 보충병 15명은 선배 대원의 인솔하에 야지로 내려갔다. 선배 대원은 나이가 지긋한 사람으로서, 일본군의 늙은 준위를 방불케 하는 인품이었다.

전투는 서울부대 20명이 930고지 기슭인 평지 마을 언덕 위에 있는 보루대를 에워싸는 데서부터 시작되었다.

보루대는 두꺼운 뗏장을 두어 길 높이로 쌓아올려 경주 첨성대 모양으로 만든 것인데, 거기서 수비병들이 경기관총을 쏘아댔다. 탄환이 2백 미터쯤 뒤쪽에 있는 보충병들에게까지 날아왔다. 엉겁결에 보충병 두세 사람이 뒤돌아 뛰려고 하자 인솔자인 선배 대원이 소리를 질렀다.

"야, 뛰면 너가 탄환보다 빨리 갈 성싶어? 얼쩡거리다간 개밥 돼. 이 돌무더기 뒤에 와 앉아서 구경이나 하란 말여."

모두들 웃음을 터뜨렸다.

빨치산들은 경찰을 '개'라고 불렀다. 그래서 경찰에게 죽으면 '개밥' 된다고 했다.

응시하고 있는 시선 안에 날쌔게 뛰어나가는 대원 하나가 있었다. 아침에 오발을 했대서 연대장으로부터 기합을 받은 사람이었다.

그는 보루대가 있는 언덕 밑에 바싹 붙어서더니, 원숭이처럼 보루대 위로 기어오르기 시작했다. 보루대의 총구멍銃眼이 높고 벽이 두꺼워서, 보루대 안에선 바로 밑이 보이지 않는 모양이었다.

총구멍이 손에 닿을 때까지 기어오른 그 대원은 수류탄 하나를 까서 총구멍에 던져넣고 뛰어내렸다.

요란한 폭음이 울렸다. 그 폭음이 끝나는 것과 동시에 총소리도 뚝 그쳤다. 이윽고 총구멍에서 푸른 초연과 흙먼지가 소리 없이 흘러나왔.

긴장된 침묵이 있었다.

잠시 후 보루대 출입구가 열리고 수비대원 몇이 흰 손수건을 흔들며 나왔다. 대원들이 일제히 언덕으로 뛰어올라 그들을 에워쌌다.

실로 어이없이 싸움이 끝났다.

돌무더기 뒤에서 서커스 구경하듯 하던 보충병들도 점령된 보루대로 다가갔다.

보루대 안엔 죽은 사람은 보이지 않고 핏자국만 낭자했다.

뗏장이 두꺼워 기관포 정도로는 뚫기 어려웠으니, 총구멍으로 수류탄을 투척하는 것만 경계했으면 좀처럼 점령할 수 없는 보루대란 것을 알았다. 빨치산의 승리라고 하기보다 수비대의 실수였다고 판단할 수밖에 없었다.

그렇더라도 그 보루대를 혼자 점령하다시피 한 그 오발 대원의 용맹은 치하할 만했다. 보충 대원들이 '우리도 저렇게 싸울 날이 있어야지.' 하고 그를 경외의 눈으로 보게 된 것도 당연했다.

명덕 보루에서 포로가 된 경찰과 의용 경찰은 20명쯤 되었다. 사단

정치위원 이봉관은 부하 정치부원들로 하여금 그들을 심사케 한 후,

"다신 경찰에 들어가지 않겠다."

라는 서약서를 쓰게 하고 경찰관들을 그 자리에서 방면하게 했다. 서너 명의 부상자들은 가마니를 타서 만든 들것에 실어 운반하게 했다. 그런데 경찰들이 장계읍으로 떠나기에 앞서 정치위원 이봉관이 엄포를 놓았다.

"여기 주소와 이름이 적혀 있으니까, 다시 반동 짓을 한다는 정보가 있기만 하면 지방 당원들을 시켜 즉시 처단한다. 너희들 뒤를 우리 조직원이 항상 감시하고 있다는 사실을 잊지 마라. 알겠느냐?"

"여부가 있습니꺼."

하고 경찰들은 입을 합쳤다.

"다시는 경찰 짓을 안 할 것이오. 그저 감사합니다."

죽을 줄만 알았던 수비대원들은 뜻밖에 방면되자 희색이 만면했다. 부상자들을 들것에 싣고 장계읍으로 떠났다.

그런데 이에 앞서 이봉관은 수비대원들에게 경찰과 빨치산의 정전회담을 제의했는데, 그 조건은 회담 장소를 장계읍으로 빠지는 협로 중간 지점에 있는 외딴 건물로 하고, 이튿날 오전 8시 쌍방이 무장 없이 만나자는 것이었다.

이튿날 회담이 실현되었다. 후일 정치위원 이봉관이 보고한 바에 의하면, 그 회담은 다음과 같이 진행되었다.

빨치산 일행이 회담 장소로 가자 경찰 측 일행이 나타났다. 경찰 대표는 경감이었다.

서로 인사한 후, 빨치산은 준비해간 돼지고기와 막걸리를 내놓고 권했다. 잔을 받으면서 경감이 말했다.

"이럴 줄 알았으면 과자나 과일 같은 것을 사올걸 그랬네요. 단것이 귀할 텐데."

그 경감은 꽤 대담해 보이는 사나이였다고 한다. 술이 두어 순배 돈 후 경감이

"하고 싶다는 말을 들읍시다."

하고 자세를 고쳐 앉았다.

"간단히 말하죠. 어제 우리가 점령한 명덕 분지 3개 리를 해방 지구로 인정해달라는 얘깁니다."

이봉관이 한 말이었다.

"해방 지구요?"

선뜻 못 알아들은 것 같은 경감의 표정이었다.

"바꿔 말하면, 현재 우리 측 방어선이 쳐져 있는 구역 내에 대해선 공격하는 일이 없도록 해달라는 것이오."

이봉관의 설명이 이렇게 되자, 경감은 대답 없이 빨치산 대표들을 보기만 했다. 어이가 없다는 표정이었다.

이봉관이 설명을 계속했다.

"우리는 이 구역 내에 정착하고, 다른 곳에 대한 공격은 일절 하지 않겠다고 약속하겠소. 당신네들도 많은 병력을 가지고 있지만, 우리도 당신네들을 괴롭힐 만한 무력은 가지고 있소. 그러니 더 이상 피차 공연한 피를 흘리지 말자 이거요."

"정전을 하자는 말씀이군요."

경감이 무겁게 말했다.

"그렇소. 일정한 군사 분계선을 두고 말입니다. 무력으로 우리를 섬멸한다는 것은 불가능합니다. 당신들도 이 이상 희생자를 내지 않아도

될 것입니다. 지금의 상황으로선 가장 좋은 방법이라고 생각하는데, 어떻습니까?"

"알겠습니다. 그러나……."

하고 경감이 말했다.

"38선만도 다시없는 비극인데, 여기에 또 38선을 만들자는 말입니까? 아무튼 이것은 나 혼자서 결정할 수 있는 문제가 아니니, 돌아가서 상사에게 당신네들의 뜻을 정확하게 보고하겠습니다. 그런 후에 회답을 드리지요."

"시한을 정합시다."

"오늘 정오까지로 합시다. 정오까지 응답이 없으면 '노'입니다. 어떻습니까."

"좋습니다."

이로써 회담은 끝났다.

빨치산 측으로선 이 엉터리 없는 요구가 받아들여질 수 없다는 것을 처음부터 알고 한 짓이었다. 다만 총성이 멎은 몇 시간의 시간을 벌자는 속셈이었다.

그사이 승리사단은 부락민을 동원해 상당한 양의 보급 물자를 덕유산까지 운반할 수 있었다.

시간을 벌자는 속셈은 경찰 측도 마찬가지였다. 그사이에 함양에 본거를 둔 태백산 지구 경찰 전투 사령부와 남원에 본거를 둔 지리산 지구 경찰 전투 사령부는 각각 연대 규모의 경찰력을 명덕 분지에 투입해 동서 양쪽에서 협공함으로써 항상 골칫거리이던 승리사단을 차제에 포착 섬멸할 태세를 갖추었던 것이다.

정각 12시가 되자 장계 쪽으로부터 직사 포탄이 930고지에 날아들면서 전투 경찰대의 일제 공격이 시작되었다.

육십령 고개 쪽에도 경찰 대부대가 밀려들어 격전이 벌어졌다. 이렇게 되면 병력 수가 경찰대의 10분의 1밖에 안 되는 승리사단이 견디어 낼 도리가 없다.

먼저 전북 유격대 720부대가 맡고 있는 930고지가 뚫려 분지 내로 총탄이 날아왔다. 명덕은 원래 높은 지대여서, 930고지라고 해도 그렇게 대단한 산이 아니다. 일부 병력으로 저항을 계속하고, 승리사단의 주력은 남아 있는 징발 식량을 질 수 있는 대로 짊어지고 개미 행렬처럼 덕유산 골짜기로 흘러들어갔다.

경찰 병력은 수도 대단하고 사기도 왕성했다. 후퇴하는 승리사단을 추격하여, 경찰대로선 그때까지 한 번도 올라가본 적이 없는 덕유산 주봉까지 진출했다.

그런데 승리사단의 구대원들은 조금도 당황하지 않을 뿐 아니라, 오히려 여유만만하게 '장백산 구비구비'를 제창하기도 하며 토벌대의 비위를 거스르고 노여움을 자극했다. 안색이 변한 사람은 보충 대원들뿐이었다. 구대원들은 오락회라도 하는 것 같은 기분이었다.

승리사단의 구대원들은 구분대별로 이 산마루, 저 능선으로 흩어져 큰 소리로 노래를 제창하다가 졸지에 급사격을 한바탕 하고 재빨리 자리를 옮기고 다시 노래, 그리고 급사격, 이런 식을 되풀이했다. 전투 경찰과 온 산을 헤매며 숨바꼭질을 하는 꼴이었다.

서울부대는 사단 본부와 같이 있었다.

태영은 공교롭게도 지휘부의 연락병으로 차출되어 있었기 때문에 인상 깊은 한 장면에 입회할 수 있었다.

사단 참모 문춘이 교전 상황을 둘러보던 쌍안경을 눈에서 떼고 시계를 보고 김복흥 사단장을 돌아보며 말했다.

"인제 두어 시간 있으면 내려가겠구먼. 내려가는 놈들은 한번 혼내줄까요?"

"매복한다? 글쎄."

사단장은 잠시 생각하더니 빙그레 웃으며 대답했다.

"오늘은 그쯤 해두지, 전사 동무들 피곤할 테니까. 놈들을 곱게 돌려보내요."

그건 사단장의 말이라기보다 골목 대장이 자기 패거리들을 보고 하는 소리였다. 태영은 사단장을 보았다. 왠지 모르게 친밀감이 솟아올라서였다.

"놈들, 오늘 운이 좋았어."

문춘 참모가 말하자, 사단장이

"우리도 운이 좋았소."

하고 나직이 말했다.

"그렇습니다. 전사 동무들, 오늘도 참 잘 싸웠습니다. 소라도 한 마리 잡아야겠습니다."

문춘이 만족스럽게 말하고 잠깐 실례한다면서 근처 솔밭 사이로 들어갔다. 소변이라도 볼 모양이었다.

"오늘 희생자가 얼마나 될지."

사단장은 이렇게 중얼거리며 소나무 가지를 걸쳐 엄폐해놓은 곳에서 나왔다.

석양을 정면으로 받고 선 사단장의 윤곽이 선명한 옆얼굴에 짙은 우수의 그늘이 있었다.

태영은 넋을 잃고 그 옆얼굴을 바라보았다. 뭔가 얘기를 나눠보고 싶은 충동을 느꼈지만 어림없는 일이었다.

뒤에서 문춘 참모의 말이 있었다.

"연락병 동무는 소속 부대로 돌아가지."

"옛."

거의 본능적으로 태영은 차렷자세가 되었다. 그때 사단장의 시선이 잠깐 태영에게 머물렀다. 조금 기다리라는 듯 손짓을 해놓고 사단장은 문춘 참모에게

"희생자가 있느냐 없느냐를 챙겨 빨리 보고하도록 하고, 저녁 식사 끝나는 대로 구분대장들을 이리로 오라고 하시오."

하고서 태영을 5, 6미터 앞에 있는 바위 틈으로 데리고 갔다.

두 바위가 단차段差로 교차되어, 적당한 거리를 두고 두 사람이 앉을 수 있게 돼 있었다.

사단장이 먼저 앉고 태영에게 앉으라고 했다. 태영이 앉았다.

"동무는 보충병이지요?"

사단장의 말이 부드러웠다.

"그렇습니다."

"소속은?"

"서울 부댑니다."

"김금철 구분대장이로군."

"예."

"김금철 동무는 훌륭한 전사입니다. 나완 각별한 사이요. 동무의 이름은?"

"박태영입니다."

"전쟁 전에 무슨 일을 하셨소?"

"학교에 다녔습니다."

"무슨 학굡니까."

"경성대학입니다."

"좋은 대학에 다니셨군요. 나는 대학 같은 데 갈 엄두도 내지 못했소. 워낙 집이 가난해서, 한데 대학에서 무슨 공부를 하셨소?"

"철학입니다."

"설마 마르크스 철학을 경성대학에서 가르치진 않았겠지요."

"그렇습니다."

"철학은 마르크스 철학이면 그만이지, 그밖에 무슨 철학을 가르쳤을까?"

"그저 그런 것 아닙니까."

"동무의 고향은 어디죠?"

"함양입니다."

"함양이면 바로 저기가 아닌가."

"예."

"부모님은?"

"전쟁 전엔 편안히 계셨는데 지금은 모르겠습니다."

"집에 가보실 기회가 있을지 모르겠소. 그런데 동무는 오늘 전투를 보고 어떻게 생각하셨소?"

박태영은 구대원들의 능란한 전투 기술에 놀랐다는 감상을 솔직하게 말하고,

"전투가 아니라 숨바꼭질 같았습니다."

하고 의견을 솔직하게 털어놓았다.

"전투 기술이란……."

하고 젊은 사단장은 우울한 표정이 되어서 말을 이었다.

"우리에게 사전의 준비가 있었다는 것, 이곳의 지형과 지물을 우리가 잘 알고 있다는 것, 그게 기술처럼 보였을 뿐이지 별 게 없소."

"그래도 움직임이 탄복할 만했습니다."

"그랬겠죠. 백전 노졸들이니까. 그러니까 나는 더욱 안타까운 생각이 듭니다. 만일 항공기의 원호가 있었다고 합시다. 포병의 위력이 있었다고 합시다. 그런 입체적인 작전을 할 수 있었다면 얼마나 좋았겠소."

사단장은 노을이 붉게 물든 서쪽 하늘을 바라보았다. 태영은 가만히 있었다. 사단장이 중얼거렸다.

"우리에겐 없는 항공기와 대포가 그들에겐 있단 말이오. 오늘 우연히 그들의 비행기가 내습하지 않아서 다행이고, 그들이 포격을 하지 않았기에 우리 전사들이 활약할 수 있었던 거요. 생각해봐요. 그들이 먼저 포열을 깔고 이 산의 상·중복을 아래위로, 그리고 세로·가로로 1인치씩 조준을 바꿔가며 포격을 하고, 머리 위에서 비행기가 날아다니며 기총 소사를 했다고 가정해보시오. 우리 전사들의 전투 기술이 맥을 추기나 했겠소?"

태영은 한마디 안 할 수 없었다.

"그러나 우리 선배 대원들은 그런 상황에서도 이길 수 있을 것 같았습니다."

"흠."

하고 사단장은 잠시 말이 없다가 갑자기 화제를 바꾸었다.

"대학을 다닌 사람은 이런 전쟁에 회의를 품기도 하겠지요?"

이 질문에 대한 대답은 신중해야만 했다.

"대학을 안 나온 사람이라고 해서 이 전쟁에 회의를 품지 않겠습니까. 누가 옳았든 누가 나빴든 동족상잔의 전쟁인걸요."

사단장은 잠잠해져버리더니 입맛을 다셨다. 어느덧 해가 지고 복사광만 하늘에 남았다.

"동무의 말이 옳소."

한참 만에야 사단장이 입을 열었다.

"그러나 시작한 전쟁을 어떻게 하겠소. 시작한 바에야 흑백을 가려야 하지 않겠소. 싸워야지, 끝까지."

"저도 그런 각오가 돼 있습니다."

태영은 힘을 주어 말했다. 그러면서도 과연 이 전쟁이 인민을 위하는 것이 되겠느냐고 물어보고 싶은 마음을 제어할 수가 없었다. 그러나 그렇게 물을 순 없어, 다음과 같이 말을 바꾸었다.

"사단장께선 앞으로 이 전쟁이 어떻게 되리라고 생각하십니까?"

"나는 어떻게 되리라는 것을 추측도 안 하고 생각하지도 않소. 우리가 이겨야 한다는 것만이 나의 생각이오. 그런데……"

하고 사단장은 말을 끊었다가 깊은 숨을 쉬고 나서 이었다.

"아마 우리 대에 잘살 생각은 말아야 할 것 같소. 이기면 이기는 대로, 지면 지는 대로 우리 대엔 미움이 남을 테니까. 결국 후손을 위한 싸움이 될 수밖에 없지."

그 말이 처량해서, 뿐만 아니라 현실감이 나지 않아 태영이 물었다.

"사단장께선 아드님이나 따님이 있습니까?"

"장가도 안 간 사람에게 그런 게 있을 까닭이 있소? 그런 게 문제가 아니라오. 내 아들딸은 없어도, 이 나라의 아들딸들은 있지 않소."

이때 사단장의 보좌관이 앞에 와 섰다.

"식사 준비가 끝났습니다. 문춘 참모 동무와 이봉관 정치위원 동무가 기다리고 있습니다."

사단장이 일어섰다.

그리고 태영에게 손을 내밀었다. 뜻밖에도 부드러운 감촉이었다. 사단장의 말이 있었다.

"대학을 다닌 사람이 산에서 살긴 힘들 거요. 힘들겠지만 최후의 승리를 위해 힘껏 싸워야죠. 인민의 나라가 승리했을 때 책임지고 동무를 모스크바 대학에 보내도록 추천하겠소. 오늘은 특히 수고했소."

"감사합니다, 사단장 동무."

좀처럼 '동무'란 말을 하지 않는 태영의 입에서 '사단장 동무'란 말이 자연스럽게 나왔다.

어둠 속에 남은 태영은 '사단장이 격전이 있은 직후 보고받을 일도 많고, 지시할 일, 의논할 일도 많을 텐데, 일개 연락병을 붙들고 얘기할 심정이 무슨 까닭으로 생겨났을까.' 생각해보았다. 결론은—

'사단장도 괴로운 것이다.'

태영이 속한 서울부대의 숙영지는 사단 사령부 가까이에 있었다.

통천 위에 신월新月이 솟아올랐다.

'나폴레옹은 코르시카에서만 탄생하는 것이 아니다.'

이런 생각을 얼른 해보며 태영은 숙영지로 내려갔다.

명덕 지구에서 이태도 특이한 경험을 했다. 일기를 쓰는 버릇이 있는 이태는 만부득이한 사정이 없으면 치밀하게 일기를 썼는데, 다음은 명덕 작전 전후에 있었던 일에 관한 이태의 일기이다.

—서울부대가 평지 마을 보루대를 공격할 무렵엔, 명덕 분지를 둘러

싼 고지의 요소요소가 이미 빨치산들에 의해 장악되어 있었다. 930고지의 능선은 전북 720이, 육십령 고개 일대는 대구·여수 부대가 방어선을 펴고 외부로부터 오는 토벌대에 대비하고 있었다.

육십령 고개 쪽에서 간헐적으로 교전하는 총소리가 들려왔으나, 빨치산 장악하에 있는 명덕 분지의 여러 마을은 평화시와 다름없이 평온했다. 서울부대의 보충 대원들은 어느 큼직한 민가의 대청마루에서 인솔자인 고참 대원으로부터 미식 자동 소총의 분해 결합법을 교육받은 후 각기 자유 행동을 허락받았다.

나는 혼자, 가게가 늘어서 있는 신작로를 천천히 걸어보았다. 이런 길을 걷는 것이 도대체 얼마 만인가. 마치 꿈을 꾸는 것 같았다. 어디선가 오르간 소리가 들려왔다. 아이들의 합창 소리도 들렸다. 근처에 국민 학교가 있었던 것이다. 나는 그리로 가보았다.

교원 출신인 서울부대 대원 하나가 M1 총을 어깨에 걸친 채 오르간으로 「아침 은빛 나라 이 강산」을 가르치는데, 젊은 여교사가 저만큼서 웃으며 바라보고 있었다.

붉은 칠을 한 우체통이 한길가 담 아래 붙어 있었다. 우표를 파는 담배 가게가 옆에 있었다.

'저 속에 편지를 써넣기만 하면 틀림없이 배달될 것이다. 우리가 점령하기 전의 우편물도 있을 것 아닌가. 설마 빨치산이 자기 집에 편지를 띄웠으리라곤 생각하지 않겠지. 집에 소식을 전할 수 있는 천재일우의 기회다. 봉투와 종이는 학교 앞 가게에 있으니까, 여교사에게 부탁하면 한두 장쯤은 얻어다 줄 게다. 우표 살 돈도 없지만, 우표를 샀다가는 탈 날 염려가 있으니까 차라리 미납으로 부치는 게 안전할 게다.'

그러나 나는 끝내 생각만으로 그치고 말았다. 집안 식구들에게 후환이 돌아갈까봐 두려워서였다.

　그날 저녁엔 양념을 제대로 한 고깃국에 흰쌀밥을 배가 터지도록 먹었다. 밤엔 찰떡이 간식으로 배급되었다.

　특무장이 식량을 징발할 땐 '지불증'을 써주었다. 언제 무엇을 얼마만큼 징발하는데, '해방'이 되었을 때, 즉 인민군이 다시 돌아왔을 때 그 증서를 가지고 오면 같은 물건으로 보상하거나 정당한 대가를 지불하겠다는 것이었다. 아아, 언제 그 지불증이 효과를 발생할지……

　며칠이 지났다.

　그동안 포격은 쉴 새 없이 있었으나, 토벌군의 직접 공격은 없었다. 그러나 오래 머물 곳이 아니란 판단에선지, 다른 목적이 있어선진 모르나, 승리사단은 백운산을 향해 덕유산을 떠났다.

　이태와 태영으로선 세 번째 찾아드는 백운산이고, 네 번째 넘는 육십령이었다.

　도중에 신작로를 1킬로미터가량 걸었다. 그때 이태는 이상한 경험을 했다.

　"박 동무, 이상하잖아? 산길 걷기보다 신작로 걷기가 훨씬 힘드는데?"

　이태가 말하자 박태영도

　"그러네요. 다리가 헛도는 것 같고, 몸이 앞으로 나가는 것 같지 않네요."

하고 맞장구를 쳤다.

　어느덧 그들은 산길 걷기에 익숙해져버린 것이다. 평지의 길은 변화가 없으니 속도감이 없다.

　"우리도 제법 빨치산이 되었군."

하고 이태가 웃었다.

계남면溪南面 가까운 산속에서 승리사단은 사흘 동안 노숙했다. 사흘 후 보충 대원들을 위한 실험 전투를 한다는 계획이 발표되었다.

계남면 궁들 벌판은 백운·장안 양산에서 장계읍으로 들어서는 길목이어서 경찰의 초소가 있었다. 그리고 거기서 백운산 무령공재의 경찰 초소가 바라보였다. 궁들 초소를 보충 대원들로 하여금 공략케 한다는 것이다.

보충 대원들에게 문춘 참모가 전투 요령을 가르쳤다.

"대개의 경우 경찰 초소의 고정 병력은 대단하지 않다. 응원 오는 병력 때문에 신경을 써야 하는데, 초소 병력은 우리 병력보다 훨씬 적다. 그 점을 노리는 거다. 되도록 신속히 해치워야 한다는 것은, 증원군이 오기 전에 결판을 내버려야 하기 때문이다. 초소 점령이 오래 끌 염려가 있을 때엔 일부 병력을 외곽에 배치해서 증원군에 대비해야 한다. 그러나 오늘의 공격은 보충 대원 교육을 위해 하는 것이니까, 외곽 방어 없이 궁들 초소를 점령하고 돌아온다. 포로가 생기면 끌고 오라. 그러나 일부러 포로를 만들 필요는 없다. 전부 사살해버려도 무방하다. 보루를 폭파하면 더욱 좋다. 기간병이 방망이 수류탄을 가지고 가니까……."

이때 구대원 하나가 두레박만 한 반탱크對戰車 수류탄을 쳐들어 보였다. 방망이처럼 자루가 있기 때문에 방망이 수류탄이라고 한다.

"……일단 공격을 시작하면 단숨에 보루대까지 달린다. 숨이 끊어질 때까지 뛴다. 이것이 요령이다."

문춘은 노동자 출신이다. 그런데도 해박한 지식을 가졌고, 누구에게나 활달하고 친밀한 느낌을 주는 30세를 약간 넘긴 호남아였다.

궁들 2킬로미터쯤 거리에 있는 지능선 솔밭에서 보충 대원은 10개의 돌격조를 편성했다. 거기서 보루까지 1킬로미터는 평지로서 논밭이었다. 문춘이 보루를 가리키며 설명했다.

"보루와의 거리는 대충 1킬로미터. 논밭이 돼서 아마 3분 약간 더 걸릴 거다. 시간은 단축할수록 좋다. 돌격을 시작하면 10초 이내에 적이 발견할 것이다. 한데 위험한 것은 3백 미터 이내에 들어서부터다. 2, 3백 미터 거리를 지형 지물을 이용하며 얼마나 빨리 뛰는가에 성패가 달렸다. 초소에 전화가 있으니까, 장계읍에서 원군이 도착하는 덴 30분쯤 걸린다고 봐야 한다. 그러니 보루대 점령은 접근 후 10분 이내라야 한다. 철수할 시간이 필요하니까. 자아, 그럼 조별로 헤쳐라!"

문춘의 신호와 함께 10개의 종대가 논밭 사이로 줄을 긋듯 돌진했다. 1백 미터 경주처럼 달렸다.

태영은 가슴이 터지도록 뛰었다.

5백 미터쯤 뛰었을 때 보루대 쪽에서 기관총 사격이 시작되었다.

그러나 각 조는 지그재그를 그리며 바람에 빨려들 듯 순식간에 보루 밑으로 들이닥쳤다. 수비병들이 수류탄을 계속 던졌다. 폭음이 진동했다.

그 보루대는 개울을 해자垓字 삼아 방축 위에 서 있었다. 태영은 방축 밑으로 뛰어들었다. 모두들 그런 식으로 뛰어들었다.

위를 쳐다보니 보충병 하나가, 그 사람은 권영식이었는데, 명덕 전투 때 견학한 대로 수류탄을 차고 보루를 기어오르고 있었다. 권영식이 미처 총구멍에 손을 대기 전에 총구멍에서 수류탄을 밑으로 던졌다. 수류탄이 굉음과 동시에 터졌다. '악' 소리를 지르며 권영식은 굴러 떨어졌다.

조장 하나가 다발총을 휘두르며 방축 밑에 있는 대원들을 방축 위로 몰아 올렸다. 방축 위로 올라서면, 총구멍에서 쏘는 총탄이 닿지 않는 사각이 되었다.

이태가 보루 밑에 바싹 다가서는 순간, 근처에서 수류탄이 작렬했다. 반사적으로 엎드려서 무사할 수 있었다. 수류탄을 피해 논두렁 밑에 붙은 대원들이 총구멍을 향해 계속 총을 쏘아대서, 수비병들은 조준 사격을 하지 못했다. 이런 사격의 교환이 10분 동안 계속되었을 무렵, 장계읍 국도에서 총성이 요란스럽게 일었다. 증원 경찰대가 도착한 것이다.

"철수!"

"철수!"

하는 고함이 있었다.

공격 부대는 번갈아 엄호 사격을 하며 솔밭 능선으로 바람처럼 철수했다.

안전 지대로 돌아와 태영이 권영식을 눈으로 찾았다. 권영식은 부끄러운 듯한 눈으로 태영을 보았다. 태영이 물었다.

"다친 데 없어?"

"없어요."

그러자 이태가 익살을 섞었다.

"아무나 용사가 되는 줄 알아?"

모두들 숨을 죽이고 웃었다.

다친 데가 없다고 했으나 권영식은 왼쪽 발을 삐었다. 당분간 절름거려야 했다.

김복홍 사단장은

"오늘 공격에 실패한 것은 나쁘지 않다. 만일 성공했더라면 자만심이 생길 뻔했다. 이만하면 됐다. 동무들은 다신 실패하지 않으리라 생각한다. 무엇보다도 전원이 무사해서 반갑다."
라고 위로의 말을 했다.

문춘 참모는

"돌격도 합격이고 철수도 합격인데, 성공을 못 했다는 것은 유감이다. 총체적으론 합격와 낙제의 중간인데, 사단장 동무께서 반갑다는 말씀이 있었으니 합격이랄 수밖에 없다."
하고, 세부 동작에 관한 주의를 주었다.

그런데 연대장 김금철은 가차없이 비난을 퍼부었다.

"그게 뭐란 말이시. 전부 개밥 될 뻔하잖았능가이. 수비대 놈들이 머저리 같아놓응께 살았다뿐이시. 만일 수비대에 눈방울이 또록또록한 놈들이 있었다고 생각해봐요이. 우떻게 되었겠능가이."

이런 평들이 있고 얼마 동안 쉬고, 그날 밤 승리사단은 길을 떠났다.

백운산에 도착하니, 이태나 박태영은 고향에 돌아온 것 같았다. 여분산, 용골산, 회문산에서의 생활, 회문산 최후의 날의 아비규환, 어둠과 비 속에서 험로를 더듬으며 아슬아슬하게 탈출한 그 숱한 고난 속에서 맺어진 정의가 전북 유격대와 그들 사이에 깊은 유대로 되어 있었던 것이다.

그런데 백운산에선 일주일도 채 머물지 못했다.

이번의 목적지는 수도산修道山이라고 했다. 수도산은 거창, 금릉의 접경 지대에 있는 산이다. 거기서 가야산에 전진해 있던 인민 여단, 혁명지대와 합류한다고 하자, 승리사단 구대원들은 마치 애인을 만나러 가는 소녀들처럼 들떴다.

그러나 박태영과 이태, 권영식은 사정이 달랐다. 더러 야속한 일이 없지 않았으나, 전북 유격대엔 그들과 정든 사람이 많았던 것이다.

더욱이 이번의 행차로 전북 도당 유격 사령부와 영 이별이 될지 모른다고 생각하니 박태영은 마음이 착잡했다. 이태는 그 감정의 도가 더욱 강했는지, 백운산을 떠나기 직전 전북 도당의 몇 사람과 어깨를 잡고 울먹이기조차 했다.

그때는 이미 6월 하순이었다.

말리크 소련 대표가 제의해서 서울과 평양 사이에 정전 교섭이 오가고 있다는 말이 돌았다.

이 무렵 전세는 38선을 중심으로 일진일퇴하고 있었다. 일종의 교착 상태에 빠졌다고나 할까.

전황의 개요는―.


6월 24일.
- 전 전선에서 전투 치열. 서부에 적 부대 출현.
- 인제 북쪽에서 치열한 전투. 금화 동방 고지, 적의 반격을 격퇴하고 한국군이 재탈환.
- 유엔 탐색이 철원 서쪽에서 적의 맹렬한 도전에 봉착.
- 적, 평강·금화 방어를 위해 서울·원산 간에 막대한 충원 부대 투입.
- 고랑포 서북쪽에서 중공군 3천 명 퇴각.
- 미 제5 공군 F80 4대, 미그15 4대와 공중전, 적기 4대 격추.
- 전쟁 1주년에 밴플리트 장군―우리는 적의 침략을 저지할 힘이 있다.
- 한국 정부와 국회는 소련 말리크의 정전안은 간계에 불과하다고

단호한 반대 태도를 천명했다.
- 유엔 '리' 총장, 말리크의 정전 제안에 대하여—나는 가능한 한 조속히 정전 교섭을 할 것을 권고한다.
- 미국 정부는 주소 미 대사에게, 정전안에 대한 소련 정부의 설명을 청취하라고 훈령했다.
- 영국군 교대병 900명 한국 도착.
- 영국 정부, 소련의 화평 교섭에 대해 그 제안이 진지한 것이면 환영한다고 발표.

6월 25일.
- 적, 전 전선의 소규모 정찰 공격 치열.
- 인제 북쪽에서 적 탄약고 폭파.
- 금화 동방 고지를 탈환한 한국군, 적의 반격으로 약간 철수.
- 공군 624회 출격, 적 기관차 5, 화차 100, 건물 540, 전차 3 격파.
- 부산 충무로에서 6·25 항공抗共 궐기 대회 거행.
- 서울에서 멸공 궐기대회 거행, 시민 5만 참집.
- 유엔 당국, 소련 제의에 기초한 '리' 총장의 협상 개최 호소를 중공과 북한에 방송.
- 리지웨이 사령관, 중공 지도자의 자각을 촉구. 유엔군은 침략군을 격퇴한다.
- 재일 동포, 38선 정전 반대 대회 거행.
- 중공 기관지 『인민일보』, 말리크의 제안을 지지한다고 발표.
- 프랑스 수상 견해 표명—말리크의 제안은 소련이 표시한 최초의 확실한 태도이다.

때는 7월 초.

승리사단은 소백산맥을 넘어 긴 행군을 시작했다. 찌는 듯한 염천에 대부분이 겨울옷을 입었는데, 그 겨울옷이 때와 먼지에 의해 무게를 더했으니 고행, 난행일 수밖에 없었다. 그러나 녹음이 우거진 산길을 걸을 땐 상쾌함이 없지 않았다.

드디어 수도산 골짜기에 도착했다. 눈 아래에 시냇물이 흐르고 있었다. 승리사단은 잡목 속에 은신하고 연락을 기다렸다.

감탄할 만한 시간 행동이었다. 정확하게 약속 시간이 되자 저쪽 숲에서 서너 명의 정찰병이 얼씬거리는 듯하더니 이쪽을 확인하고 녹음 속으로 자취를 감췄다. 잠시 후 갈잎으로 위장한 승리사단의 대열이 컨베이어 벨트가 돌아가듯 4보 간격으로 점선을 그어 개울가로 내려갔다.

저쪽에서도 대열이 나타났다. 그러자 승리사단의 구대원들은 '와아!' 하고 함성을 지르며 저쪽의 대열과 섞이더니 서로 얼싸안고 반겼다. 작년 후평에서부터 같이 남하한 패거리들이었던 것이다.

"선생님 오신다."

라는 말이 들렸다.

일순 긴장감이 돌았다.

어디에서인지 모르게 중년의 사나이가 호위병에 둘러싸여 나타났다. 얼굴에 웃음이 있었다. 그때 이쪽의 흥분이 절정에 달했다.

"선생님!"

"선생님!"

마치 사모하던 옛 스승을 맞이하는 학생들처럼 우르르 몰려가 그 사나이를 둘러싸고 감격의 눈물을 흘렸다. 더러는 만세를 외치는 자도 있었다.

그 사람이 곧 남부군 사령 이현상이었다.

이태와 권영식은 처음 보는 얼굴이었지만, 박태영으로선 그리고 그리던 사람이었다. 일제 때 지리산에서 같이 지낸 사람이며, 해방 직후 그 아래서 일하기도 했던 것이다.

그래도 박태영은 구대원들과 같이 그 앞으로 달려가지 못하고 다른 보충 대원들과 함께 뒤쪽에 머물러 있었다.

이윽고 사단장 김복흥이 간단한 보고와 함께 보충 대원들을 소개했다. 그때 이현상은 박태영의 얼굴을 발견하고 일순 놀라는 빛이 되더니

"박군, 박군이 여기 있었구나."

하고 태영의 손을 잡았다.

만감이 가슴을 설레게 하여 태영은 고개를 숙였다.

"이따가 만나자."

라는 말을 남기고 이현상은 다른 대원들 앞으로 발을 옮겼다.

이때 인민 여단의 수는 1백 명 안팎, 혁명 지대革命支隊는 7, 80명, 승리사단은 2백 명가량이었으니, 빨치산 가운데서 최강이라는 남부군 약 4백 명이 그 골짜기에 집결한 셈이었다.

골짜기 어귀, 산등성이 요소요소에 보초가 배치되고, 교대로 개울물에 들어가 목욕을 했다. 이태, 태영 등으로선 실로 9개월 만의 목욕이었다. 전주에서 철수한 이래 한 번도 전신 목욕을 할 수 있는 장소와 기회가 없었던 것이다. 상쾌함은 고사하고 박태영은, 홀딱 옷을 벗어버려 알몸이 된 스스로의 육체를 보며 뭐라 형언할 수 없는 고독과 슬픔을 느꼈다. 하나의 방관자가 자기 속에서 나타나 격류 속에서 표류하는 한 마리의 개구리를 발견한 느낌이었던 것이다.

앙상한 가슴팍과 여위어서 마른 나뭇가지처럼 된 팔다리 군데군데

에 바위에 낀 이끼처럼 묻어 있는 때를 보며 '그래도 이걸 정신적 통일체라고 할 수 있을까?' 싶어 서글프기만 했다.

'그래도 내게 있어선 이게 가장 소중한 것이 아닌가. 한 발의 탄환이면 끝장나버리는 이 가냘픈 육체! 이것이 사라지면 모든 게 영원히 사라진다!'

그와 같은 육체들이, 바로 몇 순간 앞에 깨져버릴지 모르는 육체들이 지금 희희낙락 때를 씻고 있었다.

여성 대원들도 약간 거리를 두고 목욕하고 있었다. 대부분이 스무 살 전후의 처녀들이었다. 몇 달 만에 만난 맑은 물의 유혹이 잠시나마 수치심을 잃게 한 모양이다. 소리를 지르며 물장구를 쳐대기도 했다.

심산유곡의 개울에 남녀 4백 명 가까운 나체가 와글거리는 광경! 렘브란트나 루벤스의 필치를 빌리면 표현이 가능할까?

승리사단의 대원들은 이곳에서 비로소 내의를 벗어던지고 작업복 하나만의 여름 차림이 되었다.

정상적인 보급이 없는 빨치산은 전투에서 노획한, 즉 전사한 군경들에게서 벗긴 옷을 입지 않으면 안 되었다.

목욕을 끝내고 저녁 식사 때까지 구대원들은 헤어진 이래의 무용담으로 떠들썩하게 얘기꽃을 피웠다.

남부군 직속 3개 부대는 그날 저녁 이른 시간에 그 골짜기를 떠났다. 날이 새기 전에 기백산箕白山에 도착하기 위해서였다. 인가가 많은 야지 80리 길을 강행군으로 통과해야 하니 충분한 준비를 갖추라는 지시가 있었다.

그날 밤의 행군은 뜀박질이나 다름이 없었다. 2보 간격으로 단축한 대열이 뱀처럼 들을 누비며 달렸다. 짧은 여름 밤을 돌풍처럼 달려, 동이 트기 전에 기백산 가까운 어느 마을에 도착했다. 낙오자가 한 사람도 없었다. 모두 역전의 빨치산들이었던 것이다.

기백산은 소백산맥이 덕유산에서 거창읍 쪽으로 내려오는 지맥 중의 웅봉으로 해발 1,330미터의 높이이다. 그날 도착한 곳은 이 기백산에서 거창읍 쪽으로 10킬로미터 거리에 있는 조두산鳥頭山 942고지 아래였다.

번개처럼 마을을 포위해 외부와의 연락을 끊고, 아직 새벽잠에 취해 있는 마을 사람들을 깨워 아침밥을 짓게 했다. 아침밥을 먹는 사이에 소낙비가 내렸다. 은밀 행동엔 안성맞춤이었다.

식사를 하고 나니 비가 더욱 세차게 내렸다. 그 빗속을 뚫고 다시 행군이 시작되어 어느 동산 밑까지 갔다. 거기서 참모들과 연대장들이 모여 무슨 의논을 하는 것 같았다. 연락병들이 분주하게 오갔다. 거창읍을 지키는 방어 초소를 습격한다는 결정이 내려졌다.

김금철 연대장이 돌아와 구분대의 출동을 명령했다.

동산을 돌아 얼마쯤 갔다. 저만큼 나무 한 그루 없는 약 5백 미터 길이의 언덕이 나타났다. 언덕의 높이는 50미터쯤. 토성을 쌓은 듯한 일자 능선이었다. 그 언덕 위에 석축의 보루대 4개가 50미터 간격으로 나란히 서 있었다.

비가 멎었다.

선발 부대가 언덕에 올라붙어 맨 가장자리 보루대를 향해 분산 육박했다.

서울부대는 산병선散兵線을 펴고 언덕 정면으로 각개 약진으로 기어올랐다. 언덕 위에서 총소리와 수류탄 터지는 소리가 요란했다. 이어 공격군의 고함 소리가 났다.

서울부대가 언덕으로 뛰어올라가자, 경찰 5, 6명이 반대쪽 사면으로 뛰어내려 뿔뿔이 달아났다. 달아나는 경찰들을 한 무리의 빨치산들이 언덕 마루에 서서 저격했다. 인민 여단 대원들이었다.

가마니로 만든 들것을 든 대원들이 달려오더니, 서너 명의 부상자를 싣고 동산 북쪽으로 내려갔다.

워낙 후퇴가 빨라서, 경찰 측의 사상자는 눈에 띄지 않았다.

경기관총 몇 정과 수류탄 수십 개, 그리고 '536'이라고 부르는 휴대용 전화기가 유기되어 있었다. 다소나마 저항을 한 것은 마을 쪽의 첫째 보루대뿐이고, 나머지는 이쪽의 공격이 시작되자 한 방의 총도 쏘지 않고 도망쳐버렸다.

남부군은 그해 여름, 거창에서 하동까지 서부 경남 일대를 휩쓸었다. 수없이 경비 초소를 파괴하고 경찰 지서를 습격했다. 산속에서만이 아니라 평야 지대에서도 50일 가까이 설쳐댔다. 그런데도 경찰의 저항과 반격은 거의 없었다. 남부군은 보급을 약탈에 의존할 수밖에 없는 불과 3백~4백 명의 집단이고, 경찰은 3개 연대의 전투 경찰대와 수천의 경찰 및 의용 경찰 병력을 가지고 있고 장비도 월등했다. 그런데도 남부군을 방치하고 있었으니 무슨 까닭이었을까.

이태와 태영은 가끔 그 문제로 토론한 적이 있었다.

"카리스마란 게 있다."

이태가 말했다.

"카리스마? 어떤 카리스마?"

태영이 물었다.

"경찰은 이현상부대라면 지레 겁을 먹는 거라. 그러니 이현상부대가 나타났다면 싸워보지도 않고 도망을 치는 거요. 이현상 선생이 신화적 존재가 된 거지. 그게 곧 카리스마지요."

사실 이태의 말대로일지 몰랐다.

경찰이 남부군의 전투 능력을 과대평가한 것은 사실이었다. 그런데 남부군이 전투에서 이긴 것은 미리 상대편을 알고 싸웠기 때문이었다. 경찰은 적의 사정을 전연 모르고 싸웠기 때문에 졌다. 그렇다고 해서 남부군이 항상 이기기만 한 것은 아니다. 때론 경찰의 연대 규모 작전에 풍비박산이 된 적도 있었다.

그런 까닭에 태영은 이태에게

"카리스마라는 것으로 납득할 순 없지 않겠소. 나는 경찰이, 남부군이 완전히 인심을 잃도록 고의로 방치해두는 게 아닌가 하는 생각이 드오. 남부군은 보급 투쟁이라고 하고 지불증을 써주기도 하지만, 농민들의 처지로 보면 약탈 아닙니까? 지불증을 믿겠어요? 우리가 어느 마을에 들어갔다고 하면 그 마을을 쑥밭으로 만들어버릴 뿐 아니라, 경찰에 의한 후환까지 만드니 민심이 우리로부터 떠날 것이 뻔하지 않습니까. 이러다간 우린 인민의 적이 됩니다. 경찰은 우리를 인민의 적으로 인식시키기 위한 방법을 채택한 것 같애요. 그러다가 어느 시기에 왕창 하려는 거지요."

하고 몇 가지 예를 들어 보였다.

이태는 태영의 말을 심각한 표정으로 듣더니 중얼거렸다.

"박 동무의 말, 그대로일지도 모르겠소."

7월 12일에 있었던 일이다.

남부군 직속 승리사단이 합천 해인사를 습격했다.

빨치산은 아침부터 숲속에서 대기하고 있었다. 그날 해인사 계곡에서 기우제를 지내느라고 합천 경찰서장, 합천 군수 등이 와 있었다. 소대 병력 정도의 경찰과 의용 경찰이 주변에 배치되어 있었다.

기우제 현장을 덮치면 일은 간단했다. 경찰서장과 군수 및 유지들을 생포할 수도 있었다. 그런데 사단장은 해가 저물기를 기다리라고 했다.

해가 저물자 군수와 경찰서장, 지방 유지들은 경찰 병력과 함께 철수해버렸다. 남은 것은 가야 지서에 속한 경찰 몇 명과 의용 경찰대 십여 명뿐이었다.

대구부대가 해인사와 가야 사이의 협곡을 맡아 외부와의 연락을 단절시켰다. 여수부대는 지방 빨치산의 협력을 얻어 경찰과 의용 경찰의 동향을 지켜보기로 하고, 전주부대(전북 유격대가 아님. 명칭이 그랬다 뿐이지, 전주와는 아무 관련이 없음)는 건너편 마을을 맡기로 하고, 서울부대는 해인사로 들어갔다.

그때 해인사엔 해인대학이란 것이 들어와 있어, 암자 하나가 기숙사처럼 되어 있었다.

해인사 경내에 들어선 서울부대는 승방을 모조리 열어 승려와 대학 교수, 학생들을 노전이라는 데 모아놓고 승방을 뒤졌다. 식량이나 돈이 될 만한 물건을 들춰내기 위해서였다.

박태영은 '관음전'이라고 쓰인 건물로 들어갔는데, 어느 방에 들어섰을 때 가슴이 뜨끔했다. 벽 쪽에 꽤 많은 책이 쌓여 있고, 책상 위에 흐트러져 있는 책들 가운데 라틴어 사전이 보여서였다.

'이 방 주인이 누굴까?'

하고 그 라틴어 사전을 주워 들었다. 이름이 있었다. 이나림이었다.

중학교 시절 태영의 2년 선배였다. 수재로 알려졌던 사람이다.

'이 사람이 웬일로……?'

태영이 건성으로 뒤지다가 그 방에서 나오려는데, 같이 행동하던 대원 하나가 벽장에서 검은 가죽 손가방을 꺼냈다. 그것을 열었다. 잡다한 문서와 함께 50만 원의 돈다발이 있었다. 50만 원이면 적지 않은 돈이다. 태영은 그대로 두란 말이 나오려는 걸 삼켜버렸다. 그 대원은

"이 가방은 사단장 동무에게 갖다드려야겠다."

하고 서류는 비워버리고 돈다발을 도로 가방 속에 넣었다. 50만 원이면 상당한 보급 성적이 된다.

그리고 계속 이 방 저 방을 뒤졌는데 상당한 수확이 있었다. 한 시간의 행동 시한을 채우고 대법당 앞 광장으로 나갔다. 광장에 물자가 산더미같이 쌓여 있고, 대원들이 그것을 한 사람이 메고 가기에 알맞도록 뭉텅이 뭉텅이 꾸리고 있었다.

그런데 한쪽에서 울부짖으며 떠들어대는 여자가 있었다.

"오늘 대구에서 있는 돈 죄다 털어 사온 기요. 그걸 갖고 가면 우린 망한단 말입니더. 내 물건만은 놔두고 가소."

절 바로 앞에 있는 매점의 아낙네라고 짐작되었다.

그 요구가 거절되었던지 아낙네는 고함을 질렀다.

"인민을 위한다쿠더니 이 짓이 뭐꼬? 화적떼들 아니가. 강도 아니가. 이걸 가지고 갈라면 나를 죽여놓고 가라."

대청마루에 둘러앉아 있던 간부가 내려가서 무슨 소린가를 하며 타이르는 것 같았다. 그래도 아낙네의 소리는 높아만 갔다. 결국 그 가게에서 약탈한 물건의 절반은 돌려주기로 낙착을 본 모양이었다.

임무를 끝낸 대원은 해인사에서 개울을 건넌 데 있는 홍제암에 집결

하기로 돼 있는데, 태영은 이나림을 보았으면 해서 승려들과 교수들을 집결시켜놓은 방을 찾아갔다.

가득 방을 채운 사람들을 앞에 하고 사단 정치위원이 연설을 하고 있었다. 말솜씨가 좋은 이봉관은

"우리 인민공화국이 승리하지 못한 바 아니다……."

하고 완곡한 표현을 쓰며

"오늘 밤의 다소 무리한 행동을 용서해달라."

라는 요지의 연설을 끝냈다.

지체 없이 특무장이 들어와서, 젊은 사람들을 눈가늠으로 뽑아냈다. 원래 해인대 학생 60여 명에게 짐을 지우고 가서, 이른바 초모병 사업을 겸하려고 했었는데, 짐 꾸러미 몇 개가 남아 그 짐을 지우기 위해 사람을 뽑은 것이다.

그때 뽑힌 사람 가운데 하나가 이나림이었다. 그가 문 밖으로 나오는 찰나를 포착해 태영은 얼른 이나림의 소매를 끌었다. 이나림이 꿈틀 놀랐다. 태영은 집 모퉁이를 돌아 인적이 없는 곳으로 가서 말했다.

"이 선배님, 절 모르겠습니까? 박태영입니다."

"박태영?"

나림은 놀라더니

"어찌 된 일이야."

태영의 손을 덥석 잡았다.

"선배님, 같이 산으로 안 가시렵니까."

박태영이 나직하게 물었다.

"천만에. 나는……. 보다도 박군이 여기 남으시오. 남아야 하오."

나림의 말투가 절실했다.

"안 됩니다, 그건."

태영이 단호하게 말하고 돌아서려는데, 대원 하나가 오다가 나림을 보고 '같이 가자.'고 했다.

태영이 막아섰다.

"이 사람은 심장병 환자요. 이 사람이 져야 할 짐은 내가 지겠소." 하고 뒤도 돌아보지 않고 그 대원을 데리고 짐이 있는 곳으로 갔다.

홍제암 앞에선 대원들이 '캠프 파이어'를 질러놓고 신나게 빨치산 노래를 부르며 춤을 추고 있었다.

"태백산맥에 눈 날리고……."

아침부터 매복해 힘이 축적된데다 쇠고기를 배불리 먹고 보급의 수확이 컸으니 노래 부르고 춤을 출 만했다.

태영과 이태는 훔쳐온 신문을 보고, 휴전 회담 예비 회담이 끝나고 본 회담이 7월 10일부터 시작되었다는 사실을 알았다.

유엔국 측 대표는 '터너 조이' 미 해군 중장을 비롯해 한국군 백선엽 소장을 포함한 6명이었으며, 공산군 측 대표는 북한의 남일南日, 이상조李尙朝, 중공의 '등화', '사방' 등이었다.

7월 8일자 신문을 들여다보며 이태가 킬킬 웃었다.

왜 웃느냐고 태영이 묻자 이태가 한 군데 기사를 가리켰다. 거긴 이렇게 씌어 있었다.

―전국 경찰 종합 전과(50년 10월 1일부터 51년 7월 8일까지), 공비 사살 155,419명, 생포 19,421명, 귀순 43,866명.

"이게 뭣이 우습소. 그동안에 그만한 희생은 있었을 것 아니오."

"경찰이 발표한 건 공비, 즉 빨치산을 말하는데, ……보시오. 50년 10월 1일이면 빨치산이 활약하기 시작한 때가 아니오? 인민군을 포함했다면 6월 25일 이후로 돼 있을 것 아뇨. 그런데 빨치산이 10만 넘게 있어본 적이 있소? 빨치산 가운데 최대 최상의 부대가 남부군이고 고작 4백 명 미만인데."

"경찰이 빨치산 하나를 '1당백'이라고 보고 그런 수를 냈는지 모르죠."

"그런 계산이면 그렇게 되겠군."

하고 이태가 웃었다.

기백산 용줏골에서 며칠을 머물다가 안의安義 황석산黃石山으로 이동할 때였다. 저녁 식사를 마치고 조그마한 동산에서 휴식을 취하다가 1천 명이 넘는 경찰대의 습격을 받았다. 어둑어둑해질 무렵이고, 의지할 만한 고지도 부근에 없었다.

김금철 연대장의 나직한 명령이 있었다.

"저기 동쪽에 산이 있지? 논 속을 기어 그리로 달려갓. 교전할 생각은 말아라."

대원들은 필사적으로 뛰었다. 산 중복까지 갔다. 태영은 둘러보았다. 이태의 모습이 보이지 않았다. 그밖에 몇 명의 얼굴도 보이지 않았.

날이 밝아졌는데도 이태는 나타나지 않았다. 이튿날도 그다음 날도 나타나지 않았다. 전사했거나 포로가 된 것이 틀림없었다. 태영은 행군을 계속하면서도 자꾸만 무거워지는 마음을 어쩔 수 없었다. 이태를 잃는 것은 희망을 잃는 거나 마찬가지란 생각이 들었다.

휴식 시간에 연대장 앞으로 갔다.

"연대장 동무, 이태 동무 등은 죽었을까요?"

"죽지 않았어. 내가 맡긴 임무가 있어. 그 임무를 다하고 돌아올 거시."

연대장의 짤막한 대답이었다.

"그래도 우리가 자꾸만 걸어가버리면 찾아오지 못할지도……."
"걱정 말거시. 어제오늘 된 빨치산이 아닝께."
아닌 게 아니라 이태와 세 명의 대원이 닷새째 되는 날 돌아왔다. 태영은 얼마나 반가웠는지 모른다. 도대체 어떻게 된 거냐고 물었다.
이태의 이야기는 다음과 같았다.
"경찰대의 기습이 있을 때, 나는 대열에서 약간 떨어진 밭두렁 밑에서 대변을 보고 있었지. 갑자기 반대쪽에서 벼락 치는 소리가 나더란 말야. 뒤를 닦고 어쩌고 할 여유가 있나. 바지춤을 움켜쥐고 구분대로 돌아갔지. 그런데 이미 어둠 속으로 대열이 흐트러지고 있더만. 어리둥절해 있는데 연대장이 급히 불렀어. ―'이 동무, 정 동무하고 이 전 동무를 부축해줘.' 하는 거라. 보니 연대장 발 아래 전이 쓰러져 있는 거라. 정과 둘이서 전의 양쪽 어깨를 메고 논밭 사이로 달렸지. 전은 넓적다리와 가슴에 관통상을 입어 절명 직전의 상태였어. 자동차 타이어에서 바람이 새는 것 같은 숨소리를 냈는데, 의식이 없는 것 같앴어. 산발적인 저항이 있는 것도 같았으나 '결국 우리 부대는 풍비박산이 된 모양이다.' 짐작되더만. 어디선가 두 사람이 나타났어. 그래 넷이 전을 떠메고 가는데 지척을 가릴 수가 없었어. 얼마를 가다 제법 울창한 숲을 발견했지. 전을 내려놓고 한숨 돌리며 기척을 살폈는데, 들리는 건 바람 소리뿐이었어. 전이 계속 이상스러운 숨소리를 내고 있었지만 우리로선 어떻게 할 방책이 있어야지. 너무 지쳐 있었고 말야. 우선 잠이나 자고 볼 일이다 했지. 날이 샐 무렵에 잠에서 깨어났어. 눈가늠으로 십 리쯤 되는 곳에 산줄기가 있었으나 그곳 지리를 알 수 없으니 그 산으로 갈 수 없고, 날이 밝았으니 네 사람만으로 그 벌판을 건너갈 자신도 없구. 아침에 보니 전은 죽어 있었어. 나무 꼬챙이로 땅을 파서 전을 묻었지. 슬픔도 설움도 없는 매장이었어. 햇빛이 퍼지자 들판에 농부들이 나타나기 시작했어. 그러나 숲 근처로 오는 사람은 없었어. 다행인지 불행인지 비상선 시달도 없었고, 있었다고 하더라도 어쩔 수 없었지. 그 숲에서 하루 해를 보내는데, 물을 마시러 나갈 수도 없고 해서 쫄쫄 굶고 앉아 옛날이야기나 하며 시간을 보냈지. 한가한 김에 배낭 정리를 하다가 보니 전주서부터 가지고 있던 천 원짜리 지폐 대여섯 장이 물과 땀에 젖어 배낭 구석에 있는 게 아닌가. 그건 인민군이 남침할 때 한국은행이 보관 중이던 것을 뿌린 거라. 누구헌테선가 들었는데 그 돈은 사용 금지가 돼 있다더면. 그러나 돈을 써본 지가 아득하기도 하고 일종의 향수 같은 것이 있기도 해서 그것을 한 장 한 장 말리다가 잠이 들어버렸어. 사실은 충치로 앓던 이가 다시 아프기 시작해서 지난밤 바윗돌을 붙들고 실랭이치며 고통을 참느라고 자는 둥 마는 둥 했기 때문이었어. 그런데 얼마 후 배낭을 챙겨보았더니 돈이 없어졌더라 이거야. 정이 집어넣은 게 분명해. 아무 쓸모 없는 돈을 훔쳐넣은 것이 우스꽝스러워 따지지도 않았지. 하룻밤을 또 거기서 지내고 이튿날 새벽 인민 여단 정찰대를 만나 무사 귀환. 이렇게 된 거요."

 얘기는 수월했지만 그동안의 초조와 불안이 어떠했을까. 이태의 후일 일기에 다음과 같은 기록이 있다.

 '정은 한 달 후 덕산 전투에서 그 돈을 지닌 채 전사하고 말았다.'

 그리고 그 일기엔 그 돈과 관련해서 다음과 같이 썼다.

 ─돈 이야기가 나왔으니 말이지, 가회 지서佳會支署를 습격한 뒤 박기선이란 구대원이 전사한 경찰관의 호주머니에서 돈을 뒤져 그중 몇백 원을 나에게 주었다. 그러나 박기선은 그 돈을 써보지도 못하고 그해 겨울 지리산에서 얼어 죽었다. 나는 박기선에 관해 잊을 수 없는 추

억을 가지고 있다. 우선 그는 남부군 가운데서 나와 유일한 동향이다. 분대장이었던 그는 어느 날 척후를 나가며 나를 동행하도록 지명했다. 그때 어느 산비탈에서 쉬며 서로 얘기를 나누다보니 동향이란 사실을 알게 되었다. 박기선은 그 후 나에게 많은 친절을 베풀어주었다. 가회지서에서 얻은 돈을 내게 나눠준 것도 그러한 친절의 하나였다.

그는 우직스럽고 충성스러웠다. 요령을 피우거나 꾀를 부리지 않았다. '순수'라는 말이 그대로 합당한 천진한 청년이었다. 그런데 우리 소대장인 최는 성미가 까다로워, 특히 박기선에겐 무지무지한 구박을 주었다. 구박 정도가 아니라 바로 학대였다. 최는 25세 미만으로, 박기선보다 나이가 어렸다. 그런데 하는 짓이 불량 고등학생 그대로였다. 최는 소대장 행세를 한답시고 분대장인 박을 '분대장' 또는 '박 동무'라고 부르지 않고 '야아, 박기선.'이라고 불렀다. 박은 자기가 불리기만 하면 '예.' 하고 오뚜기처럼 일어서서 달려가 최 앞에서 차렷자세를 취했다.

최는 꼬투리 잡을 게 없으면

"야, 이 새끼야. 왜 상을 찌푸리고 있어? 뭐가 불만이냐 말야."

하면서 때리기까지 했다.

식사 시간에도 느닷없이 불러다가 한 시간씩 벌을 씌우기도 했다. 척후 등 위험이 따르는 일은 뭐든지 박을 불러다가 시켰다. 그래도 박은 묵묵히 순종했다. 최는 소대원에게 기합을 줄 땐 꼭 박을 불러다가 때리게 했다. 박이 조금이라도 사정을 두는 기색을 보이면

"이 새끼야, 따귀는 이렇게 때리는 거야."

하고 분대원들 앞에서 주먹으로 박의 뺨을 마구 갈겨댔다. 그걸 보고 있으면 화가 치밀어 내 주먹이 불끈 쥐어지기도 했다.

하도 참을 수가 없어 한번은 박과 단둘이 있는 자리에서 나는 이런

말을 했다.

"분대장 동무, 이번 전투가 있으면 무슨 수를 써서라도 최가놈을 해치웁시다. 내가 거들겠소."

그러나 박은 얼굴을 벌겋게 하고 고개를 가로저었다.

"이 동무, 나는 살아서 고향에 돌아가야겠어. 집에 부모가 계시고 아내도 있어. 내 희망은 그것뿐이야. 참아야지 어떻게 하겠어……."

나는 다음 말을 할 수가 없었다.

그 악랄한 최 소대장은 하동 전투에서 전사하고 말았다.

**지리산** 6

**지은이** 이병주
**펴낸이** 김언호

**펴낸곳** (주)도서출판 한길사
**등록** 1976년 12월 24일 제74호
**주소** 10881 경기도 파주시 광인사길 37
**홈페이지** www.hangilsa.co.kr
**전자우편** hangilsa@hangilsa.co.kr
**전화** 031-955-2000~3 **팩스** 031-955-2005

**부사장** 박관순 **총괄이사** 김서영 **관리이사** 곽명호
**영업이사** 이경호 **경영이사** 김관영 **편집주간** 백은숙
**편집** 박희진 노유연 김지수 최현경 김영길
**관리** 이주환 문주상 이희문 원선아 이진아 **마케팅** 정아린
**디자인** 창포 031-955-2097
**인쇄** 예림 **제본** 예림바인딩

제1판 제1쇄 2006년 4월 20일
제1판 제5쇄 2021년 12월 20일

값 14,500원
ISBN 978-89-356-5929-6 04810
ISBN 978-89-356-5921-0 (세트)

• 잘못 만들어진 책은 구입하신 서점에서 바꿔드립니다.